THE HORUS HERESY®

艾森斯坦号的逃亡

THE FLIGHT OF THE EISENSTEIN

［英］詹姆斯·斯沃洛 著　丁旭巍 译

浙江科学技术出版社

English version first published in 2007,this edition published in Great Britain in 2018.

Games Workshop Limited,Willow Road, Nottingham, NG7 2WS, UK.

This edition published in China by Zhejiang Science and Technology Publishing House in 2021.

Copyright © Games Workshop Limited 2018.

This translation copyright © Games Workshop Limited 2021.

Translated and used under licence by Zhejiang Science and Technology Publishing House. All rights reserved.

The Flight of Eisenstein © Copyright Games Workshop Limited 2018. GW, Games Workshop, Black Library, The Horus Heresy, The Horus Heresy Eye logo, Space Marine, 40K, Warhammer, Warhammer 40,000, the 'Aquila' Double-headed Eagle logo, and all associated logos, illustrations, images, names, creatures, races, vehicles, locations, weapons, characters, and the distinctive likenesses thereof, are either ® or TM, and/or © Games Workshop Limited, variably registered around the world. All Rights Reserved.

No part of this publication may be reproduced, stored in a retrieval system, or transmitted in any form or by any means, electronic, mechanical, photocopying, recording or otherwise, without the prior permission of the publishers.

This is a work of fiction. All the characters and events portrayed in this book are fictional, and any resemblance to real people or incidents is purely coincidental.

本书英文版由 Black Library 于 2007 年出版， 2018 年再版，

Games Workshop Limited，地址：Willow Road, Nottingham, NG7 2WS, UK.

本书中文版由浙江科学技术出版社于 2021 年出版

Copyright © Games Workshop Limited 2018.

This translation copyright © Games Workshop Limited 2021.

浙江科学技术出版社可在授权下翻译与使用。保留所有权利。

The Flight of Eisenstein © Copyright Games Workshop Limited 2018。GW、Games Workshop、Black Library、荷鲁斯之乱、荷鲁斯之眼标识、星际战士、40K、战锤、战锤 40,000、"天鹰"双头鹰标识，以及所有相关标识、插图、图像、名称、生物、种族、载具、地点、武器、角色及其中的特色同类物，所有带有®、TM 以及 © Games Workshop Limited 的标识均为在全世界注册的商标或为 Games Workshop Limited 版权所有。保留所有权利。

未经许可，不得将本书任何部分以任何形式复制、存储在某个检索系统中，也不得以任何形式或手段，包括电子、机械、影印、记录或其他方式，传播本书的任何部分。

本书为虚构作品。书中人物、事件均为虚构，如有雷同，纯属巧合。

故事简介

荷鲁斯之乱,这是一段传奇岁月。

众多伟岸英雄为了统御银河之权奋力拼搏。

地球帝皇的亿万大军纵横星海,以一场伟大远征将银河纳入囊中——在这些精兵强将面前,不计其数的异形种族难当锋锐,就此在历史长卷上被抹消了踪迹。

人类种族威震寰宇的璀璨年代拉开了序幕。

黄金白玉堆砌而成的闪耀堡垒颂扬着帝皇的诸多凯旋。一百万个林立在世界上的纪念碑,翔实地描述了那些悍勇战将的传奇功绩。

帝皇的战士中最强大的便是基因原体,这些英武绝伦的人物率领帝皇麾下的星际战士大军斩获了无数胜果。他们势不可当,高贵超凡,是帝皇基因实验的巅峰成就。星际战士则是银河之中前所未有的强悍士兵,每个人皆有以一敌百之力。

数以万计的星际战士组成庞大军团,追随各自原体踏入星海,以帝皇之名征服银河。

所有基因原体中最出众的是荷鲁斯,亦唤荣耀者、光明星辰、帝皇宠儿、如父爱子。他受封战帅,是帝皇麾下各路大军的总指挥官,是万千世界与整个银河的征服者。他是无出其右的战士,也是手腕卓绝的外交家,他的野心无边无界。

万事已然俱备。

出场人物

基因原体

荷鲁斯 ………………………… 战帅，荷鲁斯之子军团指挥官
罗格·多恩 …………………… 帝国之拳基因原体
莫塔瑞恩 ……………………… 死亡守卫基因原体

第十四军团"死亡守卫"

卡拉斯·泰丰 ………………………… 第一连长
伊格纳提乌斯·格鲁尔格 …………… 第二连指挥官
乌利斯·特米特尔 …………………… 第四连连长
内森尼尔·加罗 ……………………… 第七连战斗连长
安杜斯·哈库尔 ……………………… 老兵士官，第七连
梅里克·沃延 ………………………… 药剂师，第七连
托伦·森德克 ………………………… 第七连战士
派尔·拉尔 …………………………… 第七连战士
索伦·德西乌斯 ……………………… 第七连战士
卡莱布·阿林 ………………………… 第七连连长的侍卫

其他星际战士

索尔·塔维兹 ················· 连长，帝皇之子
亚克顿·克鲁兹 ·········· "耳旁风"，第三连连长，荷鲁斯之子
马罗格斯特 ················· "扭曲者"，战帅侍从
西吉斯蒙德 ················· 第一连连长，帝国之拳

非阿斯塔特帝国人员

马卡多 ······················ 掌印者，泰拉摄政
阿门德拉·肯德尔 ·········· 遗忘骑士，风暴匕首猎巫士小队

凯瑞尔·辛德曼 ··················· 首席宣讲者
梅萨蒂·欧丽顿 ··············· 记述者，纪实作者
悠弗拉迪·奇勒 ··············· "新圣人"，记述者

巴里克·卡赖亚 ············· 艾森斯坦号护卫舰的舰长
拉塞尔·沃特 ············· 艾森斯坦号护卫舰的大副
提林·马斯 ··············· 艾森斯坦号护卫舰的通信官

目录

第一篇　盲目之星

- 3　第一章　集合　一把好剑　死亡之主
- 18　第二章　突击　兄弟姐妹们　瓶子里的信息
- 31　第三章　荣耀长空号　毒酒杯　提议
- 46　第四章　两面三刀　黑暗中的尖叫　群英荟萃
- 60　第五章　做出抉择　征兆　末星之上
- 74　第六章　濒死边缘　三颗颅骨　新的命令
- 89　第七章　硬着陆　生命吞噬者　决定

第二篇　断弃誓言

- 104　第八章　永无回头　牺牲　临战誓言
- 121　第九章　祈祷　死亡之雨　逃亡者
- 136　第十章　终焉号　突破重围　进入旋涡
- 151　第十一章　混沌　幻象　复活者
- 163　第十二章　虚空　凡人的教会　迷失
- 177　第十三章　寂静的守望　无所畏惧　发现

目录

第三篇　坚不可摧

第十四章　多恩之怒　神性　前往泰拉 191

第十五章　七十壮士的命运　危海　重生 206

第十六章　蝇群之主　寂静　以他之名 221

第十七章　掌印者有言　风暴将临 235

后记 241

第一篇

盲目之星

"如果这些阿斯塔特与我等凡夫俗子所共有的唯一特点是兄弟情谊的话,那么我们必须敢于提出这么一个问题——如若他们失去兄弟情谊,他们将会变成什么样子?"

——记述者伊格内斯·卡尔卡斯

"吾等之声,吹角连营;
暴君倾覆,仇敌殒命。"

——来自黄昏突袭者的战斗吟诵

第一章

集合
一把好剑
死亡之主

　　虚空之中，舰船集结。布满雉堞的舰体和华丽伟岸的舰影在寂静的黑暗中缓慢移动，组成了庞大的哥特式建筑群。大教堂风格的建筑错综复杂，仿佛是从世界的地表上掀起再凿入战舰之中。刻着雕像、塑成箭形的巨大舰艏转向黑暗，朝向一致，散发出庄严又致命的气息。火炬在一些船上燃烧着，对毫无空气的真空表现出公然蔑视。几公里长的炮铜色舰体上的烟囱冒起等离子火焰，划出橘白色的湍急气流。这些灯标只有在冲突迫近时才会点亮。那大肆挥霍的光热是发给敌人的信号。

　　我们为你带来启明之光。

　　这支舰队领头的那艘舰船由钢铁打造而成，舰艏暗绿，颜色晦暗。它缓缓移动着，如同一位耐心杀手手中的匕首，势不可当，冷酷无情。这艘舰船的装饰少之又少，仅有的装饰也体现着尚武的本质。犁片形的舰艏上蚀刻着和人一般高的字母，长长的文字令人回想起一个浴血鏖战、征伐四海、摧枯拉朽的时代。舰船上引人注目的装饰只有两个：驾驶台正面一只展翅的金色双头鹰，以及一个由巨型镍铁矿石打造的巨大图符——那是置于星形中空钢环内的一个石骷髅，正处于刃口之上，形成巨大威慑。

　　这艘战舰的钢铁舰体上自豪地用哥特手写体刻着它的名字——坚韧号，表达了战士们那无坚不摧的决心。

　　这艘船身后驶来了更多舰船，舰级和体积有大有小：不屈意志号、巴巴鲁斯之螯号、海鲁斯之主号、终焉号、不朽号、死亡幽灵号等。

　　这便是集结于约塔赫罗洛基恒星本影之外的舰队，其目的是将伟大远征以及人类帝皇的意志带向约伽尔族的一个庞大圆筒世界。这些舰船上运载着效劳军团的数千之众，第十四军团死亡守卫的阿斯塔特是帝皇意志的执行者。

卡莱布·阿林快速穿过坚韧号的走廊，怀中抱着布裹的包袱。多年契约服役的经历使他养成了一种特别的走路和行为习惯，让他能在阿斯塔特的高大身形周围几乎遁迹无形。他擅长让自己显得不那么引人注目。即便卡莱布锁骨上毫无光泽的铆钉透露着他许多年的服役经历，但他对第十四军团的强烈敬畏从未消失。他那苍白脸庞上的皱纹和灰白的头发显露出他年事已高，但他仍然充满年轻人的活力。卡莱布的坚定信念以及其他更私密的力量令他心甘情愿、毫不畏缩地继续着他的劳役。

他思忖着，银河系内鲜有人能够像他一样心满意足。如今这个事实于他而言就像是数十年以前一样清楚明白，从未改变。彼时他伫立于哭号着的有毒风暴云之下，接受了自己的局限和失败。有的人为他们所不可企及之事而继续抗争着，有的人因无法达到他们的目标而惩罚自己，这些灵魂的一生永无安宁。卡莱布并不像他们一样。卡莱布清楚自己在格局之中的位置。他知道自己该身在何处、施行何事。他的位置如今在这里，莫要疑问，莫要抗争，只管埋头苦干。

尽管如此，他依然感到自豪。他想，什么人能够像他一样行于帝皇肉体塑造的半神之间呢？这位侍卫始终对他们感到惊奇。他紧靠着走廊边缘，绕过身材魁梧、准备战斗的战士们。

阿斯塔特如同活生生的雕像，仿佛石头雕塑的伟大神话人物走下基座，迈步而行。他们穿着大理石色的盔甲，绿边金光，有的人身着更光滑的新型战甲，有的人则身着老式型号，装饰着尖钉，头戴宽额头盔。他们乃是超凡之人，帝国的左膀右臂，雷动风行，他们走过之处，身后如同斗篷一般留下震慑与敬畏。他们永远不会理解凡人看待他们的方式。

卡莱布在契约服役期间了解到，军团中的一些人对他毫无尊敬可言，最好的情况是他们将他视为眼中钉，最糟的则认为他只不过是个流着口水的机仆。卡莱布将之视为自己的命运，他有着同死亡守卫一样坚忍的品格。他从不会欺骗自己，认为自己是阿斯塔特的一员——那个机会曾摆在他面前，而他却失之交臂——但他的内心深知他和阿斯塔特遵循着同样的行为准则，他那脆弱的人类身躯会为了那些理念做出牺牲，只为效劳帝国。卡莱布·阿林——失败的候选者、侍卫、连长的侍从，像任何人所希冀的那样满足于自己的生活。

卡莱布的包袱包裹得很笨拙，他转变姿态，将那个东西斜托在胸前。他根本不敢让这东西碰到桌子或离障碍物太近，即便隔着一层厚厚的森林绿天鹅绒。仅仅拿着这东西就令他内心充满荣誉感。他继续前进，通过蜿蜒曲折的走廊，穿过充斥着臭气和工业轰鸣声的火炮甲板入口。他现身于上层，进入了舰船上单独分配给阿斯塔特的区域，这里普通的海员是不能进入的。连坚韧号的舰长都需要获得高阶死亡守卫的许可才能行走于这些大厅内。

卡莱布感到一阵满足，他下意识地用一只手拂过长袍和领子上的骷髅形搭扣。那个搭扣和他的手掌一样大，由某种锡镴打造而成。其中的机件同舰船上用于机器眼的通行证件和远程占卜系统一样优良。这勉强算是他的职务徽章。卡莱布猜测这个印章和这艘战舰一样古老，也许甚至和军团一样古老。它曾被数百位奴仆使用过，他们死于同样的服役职责，而卡莱布如今正履行着这个职责，他猜想，这个印章也同样会比他存在得更为长久。

或许也不会。旧习惯在日渐消弭，如今死亡守卫的高阶战斗兄弟之中鲜有人会屈尊守护军团的传统。时代在变化，阿斯塔特亦是如此。多亏回春术延长了他的生命，卡莱布才得以见证诸多事物的改变。

他离阿斯塔特始终很近，但仍与他们保持着距离，他见证了心境缓慢变化的历程。这始于帝皇决定从伟大远征中功成身退后的几个月里，彼时高贵的原体荷鲁斯得以受封战帅殊荣。这种改变仍在他身边悄无声息地进行着，缓慢变化，如同冰川消融般微不可察。在卡莱布阴郁的时刻，他思忖着这种新兴的习惯会引领他和他效忠的军团走向何方。

这位侍卫面容愁苦，他做了一个鬼脸，甩掉了突如其来的愁思。这可不是忧虑未来的时候。这是战斗前夕，是再次加强人类可以自由无畏跨越星海的权力之际。

当他接近军械室时，他瞥向一扇加固的舷窗，看见了星辰。卡莱布好奇哪一颗星星是约伽尔族的殖民世界，更好奇那些异形种族是否意识到了即将降临的风暴。

内森尼尔·加罗将自由剑举至眼前，注视着长长的剑刃。利剑那沉重密实的金属在房间的蓝光中闪烁着光芒，当他偏转利剑时，一道五彩的反射光划过刃口。单色钢的晶状矩阵看起来完美无瑕。加罗并未回头看向他的侍卫，那人正半俯着身子等候。"干得不错,"他示意侍卫起身,"我很满意。"

卡莱布收起手中的天鹅绒布,恭敬地说道:"据我了解,打理您武器的机仆前世曾是个机器工匠或是铸剑人。他前世的某些技艺定是遗留了下来。"

"的确如此。"加罗练习性地挥舞了几下自由剑,身着第四型动力盔甲的他移动迅速又从容。他那瘦削的脸庞露出一丝浅笑。军团平定卡里尼卫星时在剑刃上留下的凹痕令他烦恼,自己的一次失手让剑刃刺入了一根铁柱而非肉体。他能够再次手握自己心爱的武器已经很好了。这把结实的阔剑令他感到完整,而一想到自己在没有携带自由剑的情况下投入战斗,在某种程度上加罗就会感到忧虑。他不会讲像"运气""命运"这样的词,除非是在开玩笑,然而他不得不承认,若是剑鞘里没了自由剑,他会在某种程度上感到没有安全感。

这位阿斯塔特在锃亮的金属中看到了自己的映像:在那看似年轻却常常流露出疲惫的脸庞上有一双沧桑的眼睛;无发的脑袋上露出累累伤痕。他面容显贵,显露出源自古泰拉战士王朝的血统;他皮肤苍白,但并不是来自寒冷致命的巴巴鲁斯的死亡守卫兄弟那样毫无血色的白。加罗举剑敬礼,随后将自由剑插入腰带上的剑鞘。

他瞥向卡莱布,说:"你知道吗?这把剑甚至比我还要古老。你据我所知,这把武器的一些成分是在冲突年代以前的古地球上打造的。"

卡莱布点点头,回应道:"那么,主人,我想说,如今它由一位泰拉裔子嗣来挥舞十分合适。"

"最重要的是,它为帝皇效劳。"加罗回答道,两只拳套紧紧相扣。

卡莱布张嘴准备回答,但随后房间门的动静吸引了他的注意力,卡莱布立刻再次鞠躬敬礼。

"如此一把好剑!"一道声音传来,加罗转身看着他的一对兄弟走来。随着那两人的靠近,他压住了想苦笑的冲动。

"可惜,"那个讲话者继续说道,"它无法置于一位更年轻、更具活力的战士手中。"

加罗看向那个说话的人。像死亡守卫中的许多人一样,这位新来者剃着光头,但和大多数人不同的是,他的后脑留着一条辫子,黑色和灰色的线条垂于双肩。他的脸庞棱角分明,伤痕累累,但他的双眼流露出讥讽的智慧。

"年轻人的愚蠢念头，"加罗轻松地回答道，"你确定你拿得起来吗，特米特尔？也许你需要老哈库尔帮你。"他朝着第二个人示意，那人有着精瘦结实的身躯，面容瘦削，装着一只义眼。

乌利斯·特米特尔的干笑声中流露出粗野的幽默。"原谅我，连长，"他回答道，"我只是想把它换成某些更适合你的东西……比方说，一根拐杖？"

加罗露出夸张的表情，思考着那个人的提议，说道："也许你是对的，但我怎能把我的剑交给一个乳臭未干的人？"

房间中回荡着笑声，特米特尔举起双手装作投降，说道："除了拜倒在我们伟大战斗连长的年龄与可敬资历下，我别无所求。"

加罗走上前，紧握住那个人的盔甲拳套，低吼："乌利斯·特米特尔，你这只战犬，你不过只比我年轻了几岁而已！"

"是的，但这便是差别所在。况且，这无关乎年龄，才能最重要。"

特米特尔身边的另一位死亡守卫面色阴沉地说："那我敢说，特米特尔连长实在是庸才。"

"别支持他，安杜斯，"特米特尔回答道，"不需要你帮助，内森尼尔也够挖苦人了！"

"我仅仅是在协助我的连队指挥官，正如任何好士官该做的那样。"这位老兵点头说道。了解安杜斯·哈库尔的人也许会以为这位老兵对特米特尔的侮辱是真心的，而加罗也的确听到他的侍卫对这样的话倒吸了一口气，但随后哈库尔那不动声色的举止便已点到为止。

特米特尔放声大笑。他和加罗在荣升为各自连队的领导之前便与这位老战士一同服役多年。他们两人之间存在一种微妙的较量，那便是加罗说服了那位老阿斯塔特加入了他的指挥小队，而非特米特尔的。

加罗向哈库尔点点头，将特米特尔拉到一旁。"我以为在终焉号上的集合之后才会见到你。这便是我在这儿的原因，"他轻拍着剑首说道，"我可不想不带它就踏上泰丰的战舰。"

特米特尔朝侍卫投去疑惑的一瞥，随后浅笑道："啊，那可不是一艘毫无保护的舰船，不是吗？你没收到消息？"

加罗斜眼看着他的老战友，问："什么消息，乌利斯？得了吧，别卖关子了，快讲。"

特米特尔压低了声音说道："尊敬的第一大连之主，卡拉斯·泰丰连长，放弃了突击约伽尔族的指挥权。将会有别的人来领导我们。"

"谁？"加罗追问道，"泰丰不会为任何阿斯塔特退让。他的骄傲绝不允许。"

"没错，"特米特尔继续说道，"他不会为任何阿斯塔特退让。"

如同寒彻周身一般，加罗恍然大悟道："那么，你的意思是……"

"原体来了，内森尼尔。莫塔瑞恩已经决定亲自参与这场战斗。他将时间提前了。"

"原体？"卡莱布喃喃低语，每个音节都散发出惊惧与敬畏。

特米特尔看向他，仿佛第一次注意到加罗的奴仆，说道："没错，小伙计。在我讲话的时候，他正迈步于坚韧号的甲板上。"

卡莱布跪倒在地，做出天鹰手势，他的双手明显在颤抖。

除了卡莱布，他的主人也哑然失声。在特米特尔宣告之前，加罗和军团中的大部分人一样，认为死亡守卫的那位瘦削憔悴的领袖正在别处作战，为战帅执行着某个重要任务。这突如其来的消息令他震惊，意识到莫塔瑞恩将同他们并肩作战对抗约伽尔族，他感到既欢欣又不安。"我们何时集合？"加罗找回了自己的声音。

特米特尔咧嘴而笑。他正略带欣喜地享受着平常坚忍克己的加罗流露出不安的时刻。"就是现在，老朋友。我来此召唤你前去集会，"他靠近加罗，低声细语仿似密谋，"并且我警告你，原体带来了一些有趣的同伴。"

集合大厅是个不起眼的地方。这里只不过是坚韧号舰体前部的一块空地，呈长方形，远端两个椭圆形的强化玻璃窗伸向致命的真空，敞向星辰。窗户上的百叶窗半关着，附近星云射向舰船的光芒在房间内洒下暗淡的白色光柱。

拱形的天花板是用战舰钢铁框架的上等圆材打造的，并与铆钉钢板相啮合。这里没有供人休憩的椅子，也无此必要。这个大厅并非用于进行冗长的讨论和谋划，而是一个发出直接命令、做出指示并迅速制订战斗计划的地方。这里仅有的装饰是金属横梁上悬挂的一些战旗。

房间内布满阴影，大梁之间的壁龛深邃漆黑。在房间中央，一台全息仪缓缓旋转着，幽灵般的蓝色立方体飘浮其上。机械神教的技师们在下方的圆形投影仪周围来回走动，彼此环绕，但始终相距一臂之长。加罗想，也许他们害怕贸然踏入集结的战士们之中。

战斗连长视线扫过四周，他看到了来自舰队中各个星舰的海军高级军官和特派代表的面孔。坚韧号的指挥官是一位身材紧绷、面色严峻的女人，她与加罗四目相对，恭敬地点点头。加罗回以致意，并走过了她。特米特尔在加罗肩旁低语道："格鲁尔格在哪？"

"那里，"加罗抬起下巴示意，"和泰丰在一起。"

"啊，"特米特尔说道，一副洞悉一切的样子，"我毫不惊讶。"

死亡守卫第一连和第二连的两位连长正在亲密交谈着，他们的低语声甚至连有着敏锐感官的阿斯塔特都无法听清。加罗看到格鲁尔格注意到了他们，而同往常一样，格鲁尔格无视了他们，即便是有失礼仪，格鲁尔格也不会欢迎他们的到来。

"他绝不会和你做朋友，不是吗？"特米特尔冒昧地说道，他也注意到了这一幕，"一刻也不会。"

加罗略微耸耸肩说："我并不指望。我们晋升到如今的军阶并不是因为我们有多受人喜爱。我们要赢得的是一场远征，而非人心竞争。"

特米特尔嗤之以鼻地说："那是你。我可是极受欢迎的。"

"你确实对此深信不疑。"

在两人走近时，泰丰和格鲁尔格突然停止交谈，转身面对他们。死亡守卫的第一连长，首连之主，原体的左膀右臂，身着铁色的终结者盔甲，威风凛凛。一撮黑色的发辫散在肩上，战甲厚重的方形头罩中是他那蓄着胡须的脸庞。他的臂弯下夹着头盔，头盔顶上伸出一个角。不论泰丰心中有何情绪，他都掩饰得很好，但他眼中流露出的丝丝恼怒未能完全隐藏。

"特米特尔，加罗。"泰丰低吼着，向两人投来平静稳重的目光。

特米特尔所带来的轻松气氛立刻消失了，消散于第一连长的锐利目光下。加罗只能想象那双黑色的眼眸下蕴藏着何等愤怒，泰丰仍对被夺走突击约伽尔族的领导权感到刺痛。

"格鲁尔格和我正在讨论作战计划中的一些变更。"泰丰继续说道。

"变更？"特米特尔重复道，"我并不知道——"

"你现在被告知了。"伊格纳提乌斯·格鲁尔格冷笑道。尽管格鲁尔格出生于银河彼端的世界，但他和加罗有着相似的外貌和体格，甚至连无发的脑袋以及诸多显示身份的伤疤都很相仿。但加罗坚忍稳重，而格鲁尔格则始终在傲慢的边缘，从不好好讲话，永远在咆哮吼叫，从不深思熟虑，永远在评头论足。"第四连的任务将重新分配，你们将对那个瓶状世界的警戒部队展开作战。"格鲁尔格说。

特米特尔低头鞠躬，隐藏住恼怒。加罗确信他的战友对于无法享有这次任务更伟大的荣光感到恼怒不已。"悉听原体之意。"特米特尔抬起头迎上格鲁尔格的目光，"感谢你告知我，连长。"

"指挥官，"格鲁尔格啐道，"你应当称呼我的军阶，特米特尔连长。"

特米特尔皱起眉，说道："当然，指挥官，是我的错。有时我在想别的事情的时候会忘记传统。"

加罗看到格鲁尔格的下巴僵硬了。就像所有阿斯塔特军团一样，他们也有着独特的传统。比如，死亡守卫在指挥结构与军阶方面和许多兄弟军团有所不同。按照传统，第十四军团的人数从来不会超过七个大连，尽管这些部队有着远超其他阿斯塔特编制的人数——比如太空野狼或圣血天使。同时，许多军团有为首连指挥官赋予"第一连长"尊称的传统，死亡守卫也同样拥有另外两个特殊头衔，分别授予第二连和第七连的领袖。因此，尽管他们相互之间并没有实际的高低之分，但格鲁尔格能够依其意愿使用"指挥官"的军阶，正如加罗被称为"战斗连长"一样。据加罗了解，他的特殊尊称可追溯至统一战争时期，彼时这项荣誉由帝皇本人亲自授给第十四军团的军官。数个世纪之后，他依然为能够拥有这个头衔而感到自豪。

"我们的传统塑造了我们，"加罗平静地说道，"坚持传统乃是正道。"

"也许该适度坚持，"泰丰纠正道，"我们不该墨守如今已无意义的老旧陈规。"

"的确。"格鲁尔格附和道。

"啊，"特米特尔说道，"所以伊格纳提乌斯，你一边坚持传统，一边又将其拒之门外？"

"只要能实现目标，旧道便是正道。"格鲁尔格向加罗投去冷酷的目光，"你所保留的那个奴仆宠儿便是个毫无意义的'传统'。那是个毫无价值的习惯。"

"我对此并不赞同，指挥官，"加罗回答道，"作为我的侍从，那位侍卫的工作完美无缺。"

格鲁尔格对此嗤之以鼻，他移开目光并说道："哼，我曾经也有一个，但我在某个冰冻卫星上失去了他。冻死的，软弱小辈。我觉得你这是感情过剩，加罗。"

"格鲁尔格，一如既往地，我会告诉你他们值得恰当的关注。"加罗说道。他突然停了下来，一个身覆金甲的人物正穿过一缕光束，吸引了他的目光。

特米特尔看向加罗目光所及之处，说道："我告诉过你，莫塔瑞恩带来了同伴。"

卡莱布正忙于整理剑布，他将绿色的天鹅绒布折成整齐的正方形。在武备所的壁龛中，加罗连长的武器和战斗装备陈列在他周围，吊在挂钩和线框架上。在一堵墙的钢钉上放着其主人的爆矢枪，黄铜色的枪身在生物灯的苍白光芒下闪闪发光。

这位侍卫换掉剑布，紧握着双手，思忖着。他很难保持专注，原体就在他上方几层的高层甲板上，这想法令他心烦意乱。卡莱布抬头看着钢铁天花板，想象着如果坚韧号是玻璃制成的，他会看到什么。莫塔瑞恩是否会像传言说的那样令人胆寒？像他这样的无名小辈有可能与死亡之主四目相对，而不会感到心跳停止吗？这位奴仆深吸了一口气，让自己镇定下来。他还有许多事要做，这样分心令他难以执行自己的日常工作。莫塔瑞恩乃是帝皇本人的子嗣，而帝皇……帝皇是……

"卡莱布。"

他转身面对哈库尔。这位经验丰富的老兵是为数不多称呼这位侍卫名字的阿斯塔特之一。"是，大人？"

"注意你的工作。"哈库尔朝着天花板点点头，卡莱布之前正盯着那里，"原体的确能看穿钢铁。"

这位奴仆挤出一丝浅笑，低头鞠躬，收起抹布和一罐上光蜡。在哈库尔不动声色的注视下，他走向壁龛中央，开始处理放在那里的沉重的陶铜胸甲。加罗只会在战斗中或正式场合下才穿上这件仪式甲。这块胸甲与战斗连长的荣誉军阶相符，装饰性的外护套上有一只由黄铜打造的鹰，展翅拱喙，仿佛随时会飞离胸甲。胸甲背部是另一只鹰，从肩部伸出作为护头，置于阿斯塔特盔甲的背包上。

这件盔甲的独特之处在于其鹰饰与帝皇天鹰不同。人类帝国的标志是双头鹰，一只盲目，看向过去；一只明目，看向未来。而战斗连长的标志则是单头鹰。卡莱布认为，这两只单头鹰只会看向尚未发生的未来，也许这是一种护身符，能够提前预知致命的子弹或剑击。他曾大声说出过这个想法，却招致加罗手下的嘲笑鄙视。哈库尔士官后来说，这样的想法是迷信，在帝皇远征的船上没有容身之地。"我们的战争是要用真理的冷酷之光消除传说与谎言，而非传播神话。"这位老兵用手指轻敲那鹰饰，"这是毫无生命的黄铜饰品，仅此而已，正如我们只是血肉之躯一样。"

卡莱布的手情不自禁地摸向戴在他脖子链条上的黄铜圣像，它隐藏在无人可见的外衣褶皱之下。

那个人定是一位女性，身材苗条，泰然自若，她身穿有着密实锁甲的闪光蛇皮外衣，以及类似于紧身胸衣的金色盔甲。脖子上的半罩面具敞开着，露出一副高雅的面容。加罗发现自己有时很难辨别非阿斯塔特人的年龄，但他估计那位女性不会超过三十太阳年岁。她那光滑的头皮上是紫黑色的顶髻，还有一个血红色的天鹰文身。她十分美丽，但吸引加罗注意的是她在房间的钢铁甲板上悄无声息的行走方式。若不是加罗看到她从阴影中现身，这位阿斯塔特会以为那个女人只是个全息幽灵，是某个从投影仪中完美投射出的影像。

"阿门德拉·肯德尔，"泰丰指出，流露出一丝厌恶，"一个猎巫士。"

特米特尔点点头，补充道："来自风暴匕首小队。她与寂静修女会代表团一同前来，显然是奉掌印者本人之命。"

格鲁尔格噘起嘴，说道："这儿没有灵能者。那些女人在即将到来的战斗中能发挥什么作用？"

"泰拉摄政自有其理由。"泰丰暗示，但他的语气表明他显然对寂静修女来此的目的也没太多头绪。

加罗看着那个猎巫士环绕房间。她的间谍技艺值得称赞。即便身处显眼之处，她的行动也如若隐形，她以一种看似随意的方式绕过海军军官们，但加罗受过训练的感官告诉他那并非随意。

肯德尔观察着。她在观察集合大厅内众人的反应，并记录下来以供事后审查。这让加罗联想到了侦察兵在战前勘查战场，寻找弱点和目标。他此前从未遇到过寂静修女，只是听闻过她们效劳帝国的英勇事迹。

加罗认为她们名副其实。肯德尔的确寂静无声，宛若吹过墓冢的风，而她所到之处，加罗注意到有的人会不自觉地颤抖，或是分心片刻，仿佛那位猎巫士在自身周围投射出一道无形的光环，令身处光环内的人迟疑。

加罗看着她走过集合大厅的入口，他的目光被站在入口两侧的两位巨人身上的铜铁闪光所吸引。他们身着极其精良的盔甲，胸膛宽大厚实，比泰丰还要高。这两位一模一样的卫兵用战镰相互交叉挡住了那道钢门。那战镰乃是死亡守卫精锐战士的标志性武器。只有原体本人信任的少数人才被允许携带那样精良的武器。这些武器被称为人屠毒镰，与普通农民的收割镰刀有共同的特征，据说莫塔瑞恩年轻时曾使用这样的镰刀作战。第一连长也持有这样一把武器——加罗立刻认出了那两把刀。

"死亡寿衣。"他低语道。那两位阿斯塔特是原体的个人荣誉卫队，即便走向生命终结，他们也永远不会向任何人露出自己的面孔，除了莫塔瑞恩。据说，死亡寿衣的战士是由原体在军团的普通士兵中秘密挑选的，这些战士随后会被列入阵亡名单。他们是原体的无名守卫，永远不会走出其主人的四十九步开外。加罗意识到自己甚至不知道死亡寿衣已经进入了房间，他感到一丝寒意。

"如果他们到了，那我们的主公在哪呢？"格鲁尔格问道。

泰丰冷笑道："他一直都在这里。"

在房间的远端，一个高大的身影从椭圆窗户旁的暗影中走出。沉稳的步伐声传过甲板，令房间陷入沉寂。每一个脚步声都伴随着沉重的金属回响，铁杆在远方敲打着。那声音令几个普通海军军官远离了全息仪，令加罗肌肉紧绷。

在尘封的泰拉传奇中，在诸如美利加、古厄什以及大海国等国度的历史中，在有关于黑暗行者索取新近亡者生命的神话中，他骨瘦如柴，热衷于收割人的灵魂，如同收割田野里的小麦。尽管这只是传说故事，是充满迷信和恐惧的臆测，但此时此地，在离那个民间传说诞生地亿万光年之外的地方，那个人物现身于昏暗的坚韧号上，海冰灰的斗篷之下显现出高大瘦削的身躯。

莫塔瑞恩停下脚步，用人屠毒镰的刀柄触碰甲板，那把镰刀比原体高出一个脑袋。只有死亡寿衣仍然伫立原地。在场的其他所有人，不论人类还是阿斯塔特，纷纷下跪。莫塔瑞恩的斗篷滑开来，他抬起另一只空手，掌心向上。"起身。"他说道。

原体的声音低沉有力，这与他灰白而又毫无毛发的面孔不甚协调。一缕缕白气自莫塔瑞恩的颈甲中缭绕升起，那是捕捉自巴巴鲁斯空气中的刺激烟气。加罗闻到了那气味，一瞬间，他的感官记忆回到了那个阴森、乌云密布的严酷行星。

众人站起身，原体仍然高耸于房间中。在那灰色的斗篷下的是一位身着闪亮铜钢甲的骑士。他的胸甲显露出死亡守卫的骷髅星星装饰图案，在那和普通阿斯塔特的胸部持平的腰上，加罗看到了插着明灯枪的鼓状枪套，那是一把手工打造的能量手枪，源自神龙的独特设计。

莫塔瑞恩仅有的另一个装饰是一串球状的黄铜香炉。这些香炉装有来自原体生长的家园世界的有毒气体。加罗曾听说，莫塔瑞恩有时会品尝它们，仿佛鉴赏家品尝佳酿，有时将它们当作手榴弹扔向战场，令敌人窒息死亡。

战斗连长意识到自己一直屏住呼吸，他松了一口气，莫塔瑞恩的琥珀色双眼扫过房间。寂静降临，总司令开始讲话。

"异形，"派尔·拉尔毫不费力地痛骂道，手指敲击着爆矢枪那短粗的枪管，"我好奇它们流的血是什么颜色，白色？紫色？绿色？"他瞥向四周，手抚过自己的寸头："来吧，谁来跟我打赌？"

"没人会的,派尔，"哈库尔答道,摇摇头，"我们都厌倦了你那无聊的赌博。"他回头瞥向武备所中加罗的侍卫努力工作的地方。

"再说了，我们之间有什么钱可以赌的吗？"沃延附和道，走到哈库尔旁边的剑架前。这两位老兵的体形完全不同，沃延体格壮硕，而哈库尔则精瘦结实，他们在有关小队的大部分事情上都意见一致。"我们又不是那些贪财的大头兵！"

拉尔皱眉说道："这可不是金钱游戏，药剂师，没那么粗俗。这只是一种得分游戏。我们玩这个只为证明孰对孰错。"

索伦·德西乌斯，指挥小队中最年轻的成员走了过来，他正用毛巾擦着脸，抹去在拳击场中流的汗水。他面容硬朗，似乎与他的年龄不符。他的双眼闪着几乎难以抑制的能量，因原体的突然到来而展现的荣耀前景令他充满热情。"我来跟你打赌，如果能让你安静的话。"德西乌斯瞥向哈库尔和沃延，但两位长者并未支持他，"我赌是红色的，就像兽人一样。"

拉尔嗤之以鼻，说道："我赌像牛奶一样白，就像巨蛛怪一样。"

"你们俩都错了。"在拉尔身后，托伦·森德克正埋首于一个布满战术地图的数据板中，他发出平淡单调的声音，"约伽尔族的鲜血是暗红色的。"这位战士眉毛浓厚，眼皮耷拉，看起来始终是一副困倦的表情。

"那你是怎么知道的？"德西乌斯问道。

森德克挥了挥数据板说道："我可是博览群书，索伦。你在笼子里磨钝链锯剑齿的时候，我在研究敌人。生物贤者的这些解剖文献十分有趣。"

德西乌斯嗤之以鼻地说："我需要知道的是如何杀死它们。你的文献告诉你了吗，托伦？"

森德克郑重地点点头，答道："的确。"

"喔，得了吧。"沃延示意那位严肃的阿斯塔特站起来，"别自己藏着那样的信息。"

森德克叹了口气，站起身，他那永远阴郁的面容被数据板显示器的光照亮。他轻拍自己的胸膛。"约伽尔族喜欢利用机械强化物来提升自己的肉体。它们有一些类人特征——一个头、一个脖子、一双眼和一个嘴巴，但它们的大脑和中枢神经系统似乎不在这里，"他轻敲了下头部，"而是在这里。"托伦的手平放在胸膛上。

"所以要杀死它们得射击心脏？"拉尔指出，对方点了点头。

"啊，"德西乌斯说道，"像这样？"刹那间，这位阿斯塔特转身就位，拔出他的爆矢枪。一发子弹从枪口爆出，击碎了一个静止的练习假人的躯干，这离加罗的武备所只有区区几米。连长的侍卫因枪声而退缩，哈库尔对此发出了啧啧声。

德西乌斯转过身，感到好笑。沃延看向哈库尔说道："自大的小崽子。我不明白连长看上了他什么。"

"我也曾对你说过同样的话，梅里克。"

"无法克制的速度和一无是处的技艺，"这位药剂师简洁地反驳道，"像那样的显摆更适合帝皇之子的那些纨绔子弟。"

沃延的这番话令哈库尔露出一丝浅笑,说道:"我们内心深处都是阿斯塔特,不论是兄弟还是同胞。"

沃延突然不再幽默,说道:"那句话,既真亦假,兄弟。"

在全息立方体中,约伽尔族构造体的形态逐渐显现。那是一个几公里长的大型圆筒,有引擎组的一端硕大突出,舰艏的一端则短粗细小。船尾巨大的花瓣状尾翼覆盖着一层闪光的面板,捕捉日光并将其反射到一个巨大的窗户上。

莫塔瑞恩伸出一根手指示意并说道:"一个圆筒世界。这是在行星塔萨克贝塔和法隆的轨道上发现并毁灭的,类似构造体质量的两倍,但不像之前的那些,这是我们在深空中发现的第一艘拥有动力的约伽尔族飞船。"一位技师用他那蠕虫状的机械肢体轻触开关,图像开始缩放,显示出附近一圈保持着近距编队的泪滴状舰船。

"一支数量可观的警戒舰队航行于飞船的前方。特米特尔连长会率军攻击扰乱这些舰船,并破坏其通信线路。"原体接受了特米特尔的敬礼,继续说道,"第一连、第二连和第七连的队伍将同我并肩作战。这个战场很适合发挥我们的独特天赋。约伽尔族呼吸的空气里含有氧和氮,以及高浓度的氯,但我们的肺能够轻松克服这些毒素。"

仿佛为了强调这一点,莫塔瑞恩从他的半罩面具中吸了一口毒气,继续说:"第一连长泰丰将支援我,指挥官格鲁尔格将攻入引擎组并控制圆筒世界的动力中心,战斗连长加罗将摧毁这个构造体的孵化场。"

加罗同格鲁尔格和泰丰一样坚定地敬礼。他抑制住对分派给自己的任务的失望,那里位于圆筒世界的深处,离原体的进攻点很远,他开始考虑自己的战斗计划的第一步。

莫塔瑞恩踌躇了片刻,加罗发誓自己在原体的声音中听到了一丝笑意。"正如你们其中一些人所推测的,这场战斗并不只有死亡守卫参与。我在掌印者马卡多的请求下,带来了一支来自星语部的调查队伍,由遗忘骑士阿门德拉修女所领导。"原体点头示意,加罗看到那位寂静修女低头鞠躬作为回应。她做着手语,手指和手腕舞动迅速。

"尊敬的修女们将会加入我们,找出引向这个瓶状世界的一条灵能者踪迹。"

加罗僵硬了。灵能者？这是他第一次听闻约伽尔舰船上有这样一个威胁，而他注意到似乎只有泰丰未对这个消息感到惊讶。

"我相信你们每个人都认识到了这项行动的重要性，"死亡之主继续说道，他那低沉的嗓音雄厚响亮，"这些约伽尔人三番五次乘坐它们的孵化船进入我们的空间，试图在帝皇的世界里繁衍滋生。我们绝不能允许它们获得立足之地。"他转过身，面容消失于斗篷之下。"有朝一日，阿斯塔特会将这些生物抹除于人类的苍穹，而今日将会是未来之路的第一步。"

加罗和他的战斗兄弟们再一次敬礼，莫塔瑞恩转过身，走向令他感到舒适的阴影。他们并未齐声高呼，或是以高昂的宣告纪念这一刻。原体已发话，而他的声音便足矣。

第二章

突击
兄弟姐妹们
瓶子里的信息

　　重型突击艇的引擎推力如同铁锤击骨，将阿斯塔特按压在加速架上。加罗绷紧肌肉，抵抗强大的重力，他的目光徘徊在艇艏部的翻盖式内门上。门面上布满复杂精细的涡卷装饰，记录着这艘艇所参与的无数行动。

　　这只是此时此刻飞驰于虚空中的数百艘艇之一，满载备战人员，每一艘都如同一枚精确瞄准的导弹，朝着约伽尔族的世界舰飞去。

　　通过盔甲目镜中的图像回路，加罗快速眨眼获取指挥层通信网中可用的数据。其中有来自小队队长的目镜摄像机转播，来自沃延的医疗占卜仪遥测的快速脚本，以及来自锯齿状艇艏外的颗粒面低分辨率瞬时图像。

　　加罗检查这些数据片刻，在突击艇接近的同时注视着那个庞大圆筒世界的运动。金属墙体逐渐变大。它的体积如此巨大，其曲度几乎难以察觉，而唯一能证明他们的确在接近的迹象是墙体细节的缓慢变化，其表面特征逐渐清晰：这边是一簇类似天线的尖状物，那边是一个球状炮塔，喷吐着黄色的曳光弹。

　　连长并不害怕约伽尔族的枪炮。这场突击风驰电掣，电子对抗措施、热诱饵弹和金属干扰箔组成的闪光云扰乱着传感器。他相信特米特尔的能力，确信第四连连长已经令警戒舰队陷入了混乱，剥夺了异形任何有用的警告。

　　墙体很近了，距离在迅速缩短。加罗注意着聚集于图像灰边上的其他突击艇。远程传感器探测到圆筒世界的这部分舰体很薄弱，因此死亡守卫将从这个离圆筒世界中线约半公里远的位置攻入。加罗关闭了数据连接，他集中精神，切换到了通用通信频道。他的声音在突击艇上每一位阿斯塔特的头盔中响起。

　　"坚定意志，兄弟们。撞击迫近。我们的部署要干净利落，雷厉风行，令帝皇赞其完美！"他吸了口气，待命警报开始呼啸，"今日原体领导我们，而我们要让他引以为豪！为了莫塔瑞恩和泰拉！"

"莫塔瑞恩，泰拉！"加罗在齐声呼喊中听到了哈库尔那粗哑的男中音。

德西乌斯的声音自频道中传来，满怀热忱。"七连至上！"他呐喊着连队的集结口号，"七连至上！"

加罗加入了呐喊，但随着突击艇厚重的艏部撞入约伽尔族圆筒世界的舰体，他的声音突然被淹没了。突击艇厚重的艇身周围传来金属熔化的刺耳尖啸声和大气泄漏的轰鸣声，它长驱直入，两侧的爪轨咬入几米厚的几丁质装甲板，闪着火花。突击艇的自主导航大脑部署了液压倒钩，转来转去，避免排放出的空气将它们吹回虚空。

这段震耳欲聋的航程似乎永无止境，随后突击艇突然停下了，艇身倾侧。加罗听到了金属的摩擦声，随后他面前翻盖式舱门上的启动符文亮了起来。"准备开门！"他厉声说道。

舱门的爆炸门闩被炸开了，加罗解开他的爆矢枪，拿在手上，准备击杀任何胆敢冲入的敌人，但冲入艇中的是一阵突如其来的蓝色咸水，而非敌方保卫者。这股液体十分冰冷，在他的双腿周围快速旋流，并上升到他的胃部。

"冲啊！"加罗咆哮道。战斗连长冲出了突击艇，意识到自己的人正在他身后移动。他一头扎入了钴蓝色的迷雾中，冲出表面，看向四周，弄清自己的方位。

这是百分之一的几率。这场突击洞穿了一个化学浅水湖的底部，突击艇的黑色艇身从缓慢流动的液体中伸出。在入侵者进入的位置，在与寒冷太空接触的地方，水面已经开始结冰，冰冻形成蓝白色的光环。加罗透过头盔的呼吸滤网深吸了一口气，尝到了一股金属盐味。他看到格鲁尔格从他的登陆艇中愤怒地踢腿而出，吼出一道命令。

在岸上，手擎人屠毒镰的乃是莫塔瑞恩。看到原体足以令加罗热血沸腾，他冲过浅滩，高举爆矢枪。"七连至上！"连长呼喊道，他不需要回头也知道他的连队正列队跟随着他。

加罗从部署点向前行进，哈库尔的老兵小队跟随在他身旁，还有德西乌斯和森德克提供支援。在他们周围，枪炮与剑刃交锋的喧嚣声传遍平静的湖岸。阿斯塔特大军正与异形拼死鏖战。

异形部队迅速陷入了混乱。即便是非人类，加罗也能感知到一支部队失去斗志时的行动特征——队伍崩溃重组，慌乱成群，无法有序撤出。死亡守卫能够毫不费力地屠戮它们。

显然，约伽尔人很晚才意识到，朝着它们世界舰飞来的物体实际上并非巨型弹药，而是载人飞船。如此近乎自杀式的跳帮行动令它们震惊，它们也未能对死亡守卫的狂暴入侵做好准备。而它们对强化战士的错误部署则更加失策。站在氯湖岸边的约伽尔半机械人惨遭屠杀，它们的惨叫声响彻登陆区周围的浅沙丘。

战斗连长已经在脑海中思考下一步行动，他在考虑如何在各个连队分头实施各自任务以前掌控突破点。加罗率领他的人冲过一群纤细瘦长、张牙舞爪的狂热分子，钝刀交锋，二连发爆矢子弹射入面前的每一个约伽尔人。一圈身着灰白盔甲的阿斯塔特从湖中向外扩散开来，前进的脚步碾过了保卫者们。

加罗的部队一边移动一边开火，抵达了一个由水晶颗粒组成的沙丘顶峰，那些颗粒在他们脚下嘎吱作响，他们陷入了近战。一群约伽尔人转向他们，飞跃而来攻击阿斯塔特。战斗双方的武器咆哮着，爆矢枪的怒吼淹没了来自敌人内置投射枪静电弧火的嘶嘶声。

德西乌斯偏爱动力拳的直接打击，他冲入敌阵，一次又一次击打一个异形长长的脖子和卵形脑袋，将其打成了渣滓。

"他忘记我之前说的了吗？我告诉他瞄准躯干以快速击杀。"森德克说道。

"他没忘。"哈库尔回答道。

随着一声古怪的嚎叫，两个巨大的异形盘卷而起，直接跃向了加罗。在半空中，它们像花瓣一样张开三条腿和三只手臂。加罗看到异形的整个肢臂被替换成了晦暗的金属和黑色的碳曲面，闪闪发光。刹那间，连长放下挂在枪带上的爆矢枪，拔出了自由剑，剑刃闪着能量蓝光。加罗双手握剑，猛力大挥，利剑轻易切穿了它们覆着鳞片的肉体组织，飒飒作响。

哈库尔赞许道："还是那么锋利，对吧？"

"是啊。"加罗回答，甩掉剑刃上深红色的血滴。他驻足片刻，欣赏着自己的杰作，内心和他此前审视森德克数据板中的静态情报图像时一样平静。

约伽尔成年人在自然生长的状态下大概有四米半高，下体伸出三条腿、三个关节，就像是轮子上的辐条。除了伸长的脖子外，异形的上体和下体相仿，但三条手臂末端的手有六个指头。

　　卵形的脑袋上有着深陷的、湿漉漉的双眼以及凹陷的口鼻。它们的皮肤很像泰拉的蜥蜴，布满鳞片和微小的骨角。然而，这些约伽尔人却并无"自然"可言。帝国忠仆们目前遇到并消灭的每一个异形，从发育未全的幼仔到衰弱的老人，身上全都装着植入仪器或电子替换机械。例如弹簧活塞腿、用轮子和滚筒替换的双脚、刀一般的爪子、皮下装甲薄片、眼腔内置的电视摄像机，乃至装在骨骼中的刺针弹道武器，千奇百怪。

　　加罗明白，这些异形植入物和阿斯塔特所拥有的改造器官背后的用意是相似的，但它们是异形，是入侵者。它们和加罗并不相同，而正如帝皇所令，这些异形将因胆敢侵入人类的领域而遭受惩罚。

　　在缓缓流动的水边，一群极有可能是某种近战变体的带爪约伽尔人正劈砍着一个来自第二连的无畏机甲。这位尊者战士陷入了湖边的化学泥浆中，加罗看见它正在旋转躯干，用链锯拳击打着异形。一道白光从天而降，射入约伽尔撕裂者之中，连长听到格鲁尔格放声大笑。格鲁尔格站起身，周围都是异形，他转过头。

　　第二连指挥官未戴头盔，这个瓶状世界的污浊空气并未影响到他。格鲁尔格的一只手拿着制式火星型爆矢枪，他在愉悦之中将子弹近距离倾泻在敌人身上。

　　高速子弹将约伽尔人射成了肉酱，为无畏机甲争取了宝贵的数秒钟，让它得以脱身。片刻间，格鲁尔格的周遭便是一片异形尸骸，蒸汽从他的枪管中袅袅升起。指挥官向原体敬礼，并向加罗露出一副狡黠大胆的笑容，随后便前去搜索新的目标。

　　"他真是毫无艺术感可言，不是吗？"哈库尔喃喃道，"尊敬的休伦·法尔本能自己杀出困境的，但格鲁尔格插手介入，他更在意如何在原体面前展现自己的勇毅，而非如何高效地使用弹药。"

　　"我们是死亡守卫。我们本不是艺术家，"加罗反驳道，"我们是战争的工匠，直截了当，仅此而已。我们并不寻求褒奖与荣誉，唯有职责。"

　　"当然。"这位老兵温和地说道。

　　德西乌斯跳到加罗面前，踢开他所击杀的尸骸，说道："你闻到了吗，长官？这些东西的血真臭。"

战斗连长并未回答。他踌躇了，注意力飘散，他正看着冷酷又愤怒的莫塔瑞恩。在原体身旁，泰丰和两个死亡寿衣卫兵飞旋舞杀，他们的人屠毒镰毫无阻拦地砍向一群慌乱尖叫的约伽尔人。死亡之主本人显然认为这些低级异形不值得他挥动镰刀，相反，他用明灯枪的光芒焚灭敌人。

　　灼人的白光从那把巨大的黄铜手枪的短枪管中射出，尽管加罗有着改造强化的视力，但他的视网膜上仍然留下了紫色的残影。被明灯枪的可怕光束击中的约伽尔保卫者变成了碳化骷髅，扭曲着，随后化作烟尘。

　　莫塔瑞恩冲入一群尖啸挣扎的异形，从中将一位受伤的死亡守卫拉到安全处，同时毫不费力地将那群异形击打开来。原体向那个人说了几句听不清的话，而那位光着头的阿斯塔特怒吼赞同，重新加入了战斗。

　　"多么伟岸超凡！"德西乌斯吸了口气，加罗能够感觉到这位年轻人内心的渴望，渴望跑下沙丘，冲到莫塔瑞恩的身旁，抛弃掉所有战斗条令，只为获得身处主公光环中战斗的机会。这是种难以遏制的欲望。加罗也能强烈地感受到这种欲望，但他不会去重蹈格鲁尔格那样自我炫耀的行为。

　　那位年轻的阿斯塔特随后移开了目光，看向四周，说道："所以这就是异形的伟大创造，嗯？看起来不怎么样啊。"

　　"人类的航天员过去也曾生活在像这样的圆筒中，"森德克一边装弹，一边解释，"在久远的过去，在我们掌控重力以前，他们称其为奥尼尔殖民地。"

　　德西乌斯似乎无动于衷。"我感觉就像是一只困在瓶子里的苍蝇。这是个什么世界？"他朝上示意，在他们上方几公里处，地形弯曲接合。一根细长的照明灯沿着圆筒的轴线延伸开来，消失于舰部和艉部的黄云之中。加罗眯起双眼，他看见暗绿色的微点在这艘世界舰中央的零重力走廊中移动着。

　　哈库尔在他身边绷紧了身子，说道："我也看到了，战斗连长，空中援军。"

　　加罗在通用通信频道中呼喊道："注意天空，死亡守卫！"

　　在鲜血染红的沙洲上，莫塔瑞恩用他的镰刀指向空中，大声说道："第七连连长目光敏锐！异形试图用杂兵分散我们的注意力，让我们的注意力集中在地面！"

　　原体朝加罗草草点头，然后迈向另一个浅沙丘顶端，无视敌人击打在他黄铜盔甲上的刺针弹。莫塔瑞恩拉下兜帽，他的脸庞转向笼中天空，坚定地说道："我们必须阻止它们。"

有那么一刻，加罗发现自己正沉溺于主公那不经意的赞许中，尽管他本意并非如此。原体——帝皇子嗣的青睐，即便只是瞬间，也是令人陶醉的片刻，他对于像格鲁尔格那样的人为何竭力争取此般青睐有所理解了。加罗随后摆脱了这种感觉，将一个新的弧形弹匣插入武器。"七连，准备战斗！"他呐喊着，举起爆矢枪，瞄准上方。

约伽尔飞行者大批涌来，令湖边的地面杂兵相形见绌。它们身着闪亮的绿色盔甲，缠着带子。这些空中异形利用机械手术去除了两条手臂，用有着锋利金属羽毛的翅膀取而代之，每一个翅膀都如同剃刀般锋利。它们的脚则变成了弯曲状爪子，关节上装着许多致命的射程优良的电弧喷射枪和刺针枪。

它们呼啸而下，遭遇到了爆矢子弹和高能等离子组成的火力网，纷纷死去，但这只是第一波，更多绿色的光点出现在空中，涌出薄薄的黄云。

加罗看到哈库尔的一个手下笼罩在轰鸣的人造闪电光芒中，他闻到了烧焦人肉的味道，一群异形飞行者将那人电击至死。附近，无畏机甲休伦·法尔射出了一波导弹，飞旋的敌群纷纷被炸死，冲击波令数十个敌人从天空坠落。加罗则小心移动着，俯身于氧化沙上，用全自动射击枪打下一个个正在下降突击的异形。异形的攻击模式十分明显。它们正试图将阿斯塔特逼回冰湖。

"今日休想！"战斗连长朝着空中说道，随后削去了一个大型成年雌性的翅膀。那个生物抽搐着，头朝下坠入沙滩。

加罗开始意识到有同伴到来。他瞥向肩后，皱起眉，对一群自身后走来的苗条轻盈的金色人物感到些许惊讶。寂静修女们步伐迅速，维持着严格的战斗纪律，加罗只在他的阿斯塔特兄弟间见过这般效率。

他很难分辨这些女人。她们的盔甲铮亮发光，没有任何粗俗的印章或飘动的誓言纸，就像是死亡守卫的寡淡战甲。她们的脸庞隐藏于鹰状的金色头盔下，这令加罗想起某个古老城堡的禁门。修女们无疑都配备了呼吸装置，让未受改造的她们能适应这个瓶状世界的有毒空气。她们看起来一模一样，仿佛是经帝皇之手从某个神秘模子中刻出来的。加罗漫不经心地想着，普通人看待阿斯塔特是否也是类似的情形？

修女们携带着利剑和喷火枪，剑刃与火焰舔舐着进入射程的约伽尔飞行者。有些人还带着爆矢枪。

尽管这些女人宣誓效劳帝皇，但她们从不说话，即便是那些被刺针弹或电弧火力击中的人也一声不吭。她们在目视范围内使用类似于阿斯塔特作战手势的手语交流，通信时则使用点击代码。从她们穿越交战区的方式来看，加罗确信她们完全清楚自己的行动方向。

在她们经过时，离加罗最近的一位修女瞥了他一眼，战斗连长感到一阵怪异的寒意。众所周知，修女会跨越银河搜寻非法灵能者并将之捕获或消灭，但她们的行事方式鲜有人知。

加罗曾听闻，不像其他人，这些从不开口的女人不仅仅在物质世界是寂静沉默的，在天界精神领域亦是如此。她们有许多名字：不可接触者、驱灵者、无魂者。

他对这些不合理性的想法感到不快，打消了这些念头。下一秒钟，警告符文便开始在他的面甲内闪烁，他也忘掉了那些想法。加罗听到了那些剃刀翅膀摩擦空气传来的尖啸声。

他动了起来，一群约伽尔人正朝他俯冲而来。加罗的速度唯有阿斯塔特才能匹敌，他用手拍向侧面那位修女的后背，把她推开，与此同时十只利爪正刺向他们。加罗抬起手臂挡开攻击，他感到利爪在他的前臂甲上切开了一条缝。约伽尔人尖叫着，向上刺入加罗的头盔，以断骨之力将头盔从颈圈中扯出。加罗踉跄着，稳住身躯，举起爆矢枪。他的爆矢枪怒吼着，一旁沙滩上的修女也一同开火。那些胆敢攻击他们的敌人没有一个活着离开。

战斗连长拍了拍自己的脸，对于这次战斗没有给他留下新的伤疤而感到满意。加罗站起身，那个猎巫士走向他，并从约伽尔人的利爪上扯下头盔，递给加罗。头盔受损严重，但重要的是这象征性的举动。那个女人抬起头，点头致意。她的一只手触碰了下她的心脏和眉毛，她的意思很清楚——感谢你。加罗不太清楚正确的手势，便只是点点头作为回应，这似乎足够了。那群女人留下他继续前进。直到她们转身离开，加罗才注意到那个修女金色头盔上伸出的一团黑发，以及刻在她肩胛骨上的红色天鹰。

加罗走向战斗中心，他越过一个堆满约伽尔人尸体的沙丘，其中掺杂着少数身着灰白动力盔甲的阵亡战士。葬送于此的每一位兄弟都令加罗气涌如山，每一位战士都抵得上一千个怪物入侵者。

连长再次听到了莫塔瑞恩明灯枪的爆裂声，他抬起头，看到原体的枪如同探照灯一般扫过天空，燃烧异形，使其化作灰烬尘埃。

通用通信频道中传来泰丰刺耳的咆哮声："如果这就是我们所面对的威胁，那么我怀疑今天我们的力量是否真的会受到考验！"

"我的父亲派遣我至此。"莫塔瑞恩的话语很温和，但不容置疑，"你觉得他做错了吗，第一连长？"

别的人在面对此种隐晦威胁时也许会退缩，但泰丰不会，他直言道："我只是对这糟糕的游戏感到不耐烦，总司令。我们在这里磨蹭太久了，长官。"

加罗听到了赞同的哼声。"也许的确如此，我的朋友。"当原体再次讲话时，他并没有使用通信系统传递自己的声音，而是大声喊道，"死亡之子们！你们清楚自己的目标！带上你们的队伍，追击敌人！泰丰，跟我来；格鲁尔格，去引擎；加罗，孵化场。立刻行动！"

第七连的队伍向加罗集结，战斗连长很高兴看到自己的人损失极少。药剂师沃延上下打量着加罗，沉默地评估着挂在加罗腰带上的头盔的状况。德西乌斯也同样取下了头盔，苍白的脸庞上露出凶狠的笑容。他动力拳上的脏器污渍乃是他当前击杀数的无声证明。

加罗朝他们点点头，七连人纷纷列队。他们开始行进，格鲁尔格的连队负责清除掉最后的约伽尔空军。他们快步穿越水晶沙丘，进入到某种粗糙纤维交织而成的高大树状丛林。

森德克检查着他的占卜仪。"战术地图显示这个方向上有类似约伽尔族孵化建筑的热源，"他指出，"那边。虚拟罗盘难以识别这个瓶状世界的内部建筑。"

"数据是最新的吗？"哈库尔问道，"传感机仆并未告知我们登陆区是一片化学湖，我在想它们还疏漏了什么。"

森德克皱起眉，说道："读数是……自相矛盾的。"

"那么我们最好做好奇袭的准备。"拉尔讲道，举起了他手中的复合爆矢枪。

"不要因你目标的名字而陷入自满，连长。"加罗在坚韧号的集合大厅里盯着全息仪时，莫塔瑞恩曾这么说，他并未直视加罗，"这个所谓的孵化场不仅仅是约伽尔人的育儿所，还是一个改造的场所。你可能会发现那里的卵不仅有幼儿，还有武装成年异形。"

加罗回想起原体的话，他抬头看向高耸的纤维树。越发深入这个"森林"，茎秆的排列就越发密集整齐，这些树状物上悬挂着巨大的灰色球体，如同怪异的果实。有些内部有活动的迹象，有什么东西在里面懒洋洋地扭动。这里到处都是一摊摊液体，森德克称那些灰色球体为"蛋黄"。沃延很赞同这样的描述，他指着上方挂着的那些粗糙无形又空空如也的湿球体。"这些树根将那些液体吸回系统中，"森德克指出，"十分高效。"

"真是令我流连忘返。"拉尔说道，语气显然是在说反话。

德西乌斯紧握着爆矢枪，问道："防御措施在哪？这些异形这么不在乎它们的卵，放任经过的掠食者四处游荡？"

"也许它们的孩子才是掠食者。"哈库尔阴郁地说道。

老兵小队的其中一人停了下来，看向前方。"连长，"他问道，"你看到这个了吗？"

"什么？"加罗问道。

那位阿斯塔特弯下腰，捡起一个闪光的金属物，其外形略显卵状。他把它放在手中翻转。"是……长官，我觉得是个头盔。"他举起那个东西展示给他们看，加罗感到一阵寒意，那是一位寂静修女的装备。

"修女们来过孵化场了？"哈库尔俯身看向四周，"猎巫士们为何来这里？"

德西乌斯干笑道："老头，首要问题似乎是什么东西杀了她。"

在他们前方树干最粗壮的地方，传来一阵爆矢火力声。加罗看到了零星的枪口火光，与此同时一阵低沉的隆隆声传遍他脚下的沙土。他听到响如骨骼断裂的噼啪声，不远处的树木开始摇动弯曲，其顶部的叶子开始飘动掉落，仿佛有什么大家伙把它们撞倒了。

"你马上就能得到答案了。"拉尔说道，举起爆矢枪。

修女会的修女穿过卵树，动如舞者，用她们的武器反复攻击一个约伽尔强化者。那是加罗登上这个瓶状世界所遇到的最大的异形，其设计并未出现在森德克的文献中。它的外表看起来与约伽尔人的基本形体很像，但体积约是十倍大。那东西直抵树冠，仿佛是鳞片肉体和金属的结合物，一个因巨人症而畸形的约伽尔人，随后又通过技术得以增强变大。

在那个半机械人身体中的一个玻璃球内，战斗连长觉得自己也许看到了肉体，尽管那个约伽尔人最初的形体已所剩无几。它没有胳膊，取而代之的是一条条扭动的灰色钢铁触手，从上体的各个胳肢窝生长而出。有的触手就像是突出的毒蛇，击打着修女，有的则盘绕在一个无形的包袱上，紧紧地贴着它的胸膛。

"这是某种守卫者？"沃伦提出。

"是某种目标。"德西乌斯驳斥道，开火射击。

死亡守卫前去协助修女会，一边接近一边开火，那个半机械人已然被子弹风暴所包围，星际战士的火力亦加入其中。加罗有一瞬间以为那个机械体试图逃跑，但随后它转过了身，抛弃了任何逃离的想法。也许它能够逃离那些女人，但随着加罗的抵达，它已别无选择，只有奋起战斗。

金属触角猛击而出，锋利的尖端在地上切开沟壑。那触角弯曲扭动，撕开草皮和根须。一条触手把哈库尔打了个措手不及，他被打到一旁，滚到一棵卵树的树干旁。那四处探寻的附肢朝着加罗的脑袋呼啸而来，连长低头躲了过去。

一位猎巫士用完了爆矢枪的弹匣，那触手的尖端刺向她的胸骨，拍打着帝皇的战士，反手击中了拉尔，随后又扯下了肯德尔另一个手下的金色头罩。这位严肃的无灵室女有着红色的顶髻和门闸式面甲，丢掉头盔的她踉跄哽咽，约伽尔船上的腐臭空气正在毒害她的肺。沃延已前去协助她，而加罗则面色阴沉。那个半机械人速度太快，太过狂暴，其行动难以控制。要击杀它，他们需要采取更直接的方法。他按下爆矢枪的快慢机，将之调为全自动射击，并冲向那个异形混合体。

战斗连长将整个弹夹的子弹倾泻到那个半机械人的腿部和胸部，一滴滴油液和闪着光的短路电弧显示出子弹击中的位置。那个约伽尔人发出低吼声，将它的注意力转向这位身着灰白盔甲的连长。它奋力甩出钢铁包裹的鞭子，嗡嗡作响，加罗开始翻滚，躲开鞭子击中的地方。那抽动的触角尖打在加罗的陶甲上，咔嗒作响，触角扫过他此前在湖边被飞行者的利爪切伤的地方，加罗感到一阵刺痛，伤口再次裂开了。触手的偶然弯曲，加罗的一丝延误，使得连长的爆矢枪突然间被甩向空中，枪从手中飞出去时仍紧紧地系在枪带上。

加罗利用撞击的力量，再次翻滚，并拔出自由剑。他刺向朝他袭来的一条条金属触手，用剑刃将之抵挡开来，橘白色的火花在卵树林阴沉的人造日光中闪耀着。其他人正朝着那个半机械人倾泻火力，但它的注意力仍在加罗及其紧紧怀抱的那个包裹于一块薄灰布中的物体上。战斗连长扑向这个约伽尔机械体，奋勇劈砍，斩断其触手尖。他感觉到钢铁肢臂碰到了他的腿，便转身砍去，但他离那个半机械人的躯体太近了，其附肢更厚实强壮，更耐打击。强大的卷须包围了加罗，他感觉到自己被抬离了地面。那个机械混合体猛烈地摇晃着加罗，加罗持剑的手臂挣扎着，无法舞动自由剑进行防御。他咬牙切齿，口中尝到了鲜血的味道。

加罗听到了自己盔甲关节中弹性钢碎裂的声音，闻到了背包溢出冷却剂的酸味。这位阿斯塔特紧咬牙关，痛入骨髓，他的内置甲壳和肋骨开始收缩。他的肺努力保持着呼吸，压力每一刻都在增强。加罗意识到那个半机械人正把他拉近，举于其肉体中心的玻璃容器前。空洞又贪婪的双眼盯着他，充满了异形的仇恨。那个约伽尔人想要看着他死去。

致命的压力继续增强，加罗的三个肺逐渐枯竭，他的心脏在胸腔中疯狂跳动。黑暗正朝他逼近。在连长的意识消弭之际，他瞥见了一个闪光的幽灵，一个人，似乎是他的原体，正呼唤他走向湮灭。

在那一刻，加罗在疯狂与绝望中激起了最后一丝力量。以泰拉之名，他告诉自己，以我的家园世界和人类帝国之名，我绝不会殒命！

新的能量传遍全身，如烈火烹油。加罗深入内心，找到了信念的源泉，他坚定地抵抗着异形凶暴的重压。连长在心中想象着泰拉的伟岸，而安全地捧在他手心中的，正是帝皇，顿时一股温暖传遍他痛苦的肉体。以帝皇之名，我不会失败！我绝不失败！

他发出一道无言的蔑视怒吼，与异形卷须抗争，将他所能积聚的最后一丝力量导向自由剑。动力剑的剑刃接触并切断了约伽尔人的钢铁，尖叫声传遍人造神经和机械电缆。那个半机械人踉跄蹒跚，加罗劈开了一条路，碎裂的陶甲碎片从他的盔甲上脱落。连长燃烧的肺正狂吸着空气。那个机械体试图将他推开，他则冲上前去，扬起灼人的剑锋。

自由剑触到了那个玻璃球的顶部，加罗看到那个约伽尔人口器颤抖，大惊失色。不像异形那样，连长并不会为了享受残酷而有所犹豫。相反，他用尽全力将利剑刺入，击碎了那个容器，武器插入了异形的肉体之中，再从半机械人的后背爆出，血流如注。

约伽尔人轰然倒地，落地时扯下了一片树木。卵中喷出了发育未全的异形，落入死亡守卫和猎巫士们的枪林弹雨之中。

半机械人肢臂上的神经最后抽搐了一下，加罗落到地上，拾回了他的剑。那个包裹在灰布中的东西掉了出来，滚到他的脚边。连长跪下，用剑尖挑开它。

灰布里是一个尚未发育成熟的约伽尔人。这个异形幼仔完全没有任何机械强化，但令加罗感到惊讶的是这个三角怪的畸形变异。这是一个连体婴，是两个异形的畸变体，在其生长过程中不知怎的合为了一体。它的头颅十分硕大，肿胀的脑袋由四个不同的腔室组成，与其种族典型的卵形脑袋完全不同。它的腿和手臂朝着加罗抽动着，乳白色的眼睛转动眯起，看向加罗。

加罗周遭的空气毫无预警地改变了。他皮肤上的空气变得油腻光滑，一阵突如其来的瘙痒感传来，夹杂着臭氧的强烈气味。他以前曾有过这种感觉，那是在别的战场上，在为人类大义的战争中。加罗的脑海中呼出了一个词，他完全明白了为何寂静修女会来到此地。

"灵能者！"他拔出剑，划出一道弧线，准备斩下那个生物的首级。

"等等。"

那个词如同冷潮冲击，加罗的手臂僵硬了。臭氧的气味笼罩了他，令他思维模糊、头脑紧绷，就像是那个半机械人缠绕着他的身体一样。那异形探入加罗的脑海，搜寻着，如同翻阅书本一般轻而易举。

"死亡守卫，"它低语着，对这词语饶有兴趣，"对于你的正义如此自信，却又如此害怕看到自己的精神出现裂痕。"

加罗试图施下致命一击，却四肢僵硬，动弹不得。

"终结将至。我们看到了明天。你们也当如此。你们的一切崇拜都将凋零。万物将会——"

那突变体的躯干爆裂开来，血肉横飞，一发爆矢子弹在它身上留下了一个拳头大小的洞。一瞬间，那道迷糊感便消失了，加罗眨眨眼，仿佛从熟睡中醒来一般。他转身看到阿门德拉·肯德尔修女正站在他身旁，烟雾自她的枪口中袅袅升起。她那头盔眼缝中的黑色眼眸端详着加罗。连长小心翼翼地站起身，模仿着修女在湖边时的那个手势，用他的盔甲指尖触摸他的心脏和眉毛。

加罗意识到有声音从孵化场的树林中传来，那是一声啸鸣，一声哀号，声音迅速增大。那声音刺耳无调。那是一曲挽歌，来自尚未孵化者的呼号。

"看！"哈库尔喊道，"在树林间！有动静，到处都是！"

加罗看到每一个卵球都在震颤，禁锢在里面的约伽尔生物在扭动拉扯，疯狂地想要逃离。他瞥向肯德尔，修女正指挥着她的队伍将死去的突变体收入一个锁子袋中。她抬头瞥向加罗，点点头。也许沃延是对的，那个半机械人是某种守卫者，保护着那个灵能孩童，而如今它死了，它的同胞们被激怒了。

"蛋黄"从树干上飞溅而出。肯德尔朝着她的修女们飞快地做出几个强硬手势，修女们行动起来，将喷火枪转向树叶。加罗看懂了她的行动意义，并在通信频道中呼叫道："使用手榴弹和爆炸物，遵照修女会的行动。摧毁树木！"

卵树的纤维很干，是极好的引火物。片刻间，异形树林便开始燃烧，灰色的囊沸腾爆裂。许多强化异形落到了地上，愤怒至极，却被冷漠精准的火力所消灭。

加罗看着淡蓝色的火焰飞舞燃烧着，扩散开来，杀害着这个世界舰的蛰伏者和新生儿。在这整个瓶子中，约伽尔人正命丧死亡守卫之手，让那变异孩童的遗言化作谎言。

"谎言。"加罗大声说道，看着有毒烟雾飘摇在他的头上。

第三章

荣耀长空号

毒酒杯

提议

在敌人的废墟残骸之中，死亡守卫特遣部队重组并调查他们所打造的毁灭之地。约伽尔族警戒舰队的残骸已化作一团晶化气体、舰体碎片和亡者组成的尘埃云。有的泪滴状异形舰船仍然相对完好。这些船一艘接一艘地被原子弹击沉，化作一团太阳般炽热的放射性等离子球。在不到一个标准泰拉日内，敌人便已然无影无踪，死亡守卫已将它们消灭殆尽。

在这片毁灭之地的边缘，葬仪队的风暴鸟于交战区搜索着在跳帮行动期间被炸入虚空的阿斯塔特。所找到的那些人在被移除尸体上的种子腺后会接受英雄般的葬礼。来自死者的这个宝贵器官会代替他们继续效劳军团，在新一轮募兵开始时传承给新兵，改造强化他们。有时，回收人员会幸运地发现仍然活着的战斗兄弟身着盔甲，在假死膜的平歇压力下处于休眠状态，但这种情况十分罕见。

在这片区域外，死亡守卫舰队如同食腐鸟聚集在尸体周围，约伽尔族的瓶状世界伤痕累累，它正在缓慢转向，对准了约塔赫罗洛基星系的黄道面。那个构造体的巨大太阳能板的破碎残骸飘浮于它的身后，形成一道依稀可见的彗尾。主引擎时不时闪烁着，聚变发动机驱动着这艘庞大的世界舰。死亡幽灵号战舰上的机械神教代表团发出了异议，他们请求莫塔瑞恩给予他们几天时间掠夺异形飞船的技术。原体用其特权拒绝了这项请求。马卡多大人的命令原话——也就是帝皇本人的命令——是消灭入侵这个星区的约伽尔族。死亡守卫之主显然认为这道命令十分清楚明白，异形应当消灭殆尽。

然而……

内森尼尔·加罗在坚韧号主发射舱上方的走廊中看着舰队移动。在他上方，是一块厚重的强化玻璃，以及外太空；在他下方，透过黄铜框架和网格甲板，是飞行平台区域。他的目光渐渐落到下方。

在光滑的风暴鸟和粗糙的雷鹰之间，有一艘天鹅状的穿梭机，飞船展开的双翼上点缀着金色和黑色。它在阿斯塔特的白色和灰色飞机中十分显眼，宛若一群苍白猛禽中的一只鲜艳斗鸡。

在将约伽尔族抹除于这片太空区域的任务完成之后，仍有一支可观的突击残部留在那艘船上。加罗很好奇寂静修女还有什么任务，且不会受到原体命令的束缚。如果不是帝皇的旨意，想必她们也不会忤逆莫塔瑞恩的意愿，不是吗？这并非抗命，只是个没什么影响的小问题。加罗既不了解，也难以想象原体的命令和帝皇相悖会是如何。

走廊的舱门打开了，发出一阵刺耳的嘶嘶声，加罗转过头看是谁前来打断了他惯常的战后独处时刻。两个人走进了这个空空荡荡、回音绕梁的柱廊，加罗的嘴角露出了一丝浅笑。肯德尔走近了他，一位更年轻的女人跟在肯德尔身后，穿着不那么华丽的猎巫士长袍，加罗略微鞠躬。

加罗可以想象肯德尔看到他的样子：刚下战场，筋疲力尽，但对战事成果十分满意。"修女，"加罗说道，"我相信你应该满意今日的战果。"

那个女人做了几个手势，她身旁的姑娘开口讲话："战斗连长加罗，幸会。帝国如愿以偿地实现了自己的目标。"

加罗扬起一只眼眉，直盯着那个姑娘。他现在看得更清楚了，他注意到那个姑娘并不像肯德尔那样，她未着盔甲，也没有携带可见的武器。"原谅我冒昧，但我以为寂静修女从不讲话。"加罗问道。

那个姑娘点点头，在回答时举止略有变化，她说道："的确如此，大人。一旦修女立下了静默誓言，那她至死也不会说一句话。我是一名见习修女，我尚未立下誓言，因此我可以讲话。当需要同外人交流时，像我这样的见习修女会为我们的修女会效劳。"

"原来如此，"加罗点点头，"那么我能问问你的主人找我何事吗？"

肯德尔又开始打手势，那位见习修女开始翻译，她的语气再次变得正式起来，她说："我想要在我们离开坚韧号之前与你谈谈，是关于你和你的手下在约伽尔族圆筒世界上参与的行动。帝皇希望他们不会再谈及那些事。"

连长领会了这点。当然了，不然为何肯德尔杀死那个异形灵能者时是朝着胸膛射击的，而非头颅？那是为了保存那个畸形脑袋中的秘密。他点点头。

人类之主为了了解太空领域而实施的伟大工程并非他区区一个连长所能理解的，而如果帝皇需要一具异形突变体死尸来增进了解，那么加罗也无权反对。加罗说："我会确保这一点。帝皇有他的工作，我们也是如此。我的人绝不会对此有所质疑。"

这位寂静修女略微挪近，仔细审视着加罗。她朝着那位见习修女打手势，那个姑娘有些犹豫，在传递那些话语前询问了她的主人。她说："阿门德拉修女问……她想要知道那个孩童是否有跟你讲话。"

"它没有嘴巴。"加罗的回答比他想象的要快。

肯德尔将一个手指放在嘴唇上，摇了摇头。随后她将手指移向她的太阳穴。

加罗看着自己的双手。他的手上仍残留着异形的鲜血。"我没有遭受任何污染，"他强调，"那东西没有污染我。"

"它有跟你讲话吗？"见习修女再次问道。

加罗在回答前犹豫良久。"它知道我是谁。它说它能看到明天。它告诉我一切崇拜都将消亡。"加罗发出一声冷笑，"但我是一位阿斯塔特。我什么也不崇拜。我不崇敬任何伪神，我崇敬的唯有帝国真理的现实。"

加罗的回答似乎让阿门德拉修女感到满意，她低头鞠躬。"你的忠诚，正如所有死亡守卫一样，从未受到质疑，连长。感谢你的诚实。"见习修女转述道，"显然，那个生物试图扰乱你的意志。你的抵抗很出色。"

那个姑娘仿照肯德尔的动作。"我的主人希望你和你的连队接受寂静修女的赞扬与感激。你们的名字会被呈献给掌印者，以认可你们对泰拉的效劳。"

"我们倍感荣幸，"加罗回答道，"我可否问下，你的战友，那位在战斗中丢掉了头罩的无灵室女情况如何？"

见习修女点点头，说道："啊，那是塞萨莉修女。她的伤势很严重，但她会恢复的。我们在荣耀长空号上的医疗人员会给予她恰当的治疗。我知道你的兄弟沃延救了她的命。"

"荣耀长空号？"加罗复述着，"我不知道那艘舰船。那是我方舰队的一员吗？"

肯德尔的嘴角露出一丝微笑，她朝着见习修女打手势。"不，连长。那是我们的一员。你可以亲眼看看。"那个女人指向玻璃穹顶外，加罗看向那个方向。

在坚韧号舰艇和约塔恒星的遥远光芒之间，一片虚空缓缓移过战舰舰部。

帝国舰队的常规舰船点缀其中，三角旗和信号灯遍布它们的舰体，而这位新来者，这艘荣耀长空号，步出星际深渊，却笼罩于黑暗之中，宛若一只海洋掠食者滑入夜晚的海面。

加罗此前从未看见过一艘黑船。这是寂静修女会的母船，运载着她们穿行银河，执行帝皇的猎巫任务。加罗只能看出这艘舰船最基本的形态。约塔赫罗洛基的日光勾勒出它的形体，这艘战列巡洋舰的大小至少与死亡守卫主力舰不屈意志号相当。它并没有大部分帝国舰船所具有的传统犁片舰艏，相反其艏部呈钝形。一个刀刃帆悬于舰部下方，其上是一只用闪光的火山玻璃刻成的天鹰。阿斯塔特舰队的坚韧号和其他船只乃是泰拉刺向敌人的利剑，而荣耀长空号则是巫师之锤。

"真是雄伟啊！"加罗低沉地说道，别无他言。他好奇徘徊于那艘舰船的甲板上会是怎样的感觉，一想到那艘船所隐藏的秘密，他感觉既迷人又反感。

阿门德拉修女再次鞠躬，并朝她的见习修女点了点头。"我们就此道别，尊敬的连长，"那个姑娘说道，"我们将动身前往月球，亚空间越发动荡不安。"

"一路平安，修女们。"加罗祝福道，他的目光难以从那艘黑暗的星舰上移开。

卡莱布推着手推车穿过军械室，小心翼翼地贴着大厅边缘的外围走道。主人的爆矢枪躺在他的手推车上，这把武器的饰面通常是完美无瑕的，如今却因在约伽尔族世界舰上的战斗而留下了一条条伤痕。作为加罗的侍卫，卡莱布的职责便是将这把枪交给武备机仆照料，并确保这把武器能尽快恢复荣光。他可不想让他的连长失望。

他经过了一群正在进行报告和卸装的死亡守卫，来自特米特尔连队的人正在热烈谈论着跳帮一艘异形驱逐舰的麻烦时刻，而来自泰丰的一连阿斯塔特仍怀着好斗的情绪。卡莱布穿过房间，他看到德西乌斯正在与哈库尔交谈，那位年轻人正满怀热情地描述着战斗的时刻，而那位严厉的老兵显然并无此般热情。

第十四军团的战士们在胜利后并不会有喧嚣的庆典，卡莱布听说这种活动更适合太空野狼或吞世者。但他们会以自己的形式来颂扬他们的胜绩，并向那些陨落于胜利之路上的人致以敬意。

其他军团只会很快接受死亡守卫所塑造的形象——残酷无情、铁石心肠，但现实并非如此简单。这些阿斯塔特的确鲜有把他们的战争当作消遣，但他们也不像有的人认为的那样严肃冷漠。与卡莱布所听闻的关于像极限战士或是帝国之拳那般坚忍冷静的军团相比，死亡守卫几乎可以说是顽固且难以驾驭的。

卡莱布绕过一个支柱，面前的一个人发出刺耳的笑声，拉回了这位侍卫的思绪。他踌躇了。指挥官格鲁尔格挡在他的道上，他正与一位第二连的阿斯塔特轻声愉悦地交流着。两人相互紧握拳套，诚恳地摇了摇，尽管走道光线很差，但卡莱布仍能够看到格鲁尔格将手中的一个圆形黄铜信物递到了另一个人的手中。

他立刻明白自己闯入了一个私密的时刻，那种唯有阿斯塔特才会共享的时刻，是像他这样的区区奴仆所不能侵扰的时刻。但卡莱布无处可藏，如果他转身，手推车的车轮声会暴露他。他不由自主地发出咳嗽声。那声音非常小，但依然引起了一阵突然的沉寂，指挥官停止了讲话，第一次注意到了这位侍卫。

卡莱布直盯着甲板，并未看到格鲁尔格朝他露出的一副完全蔑视的表情。

"加罗的小奴仆，"指挥官说道，"你是不是在偷听你不该听的事情？"他朝着这位侍卫走近了一步，卡莱布不由自主地退缩回去。格鲁尔格的语气仿佛是老师在教育学生，给他教训。"你知道这是什么吗，莫基尔兄弟？"

另一位阿斯塔特冷漠地审视着卡莱布，答道："不是个机仆，指挥官，没有足够的钢铁活塞，看起来像个人。"

格鲁尔格摇摇头。"不，不是个人，而是个侍卫。"他特意强调这个头衔，满怀轻蔑地说道，"一个可悲的无名之辈，来自旧时的迂腐陈规。"指挥官摊开双手说："看吧，莫基尔。看看这个失败品。"

卡莱布发声道："大人，如果您方便的话，我还要履行职责——"

他被无视了。"在我们的原体为军团带来强大的新鲜血液之前，有许多仪式和习惯纠缠着阿斯塔特。大部分已经被去除了。"格鲁尔格面色阴沉地说道，"有些仍然保留着，多亏了那些迂腐之人，他们本该更明事理的。"

莫基尔点点头，说道："加罗连长。"

"是的，加罗。"格鲁尔格不屑一顾，"他让情感影响了他的判断。噢，他是个优秀的战士，我承认，但我们的内森尼尔兄弟仍然因循守旧，深受泰拉根基的束缚。"这位阿斯塔特倾身靠近卡莱布，放低了声音说，"或许，我的判断有误？也许加罗把你带在身边，并非出于某种不合时宜的传统感，而是一种提醒？一个辜负军团的活生生的例子？"

"拜托了！"卡莱布说道，他握在手推车把手上的指关节已经发白。

"我不明白，"莫基尔说道，表现出真诚的迷惑，"这个奴仆怎么是个失败品呢？"

"啊，"格鲁尔格说道，移开目光，"造化弄人，这个废物本可立足于阿斯塔特军团之中。他现在本能同你一样，兄弟，为帝国攥甲挥戈。我们的这位朋友曾经是第十四军团的候选者，正如我们所有人一样。但他因自己的软弱而没有通过入团试炼。"指挥官若有所思地轻敲下巴，说："告诉我，奴仆，你是走到哪一步崩溃的？穿越黑色平原，还是在毒液隧道中？"

卡莱布的声音化作低语："荆棘花园，大人。"令人厌恶的旧时记忆浮现了出来，尽管那已经过去了许多年，但仍然记忆犹新。这位侍卫回想起毒刺刺在他裸露的皮肤上，浑身是血，血流如注，他面露苦色。他记得那种痛苦，更糟糕的是他的腿落向水中时的耻辱。他记得自己落入浓稠的黄褐色淤泥中，躺在那里哭泣，知道自己永远地失去了成为一名死亡守卫的机会。

"荆棘花园，当然了。"格鲁尔格的手指轻敲前臂甲并说道，"许多人在那场煎熬中流血至死。你很不错，能幸存下来。"

莫基尔扬起一只眼眉，说道："长官，你是说这个人……曾是个候选者？但那些没能通过试炼的人都毙命了！"

"大部分是，"指挥官纠正道，"在那七天的试炼中，大部分失败者死于伤势过重，或是无法抵抗毒素，但有少数失败者仍然活着，而即便是他们，在羞愧中回到他们的氏族后也大都会选择安息。"他冷冷地盯着卡莱布，继续说道，"但不是所有人。有的人甚至没有寻求那种荣誉的意志力。"格鲁尔格回头看向莫基尔，"有的军团会利用这些返古者，但这并非死亡守卫的行事方式。然而，加罗选择行使过时的权力，将这个可怜鬼从自我缺陷的深坑中救了出来。加罗拯救了他。"格鲁尔格嗤之以鼻，"多么高贵。"

卡莱布找回了一丝勇气。"效劳军团乃是我的荣幸。"他说道。

"是吗？"这位阿斯塔特低声咆哮着，"你竟敢在我们莫塔瑞恩的亲选者们周围展现你的缺陷？这是你的耻辱。我们在为种族的未来而战，而你却在模仿我们，在我们的斗篷之下摇着尾巴趾高气扬，为我们擦亮枪支，假装自己值得成为我们的一员。"他把卡莱布的手推车推到墙边："你在阴影中东躲西藏。你这个加罗的小间谍。你一无是处！"格鲁尔格的双眼闪烁着愤怒，"如果我是第一连的连长，那么这种允许你存在的毫无意义的传统片刻间就会被终结。"

"那么，"另一个声音说道，"第二连的指挥官是对自己的荣誉角色怀有不满了吗？"

"药剂师沃延。"格鲁尔格警惕地点点头，迎接新来者，"可惜的是，我对许多事情都怀有不满。"他离开了那个颤抖的侍卫。

"就那方面而言，生活总是充满挑战。"沃延故作轻松地说道，瞥了卡莱布一眼。

"的确，"指挥官说道，"你想要干什么，兄弟？"

"只想要一个解释，为什么你在我连长的侍从履行职责期间拦住他？战斗连长很快就会回来，他会想要知道为什么他的命令没有得到执行。"

对于沃延的贸然回答，卡莱布很明显地看到格鲁尔格的下巴在抽动，有那么一刻，他以为这位高阶阿斯塔特会向那位低阶药剂师吼出愤怒的驳斥，但随即那一刻便消失了，两人之间达成了某种卡莱布并不知晓的理解。

格鲁尔格带着夸张的谨慎给卡莱布让出道。"这位奴仆可以继续他的工作了。"指挥官说道，不再理会他们两人，自己和莫基尔一同走开了。卡莱布看着他们离去，那个阿斯塔特将一个硬币似的东西塞进了腰带上的弹药袋，他再一次看到了那个奇怪的黄铜信物。

他颤抖着吸了一口气，向沃延鞠躬，真诚地说道："感谢您，大人。我必须承认，我不明白指挥官为何如此厌恶我。"

沃延继续与这位侍卫同行，答道："伊格纳提乌斯·格鲁尔格对于一切事物都怀有同样的恨意，卡莱布。这并非针对你本人。"

"然而，他说的那些事……有时候我也是那么想的。"

"真的吗？那么回答我，你认为加罗连长，第七大连的领袖，认为你是个耻辱吗？像他这样的光荣之人会有这种想法吗？"

卡莱布摇摇头。

沃延将他的巨手放在侍卫的肩上，说道："你永远也不会成为我们的一员，这是事实，但尽管如此，你仍能为军团效劳。"

"但格鲁尔格是对的，"卡莱布咕哝着，"有时候，我是个间谍。我在船里四处走动，遁迹无形。我让连长大人得以知悉军团的心境。"

药剂师仍然面无表情地说："一位优秀的指挥官应当始终保持消息灵通。我们所说的并非什么阴谋诡计。这仅仅是关于话语和情绪的报告。对此你不应该感到矛盾。"

他们来到了军械平台，武备机仆正在等待，侍卫将连长的爆矢枪递给它们。卡莱布感到内心的紧张感得以释放，他想要开口讲话。沃延似乎察觉到了，便引导他来到一个观察窗附近的孤立角落。

"不只如此。我看到了许多事情。"卡莱布低声细语，遮遮掩掩，"有时候在舰船的营舍，在舰员们常常不会涉足的地方，有戴着兜帽的集会，大人。只有你们的战斗兄弟才有的秘密集会。"

沃延十分平静地说："你是说结社，是吗？"

听到药剂师如此公然地向他谈及这点，卡莱布感到吃惊。阿斯塔特军团内部的僻静会社对于外界而言并非众所周知，而显然这些事像卡莱布这样的人是不应当知晓的。"我曾听到人们低语过这个名字。"侍卫搓着双手。他满手都是汗水。他的脑海深处希望他不当多言，但他难以克制住自己。他想要把这些话说出来，倾诉出来。"就在刚刚，我看到指挥官给了莫基尔兄弟一个徽章。我之前曾看到过一个，是已故士官拉菲姆的个人财产。"卡莱布舔舐着自己的嘴唇，"一个黄铜圆片，上面有我们军团的骷髅星浮雕，大人。"

"你觉得那是什么？"

"一个徽章，长官？是这些秘密群体的成员信物？"

这位阿斯塔特平静地盯着他，问道："你害怕这些集会会威胁死亡守卫的团结，是吗？他们之中会有人酝酿着反叛？"

"怎么不会呢？"卡莱布小声说，"秘密是真相的敌人。帝皇和他的战士代表的是真相！如果人们必须要在阴影中聚集——"他停下来，眨了眨眼。

沃延挤出一丝浅笑，说道："卡莱布，你尊敬加罗连长。我们全都了解原体的威能。你觉得这样的伟人会对此坐视不管,任由颠覆滋生其中?"药剂师再次将他的手放在侍卫的肩上,卡莱布感到了一丝压力。他开始感觉到这位战士陶钢手套的力量正压在他的骨肉上。"你所瞥见和偷听到的传闻不应该成为你的顾虑,战斗连长也不应当为这事分神。相信我所说的。"

"但是……"卡莱布说道,他的喉咙变干了,"但是你怎么知道呢?"

沃延的微笑在嘴边消失,答道:"我很难说。"

尽管身着休闲长袍,内森尼尔·加罗依然身形魁梧,即便是身处尚未脱下战斗盔甲的手下们之中。在宽阔的军械室彼端,一段长长的钢铁大厅是属于第七连的地盘,他走过阿斯塔特们,与每个人交谈,向那些心情愉悦的人点点头或露出笑脸,对那些在与约伽尔族战斗中失去了亲近战友的人报以深切的同情。他找到德西乌斯,对他进行了温和的批评,这位年轻的阿斯塔特正坐着照料他的动力拳,用一块厚布清理着这个硕大的拳套。

"我们在瓶状世界中并未打算采取近战战术,索伦,"加罗指出,"你携带着一把爆矢枪自有其道理。"

"如果这能让连长满意的话,今天我已经从森德克兄弟那里听过了类似的教导。他长篇大论、事无巨细地讲了关于我如何没能遵守交战规则的事。"

"我明白了。"加罗在德西乌斯身旁的一个长凳上坐了下来,"那么你的回答呢?"

这位年轻的战士露出微笑,说道:"我告诉他,不论规则如何,我们都还活着,而这场胜利是衡量成功的唯一真正标准。"

"是吗?"

"当然了!"德西乌斯分外细心地照料着动力拳,"在战争中,最终的结果高于一切。如果没有胜利……"他停顿了片刻,随后说道,"那么一切都毫无意义可言。"

在附近,安杜斯·哈库尔用手摸着他那胡子拉碴的灰色下巴,说道:"从一个小崽子口中道出如此天才的战术,恐怕我会惊喜得晕头转向。"

面对这位老兵的嘲讽,德西乌斯目光如炬,但加罗捕捉到了这个紧张时刻,他轻声笑着,缓解了尴尬:"你得原谅安杜斯,索伦。就他这个年纪,他的尖刻话语是他唯一能运用自如的武器了。"

哈库尔紧抓着胸膛，假装痛苦，哀号道："噢，我的连长，直刺我心。多么悲惨。"

加罗仍然保持着平和的微笑，但事实上他能够感觉到他的老朋友故作滑稽背后的疲惫与痛苦。哈库尔在那艘世界舰上失去了手下，而那痛苦隐藏在了他的表面之下。"今日我们打了个漂亮仗，"连长说道，语气真诚，"死亡守卫再一次成为将帝皇的旨意刻入银河的工具。"

其他阿斯塔特都没有说话。他们全都陷入了沉默，脸庞转向加罗的肩后。在加罗转过身找寻原因时，第七连的所有人都一起跪下。

"我的战斗连长。"

加罗意识到自己甚至没有听到原体的靠近，他局促不安。正如突击前在集合大厅中一样，莫塔瑞恩唯有在恰当之时才会显示出自己的存在。

加罗向死亡守卫之主深深鞠躬，隐约感觉到泰丰在他的主公身旁，而一个机仆则潜藏在第一连长的斗篷后。

"大人。"他回答道。

莫塔瑞恩露出一丝冷笑，即便是在他喉咙与嘴唇周围的呼吸颈圈后，这些冷笑也依稀可见。"修女会已经离开了我们。她们对七连评价颇高。"

加罗斗胆稍稍抬起他的眼睛。像他一样，原体不再身着黄铜钢铁动力盔甲，而是穿着更实用的服装，套着一身日用长袍。即便身着如此简朴的装束，他的存在依旧突出。高大瘦削，钢筋铁骨，他穿着甲板靴时的高度堪比身着第一连终结者盔甲的泰丰。

当然了，还有人屠毒镰。那把镰刀背在他的背后，重型黑刃在他的脑后弯曲，黯淡无光。"请起身，内森尼尔。低头看着我的手下令人厌烦。"

加罗直起身，注视着原体深邃的琥珀色眼睛，决心不退缩。莫塔瑞恩的目光则直刺他的心，连长感觉自己的心脏仿佛被原体修长的手指紧紧握住，考虑掂量着。

"你应该当心脚下，泰丰，"死亡之主说道，"这位，有朝一日会取代你的位置。"

向来面带愠色的泰丰只是面露怪相。站在第一连长、原体以及视线边缘的两位死亡寿衣守卫面前，加罗感觉自己仿佛身处井底。在如此审视之下，普通人的神经可能早已崩溃。

"大人,"他问道,"第七连如何为您效劳?"

莫塔瑞恩向他示意,说道:"你可以走上前来了,加罗。你赢得了奖赏。"

内森尼尔遵命照办,朝着哈库尔迅速瞥了一眼。他在湖边的话语仍在自己的脑海中回荡——我们并不寻求褒奖和荣誉。加罗觉得这位老兵无疑对这个事件的反转感到十分愉悦。"长官,"他开口说道,"我不值得任何特殊——"

"你可不想婉言拒绝,对吧,连长?"泰丰警告道,"这种虚伪的谦逊并不受欢迎。"

"我只不过是帝皇的一位忠仆,"加罗勉强说道,"这便是足够的荣誉了。"

莫塔瑞恩示意那个机仆上前,连长看到它携带着一个托盘,上面放置着酒杯和碗。"那么,内森尼尔,你愿意赏光,与我一同畅饮吗?"

加罗僵硬了,他认出了那个华丽的酒杯以及其中的液体。"当……当然了,大人。"

据说,无论是多么强烈的毒素,无论是多么强劲的毒药,无论是多么致命的感染,死亡守卫都能够抵抗。自建团起,第十四军团便一直是奋战于大部分恶劣环境中的帝皇战士,在普通人类无法幸存的化学云雾或酸性大气中鏖战。巴巴鲁斯,军团的根据地,莫塔瑞恩本人的成长家园世界,塑造了这种品性。原体如此,他的阿斯塔特亦是如此——死亡守卫是一群有着强大抵抗力、不可战胜的战士。

他们在还是阿斯塔特新兵时便通过严格的训练方法磨炼自身,自愿将自己暴露在化学剂、污染物、致命病毒株和一千种不同的毒液之中。这一切他们都能抵抗。这便是他们在厄萨的枯萎真菌中赢得胜利的方法,是他们在欧格尔四号星承受住蜂群侵袭的诀窍,是他们被派遣与呼吸氯气的约伽尔族战斗的原因。

那个机仆熟练地将黑色液体混合,倒入杯中,加罗的鼻孔闻到了化学物的气味,莫塔瑞恩麾下的阿斯塔特无人敢将这项惯例称作仪式。这个词令人想起原始的偶像崇拜,是对帝国真理那纯洁、无神论逻辑的诅咒。这仅仅只是他们的一种习惯,是死亡守卫传承下来的一个传统,尽管仍有像伊格纳提乌斯·格鲁尔格这样的人对此抱有恶意。这些杯子属于莫塔瑞恩,在死亡之主亲临的每场战斗之后,他都会挑选一位战士,与那个人共享一口毒酒。他们会畅饮并存活下来,彰显出军团那坚不可摧的力量。

机仆将托盘递给原体，他拿了一杯给自己，随后递给了加罗一杯，第三杯则给了泰丰。莫塔瑞恩举起酒杯致敬。"违死逆亡。"原体轻抬手腕，一饮而尽。泰丰露出狂野的笑，也同样举杯祝酒，一饮而尽。

加罗看到第一连长脸庞发红，但泰丰并未向外流露出任何痛苦的迹象。加罗闻了闻面前的液体，他的感官在抗拒，他的植入神经舌和预置胃器官仅仅因闻到那毒酒的味道便已经在反抗。但是拒绝这杯酒将会被视为软弱，而内森尼尔·加罗绝不会允许自己被指责软弱。

"违死逆亡。"他说道。

战斗连长动作沉着，一饮而尽，然后将酒杯倒置于托盘上。一阵赞许声在第七连的战士们中传遍，但加罗几乎没有听到。他的血液在耳中隆隆作响，喉咙和食道一阵烧灼感，阿斯塔特强大的生理机能迅速抑制住他所摄入的毒素。德西乌斯敬畏地看着他，梦想着有朝一日会是自己举着那个酒杯，而非加罗。

莫塔瑞恩咧嘴笑道："真是珍奇的佳酿，你赞同吗？"

加罗胸中火烧，他无法说话，只能点点头。原体低声大笑，感到愉悦。莫塔瑞恩的外在反应显得他酒杯中装的仿佛是水。他把手搭在战斗连长的背上，说道："来吧，内森尼尔，我们去散散步，解解酒。"

他们走上通往大军械室上方阳台的斜道，泰丰向他的主公鞠躬，表达了歉意并转身离开，走向指挥官格鲁尔格和第二连驻扎的壁龛。加罗回头看到死亡寿衣在后面齐步紧跟，他们的步伐精确完美，仿佛他们是机器人而非人类。

"别担心，内森尼尔，"莫塔瑞恩说道，"我目前没有替换我守卫的计划。我并没有打算把你招募为秘密亡者。"

"悉听尊便，大人。"加罗回答道，他的喉咙终于能发声了。

"我知道你不太赞同像喝毒酒那样的事，但你必须明白，荣誉和嘉奖有时候是必要的。"他朝自己点点头，"战士们必须知道自己受到了重视、赞扬……必须在恰当的时刻给予来自同侪的赞扬。否则，即便是最坚定的人最终也会感到自己未受重视。"原体的声音中闪过一丝忧郁，转瞬即逝，令加罗觉得这仿佛是自己的臆想。

莫塔瑞恩带他们来到了阳台的边缘，他们看着下方聚集在一起的人们。尽管坚韧号并不足以容纳整个军团，但死亡守卫七个连队的许多人都在现场，不论是全体还是部分人员。加罗看到乌利斯·特米特尔和他的战友朝他敬礼。加罗点头回应。

"你是个受人尊敬的人，内森尼尔，"原体说道，"整个军团中没有一位连长不认可你的战斗才能。"他再次露出浅笑，"即便是指挥官格鲁尔格，尽管他并不愿承认。"

"感谢您，大人。"

"还有普通战士。战士们信任你。他们向你寻求勇气与领导，而你则慷慨给予。"

"我只是在为帝皇尽忠效力，长官。"加罗局促不安。与他的主公共享私密的片刻令他倍感荣幸，但也同样令他忧虑不安。这并非直接清晰的战争舞台，在那里加罗很清楚自己该做什么。此时此刻他却身处高处，与一位帝皇子嗣闲步。

莫塔瑞恩对此可能有所察觉，但他并未表露出来。"对我而言，在军团内保持目标的一致性十分重要。正如对我的兄弟荷鲁斯而言，在全体阿斯塔特中保持团结性也十分重要。"

"战帅！"加罗吸了口气。坚韧号上近来时有传闻，称死亡守卫的这支舰队在截击约伽尔族之后会被派遣一个新任务。这个传闻的重点在于，他们可能会加入伟大远征的第63号远征舰队，统率那支舰队的不是别人，正是帝皇本人的亲选子嗣，战帅荷鲁斯。他现在意识到，这显然不只是传闻。加罗过去曾与荷鲁斯的第十六军团的战士并肩作战，并且对像马罗格斯特、加维尔·洛肯以及塔瑞克·托迦顿这样的人赞赏有加。"我曾与影月苍狼一同服役，大人。"

"他们现在是荷鲁斯之子了，"莫塔瑞恩温和地纠正道，"就像死亡守卫曾经是黄昏突袭者一样。我的兄弟期望我们的军团成就大业，连长。一场战斗即将来临，从战帅到你的卑微侍卫，我们所有人都将受到考验。"

"我会做好准备的。"

原体点点头。"对此我确定无疑，但做好准备是不够的，内森尼尔。"他的手指紧握着铁栏杆，"死亡守卫必须上下一心。我们必须目标一致，否则我们将落败。"

加罗的不安感加深了,他怀疑自己是否仍在受到那杯毒酒的影响。"我……我不确定自己是否明白您的话,大人。"

"我们的战士在指挥链中的上下级之间寻求慰藉,但同样重要的是,他们也能在没有等级隔阂的地方找到自己的容身之处。他们必须拥有毫无约束的言论和思想自由。"

顷刻间,加罗在一阵寒意之中豁然开朗,他说道:"大人指的是结社。"

"我听说你一直在回避成为其中一员。为什么,内森尼尔?"

加罗盯着甲板,问道:"我是在被命令加入结社吗,大人?"

"我并不执掌结社的运作,正如我无法左右星辰的运动。"莫塔瑞恩轻松地说道,"不,连长,我并非对你下令。我只是询问原因,告诉我吧。"

在加罗再次开口前,他沉默良久。"我们是阿斯塔特,长官,人类之主为我们设立了道路,我们的任务是将遗失残存的人类重新纳入帝国的版图,启迪迷失者,惩罚堕落者和入侵者。我们唯有站在真理一侧,方能施行此道。如果我们开诚布公,身处宇宙的刺目光芒下,那么我确信我们最终会消灭关于神祇的谬论……但如果我们匿影藏形,即便只是隐藏毫厘,我们也无法背负世俗的真理。唯有帝皇才能描绘前行的道路。"他的呼吸在颤抖,意识到原体正目不转睛地盯着他,"这些结社,尽管有其价值,却是建立于隐秘的行为之上,而我不会参与其中。"

莫塔瑞恩审慎地点点头,接受了加罗的观点,继续问道:"那么你那些持不同意见的战斗兄弟呢?"

"那是他们的选择,大人。我无权为他们做决定。"

原体再次挺直身体。"感谢你的坦率,战斗连长。我别无他求。"他停顿片刻,"我对你还有一个请求,内森尼尔,而这个,恐怕确实是一道命令。"

"长官?"加罗感到自己的胸膛在奇怪地颤动。

"我们在这里的任务完成后,这支舰队会前往伊斯特凡星系与战帅的指挥舰复仇之魂号会合。荷鲁斯将会主持一场战争会议,到场的还有吞世者和帝皇之子的代表,而届时我需要一位侍从陪我到场。第一连长泰丰需在他处履行职责,因此我选择了你与我同行。"

加罗内心的激动无以言表。对一位战斗连长给予此般殊荣已是史无前例,这令他胸膛紧绷。立于莫塔瑞恩身侧足以令人激动不已，而身处一场由战帅统领的帝皇子嗣集会……

那将会是荣耀无比。

第四章

两面三刀
黑暗中的尖叫
群英荟萃

图像屏幕像布一般柔韧，像挂毯那般悬挂在军械室壁龛的屋檐上。电缆消失于墙上闪光的黄铜插座之中，舰对舰通信网络通过数据流传输着图像。画面是实时信号，因来自赫罗洛基恒星的干扰，信号有所减弱，尽管画面看起来是即时的，但事实上比实际事件发生要晚几分钟，传输因相对论物理现象而减缓，但这一事实似乎并未影响到聚集的阿斯塔特们观看。

屏幕画面来自巴巴鲁斯之螫号艏部面上的远程占卜摄像机，这艘轻型护卫舰的任务是跟踪约伽尔族世界舰的最后旅程。这些图像将会记录给后代。更好的画面无疑会被制作为振奋人心的新闻短片，在整个帝国领域发布。

世界舰的引擎闪着红光，喷口喷出聚变火舌，每一个喷口都有巴巴鲁斯之螫号那么长。在图像边缘可能会看到小型飞机的闪光——那是穿梭机和雷鹰，它们正载着最后的帝国部队离开世界舰。摄像机转动跟踪着那艘巨大的飞船，随着太阳约塔进入视野，满是烟雾的滤光器画面逐渐变暗。

世界舰正在加速，每一刻速度都在提升。由死亡守卫第二连夺去的推进系统控制器已经由机械神教的技师们开启锁定。巴巴鲁斯之螫号保持着一定的距离，在那个瓶状世界的后方飘浮着，勾勒出其坠向太阳的轨迹。一圈圈噼啪作响的电磁能量在珠母色的圆筒周围闪着光，世界舰进入了恒星无形的色球层，舰部的太阳能板随之毁灭。它们被烤焦了，向内收拢，如同被蜡烛火焰触碰到的昆虫翅膀。世界舰的坠落速度越来越快，坠入了光球层狂暴的过热等离子中。一公里长的舰体金属卷曲脱落，露出了熔化流动的金属肋骨。最终，这艘异形舰船沉入了灼热的日珥，永远消失于恒星的熔炉之中。

"结束了，"莫基尔兄弟喃喃道，"化作尘埃，正如死亡守卫的所有敌人一样。对于如此狂妄的异形而言，这是个恰当的结局。"一阵自豪感传遍第二连的众人。

正是他们让世界舰冲向太阳成为可能，他们浴血奋战才从约伽尔族手中夺取了固若金汤的工程穹顶。让他们来目睹异形舰船的最后时刻再合适不过了。

"我在想那艘船上有多少幸存者。"一位士官说道，他正看着恒星荡漾的表面。

莫基尔咕哝道："一个也没有。"他转过身，朝着他的连长露齿而笑，"大获全胜，嗯，指挥官？"

"大获全胜，"格鲁尔格以满怀愤懑的语气复述着，"但还不够好。"他抬起头向走廊投去冷酷的目光，在那里，加罗正同原体进行交谈。

"克制你的怒气，伊格纳提乌斯。就这次，别把它像个徽章一样戴在你的胸前。"泰丰走了过来，普通阿斯塔特纷纷为他让道。

"原谅我，第一连长，"格鲁尔格回嘴道，"如你所言，在看到不配者得到奖赏时我倍感折磨。"

泰丰扬起一只眼眉，警告道："你在质疑原体的决定？小心点，指挥官，这种想法暗含不忠。"

格鲁尔格靠近泰丰，如此他们的谈话得以更加私密。

"加罗拯救了女人，杀死了新生儿，因此他得到了畅饮毒酒的殊荣？军团的标准已经降得如此之低，以至于我们要奖赏这种行为？"

第一连长无视了这个问题，而是提出了自己的问题，他问道："告诉我，你为什么如此激烈地反对内森尼尔·加罗？他是一名死亡守卫，不是吗？他是你的战斗兄弟，阿斯塔特同胞。"

"规矩正直的加罗！"格鲁尔格的嘲讽语气中充满愤怒，"他不是个合格的死亡守卫！他专横高傲，总是趾高气扬！他觉得自己比军团的其他人都要优越，比我们其他人都要骄傲，都要优秀！"

"我们？"泰丰问道，刺激指挥官说出他早已明白的暗含之意。

"巴巴鲁斯之子、卡拉斯、你、我，还有像尤吉奥吉和霍戈尔戈这样的人！生于我们枯萎的家园世界的死亡守卫！加罗是个泰拉人，生于地球。他把这出身当作某种神圣烙印，总是提醒我们他更优越，因为他在莫塔瑞恩执掌军团前便已在为军团而战！"格鲁尔格摇摇头，继续说，"他鄙视我的连队，还有我们结社兄弟的战友情谊，他太过傲慢，不会在军阶和规则之外与我们其他人为伍，而你知道为什么吗？仅仅因为他那宝贵的长子特权！如果他没有受到帝皇宠幸，穿着他那该死的鹰饰胸甲，那他根本就不会与我并驾齐驱！"

"特米特尔是泰拉裔，休伦·法尔也是，还有索拉克以及我们队伍中的其他许多人，"连长平静地说道，"你也厌恶他们吗，伊格纳提乌斯？"

"他们不会把老旧陈规像咯咯作响的链条一样拖在身边。他们不会因为自己的出生地而自觉高人一等！"格鲁尔格眯起双眼，"加罗的举动仿佛是他有权评判我一样。我不会容忍这种傲慢态度，他在养尊处优中长大，而我的氏族则在为每一丝清洁的空气而奋战！"

"但莫塔瑞恩本人不就是个泰拉人吗？"泰丰问道，露出不怀好意的微笑，引导着格鲁尔格在这个话题上走得更远。

"原体的出生地是巴巴鲁斯，"指挥官坚称，"他现在、将来都永远是我们的一员。这个军团首先属于死亡之主，其次才是帝皇。加罗应该就此得到提醒，而非给予他不值得的赞扬。"

"大胆的言语，"泰丰指出，"但恐怕你会更加失望了。我们的总司令不仅在今日给予了加罗连长饮酒的殊荣，还将他指定为在我们下一个逗留地的战争会议中的侍从。"

格鲁尔格苍白的脸庞涨得通红，他怒吼："你是来嘲讽我的吗，泰丰？在我面前展示加罗的受宠让你觉得很好笑吗？"

泰丰的神情变得僵硬。"注意你的言辞，指挥官。记得你在跟谁讲话。"他移开目光，"你是一位真正的死亡守卫，格鲁尔格，一个直截了当的工具，致命又无情，并且你是忠于原体的。"

"永远不要质疑这点，"格鲁尔格咆哮着，"否则我会取下你的脑袋，无论你是不是第一连长。"

这威胁令泰丰感到有趣。"我绝不敢做这样的事情，但我要问你——你对莫塔瑞恩的忠诚能走多远呢？"

"到地狱之门外，如果他下令的话。"格鲁尔格的回答迅速果断。

泰丰谨慎地看着他，问："即便那有违更高权威的意志？"

"比如掌印者？"格鲁尔格厉声说道，"或是遍布泰拉议会的那些废物？"

"或是还要高的权威。"

指挥官发出愤懑的笑声，说道："死亡之主第一，帝皇第二。我心口如一。

如果这让我不如像加罗那样的人有价值，那么也许我就是。"

"恰恰相反，"泰丰点点头，"这让你更有价值。超凡之力即将崛起，伊格纳提乌斯，而当那一刻来临时，我们需要有你这般才能的人。"

伊格纳提乌斯不屑一顾地瞥向走廊，问道："那么他呢？"

泰丰耸耸肩，说道："内森尼尔·加罗是个好士兵，也是个好领袖，这个军团和其他军团的许多阿斯塔特都对他怀有敬意。有他在原体身侧——正如你所言，一个如此忠实的泰拉人——当抉择的时刻来临时……那会产生不小的影响力。"

格鲁尔格冷笑道："除了泰拉的统治，他宁愿断骨，也不愿屈膝于任何人。"

"那原体紧盯着他就更是情理之中。"泰丰粗哑的声音化作低语，"然而，我看到了你观点中的现实，伊格纳提乌斯，当抉择的时刻到来时，若加罗并未与我们站在一条线上——"

"你会需要使用一个直截了当的工具，对吧？"

泰丰点点头，答道："没错。"

指挥官露出狂野的笑容。"谢谢你，第一连长，"他大声说道，"你的忠告极大地抚慰了我的暴躁。"

坚韧号从疯狂暴怒的亚空间中飞驰而出，再次冲入实体世界，率领着死亡守卫舰队进入第63号远征舰队开放的菱形编队。加罗再一次身着他的全套战甲和荣誉勋章，伫立于原体身后。莫塔瑞恩在集合大厅观察着战帅的大军，两侧伴随着死亡寿衣，一只手按在厚厚的强化玻璃窗上，这扇窗构成了舰船艏部那个巨大石骷髅的右眼窝。

"我的兄弟想要给我们留下好印象，"莫塔瑞恩对着空气说道，"荷鲁斯之子的确在这里集结了一支强大的军队。"

加罗不得不承认，自帝皇本人领导伟大远征的那些日子以来，他鲜有看到过此般盛况。黑暗之中遍布着各种型号和吨位的舰船，它们之间的空域则布满了辅助船只、穿梭机以及进行防线巡逻的战斗机。死亡守卫的绿色和灰色舰船呈箭头状排列，小心翼翼地排成特定的队形。在右舷远端，透过泰丰的旗舰终焉号的舰艏，加罗看到了来自第三军团帝皇之子的一艘怀金垂紫的巡洋舰，而位于上方另一个锚点的，则是来自第十二军团吞世者的一艘蓝红相间的舰船。

但真正吸引加罗注意的是那艘航行于所有舰船前方的宏伟战列舰，一片开阔空间和一群光亮的渡鸦级截击机将其隔离开来。战帅的复仇之魂号散发着寂静的力量，如同一块铁铸大锭。即便是在这个距离上，加罗也能够看到数百个炮塔以及比坚韧号的火炮长两倍的巨型加速炮炮管。在死亡守卫舰船展示骷髅星星图章的位置，荷鲁斯的旗舰则展示着一个巨大的金环，被一个细长的椭圆分为两半。那是战帅之眼在目不转睛地注视着所发生的一切。很快，加罗就将踏足那艘舰船，与他的连队载誉而行。

窗户下控制面板中的信号灯变换了颜色，发出咔嗒声，表明坚韧号已进入战位。加罗抬头看向原体，恭敬地说："大人，一架风暴鸟已在发射舱为您的离开做好了准备。我们已准备好，就等您下令回应战帅的召唤。"

莫塔瑞恩点点头，仍站在原地，沉默地观察着。

片刻后，加罗再次开口说道："大人，我们不是应该在抵达时便前去参见战帅吗？"

原体咧嘴而笑："啊，连长，我们从战场来到了政治的舞台。我们去得太早是不太礼貌的。我们是第十四军团，因此我们必须尊重我们兄弟军团的编号。帝皇之子和吞世者应当先抵达，否则我会招致我兄弟们的愤怒。"

"我们是死亡守卫，"加罗脱口而出，"我们并不次于他人！"

莫塔瑞恩的笑容拉大了。"当然，"他表示赞同，"但你必须明白，让我们的战友认为他们独占鳌头，有时候这也是十分得体的。"

"我……我不明白其中的价值，大人。"加罗承认。

原体转身离开观察窗，说道："那么边看边学，内森尼尔。"

在风暴鸟简朴的乘员舱内，加罗再次感到自己在指挥官面前显得矮小。莫塔瑞恩坐在过道对面，弓着身子，脑袋离战斗连长只有一臂之遥。死亡之主的语气如若慈父一般。加罗专心致志地听着，铭记原体的每一句话，与此同时，这艘小船正穿越坚韧号和复仇之魂号之间的虚空。

"我们的角色在这场战争会议中十分重要，"莫塔瑞恩说道，"你拿在手中的数据是一根火柴，即将点燃包围伊斯特凡星系的烈火。"听到后，加罗打开手掌，研究着手里厚厚的一卷存储线。"我们肩负着将这场背叛的消息

内森尼尔·加罗,死亡守卫的战斗连长

送到战帅耳边的责任，因为正是我们的战斗兄弟偶然收到了伊斯特凡背离帝皇的警告。"

加罗检视着这个卷盘。这是一个看起来十分无害的东西，却蕴含着如此巨大的潜力。这个小设备似乎难以代表整个世界的灭亡令。在他们离开坚韧号以前，原体向加罗展示了这个卷盘内的图像记录，而那些图像让他感到一阵寒意，难以摆脱。

他又看了一遍，那段记忆犹新。加罗看到一个女人出现在集合大厅的全息仪中，面色惊恐，周围一片阴霾。她是帝国军的一位低阶军官，一位少校。至少她穿着少校的制服。加罗在跃动的阴影间瞥见了一个石栅栏墙，还有来自化学蜡烛跳动的橘光。汗水在那个女人灰黄的脸庞上闪着微光，细长的火舌映射在她焦虑的绿眼中。当她开口讲话时，她的声音仿佛因见到了活人所不应目睹的恐怖之物而崩溃。

"这是暴动，"她开始说道，努力从嘴边挤出话语，仿佛是绝望的诅咒。她继续滔滔不绝，谈到了"拒绝"和"迷信"，以及像她这样的前线士兵所无法相信的事情。"普拉尔已经疯了，"她咆哮着，"那些战争歌者都支持他。"

加罗听到这个名字时皱起眉，他的主公暂停了播放，解释道："高贵的瓦杜斯·普拉尔男爵是这个星系的首都世界伊斯特凡Ⅲ的帝皇任命的帝国总督。"

"她……她的意思是说，这个世界的总督摒弃了泰拉的统治，而投身某种异教崇拜者？"内森尼尔眨眨眼，这个想法对于一位在帝国内有着如此显赫地位的人而言实在不合情理。"为什么？是什么样的疯狂会导致这样的事发生？"

"这正是我的兄弟荷鲁斯要我们习得的教训。"原体说道。

这位阿斯塔特端详着那个女人的面孔，她的面容因她正转身看向摄像机镜头外的某个东西而显得模糊不清。"另一个词，'战争歌者'，大人，这我不太熟悉。"他在想这是不是某种俗称，或是某种尊称。

"这是当地的神话，根据十年前在此实施归顺的第27号远征队的记录，那是一群虚构的萨满战士。除了一些逸事传闻，没有什么证据能证明他们的存在。"加罗的主公思虑周全缜密，他用修长的手指轻敲全息仪控制器，让这段记录继续播放。

突然间，那个女人猛地掏出一把重型实弹手枪，击杀了某个图像边缘模糊不清的东西。她重回视野，身子填满了整个屏幕，她那难以抑制的惊慌感透过全息图弥散出来。"求求你们，派人过来，"她央求着，"至少让这结束——"

随后便传来了尖叫声。

这个完全错位、音调怪异的噪声让加罗作呕，他的手指反射性地握紧并不在身边的爆矢枪扳机。那声音的冲击波击倒了那个女人，撕碎了摄像机的图像控制，回放变成了一系列令人咋舌的快速闪现画面。

"在这之后，伊斯特凡星系便失去了音讯，"莫塔瑞恩轻声说道，让加罗斟酌理解他刚刚所看到的画面，"没有通信传输，没有图像转播，没有星语广播。"

战斗连长僵硬地点点头。那尖叫如同刺透他的刀刃，那回音仿佛切碎他心脏的武器。加罗摆脱这怪异的感觉，转向他的主公。莫塔瑞恩解释道，"机缘巧合令光环山谷号的舰员接收到了这个求救信号，那是一艘隶属于第十四军团的补给运输舰。山谷号在前往位于阿克图兰的死亡守卫第六连舰队的途中，因为遭遇了一次危险的盖勒力场波动而从亚空间中跃出以实施应急修理。"

在那艘船漂入伊斯特凡黄道面边缘的空间时，他们收到了这条绝望的信息。能量衰退率、衰减模式以及其他相关数据得到了技术技师的审查，揭露出这道信息在两年多以前便被传入了以太之中。加罗想着他在全息仪上看到的那位惊恐的军官，想知道她的命运如何。她生命最后一刻的恐惧永远地被凝固保存了下来，而她的骨骸则躺在那里的某处，渐渐腐烂，被人所遗忘。

"山谷号的舰员曾探查到其他重要信息吗，主公？"加罗问道，"如果那艘运输船上的人接受了全面的盘问，也许——"

莫塔瑞恩的目光飘开，随后又看了回来。"光环山谷号是阿克图兰战斗的伤亡之一。全军覆没。幸运的是，这份关于伊斯特凡信号的记录在那个遗憾的事件发生之前便被传递到了终焉号上。"原体对此事的语气斩钉截铁，加罗不得不接受。

死亡之主将这个卷盘放在战斗连长的手中，郑重说道："为我背负这个重担，内森尼尔，并且记住，边看边学。"

复仇之魂号的内部与从远处看一样令人印象深刻，发射舱的开放区域又宽又长，加罗觉得这里的空间可能足以停泊一艘小艇大小的星舰。一支荣誉卫队以旧式军礼击拳立正，一只拳置于胸前敬礼，并未使用常见的双手天鹰礼。

战斗连长跟随着死亡寿衣和莫塔瑞恩的步伐，自己身后则是一支由泰丰的第一连战士组成的代表团，第十四军团的代表团迈上战帅的旗舰，他们整齐的步伐如同疾雷。加罗情不自禁地瞥向周围，尽其所能一览荷鲁斯的战舰，将他所目睹的一切都纳入记忆之中。他注意到有其他几艘风暴鸟正在着陆架上进行加油，为返回飞行做准备，其中一架飞机上画着吞世者的露齿嗥叫大嘴，另一架涂装华丽的飞机则属于帝皇之子。

"我的兄弟，弗格瑞姆，并未大驾光临，"莫塔瑞恩喃喃道，夹杂着略显含蓄的挖苦，对那架紫色的风暴鸟漠不关心，"多么像他。"加罗仔细凝视那艘飞船，看到上面并未带有原体座驾的三角旗。他想起来战争舰队中也确实没有看到弗格瑞姆的突击船火鸟号的踪迹。

加罗在想，这是否是他主公之前谈及的某种政治因素。加罗皱起眉。他一直以为原体之间的兄弟情谊牢不可破，如此高尚的战友情谊下理应不会有竞争或是争执这类卑劣情绪，但突然间这种想法似乎变得很天真。像加罗和格鲁尔格这样的阿斯塔特战士出世超凡，然而他们对彼此的行为方式仍然存在分歧，比内森尼尔所想象的更甚。那么，了解到超越阿斯塔特的原体——正如阿斯塔特超越凡人一般——也会拥有同样的差异，这会令人感到惊讶吗？

加罗觉得，也许这是件好事。如若原体超凡入圣，那他们也许会忘记这是人类的帝国这个事实，他们效劳帝皇正是为了银河中凡夫俗子的利益。

一位沉默的荷鲁斯之子引领着他们的队伍，死亡守卫的代表团走过如洞穴般巨大的舱室，一列气动列车车厢正等候着将莫塔瑞恩快速带到复仇之魂号的艏部甲板，带到狼神议庭。加罗的目光看向上方，头上是由台架和走道组成的迷宫，有的地方挤满了起重机和武器货板，有的地方环绕着供机仆和舰员使用的步道。对于一艘正在准备一场大型战斗行动的星舰而言，那上面看起来异常安静。战斗连长本期待着会有许多人簇拥在金属廊台上观看原体的抵达。即便是在战帅本人旗舰这般显赫的舰船上，有来自三个其他军团的队伍同时登上这艘船也是十分罕见的情形。他仔细观察着，期待看到来自荷鲁斯军团的人观看他们的行进，但他只看到寥寥几个甲板水手，仅此而已。加罗摇摇头。若是转变情况，让战争会议在坚韧号上进行，他会确保船上每一个能前来观看的阿斯塔特都出席。这看起来似乎有些不对劲。

"是什么在困扰你，内森尼尔？"原体驻足于气动列车前，端详着他。

加罗吸了口气，脑海中的愁苦思绪豁然开朗。"大人，我听说，63号舰队有着数量可观的记述者队伍。考虑到今日会议的重要性，我感觉很奇怪，周遭竟没有一个人来记录这一刻。"他摊开双手，看向四周。

莫塔瑞恩扬起一只苍白的眼眉，问道："你担心你的英雄形象会被某些诗人的打油诗歪曲吗，连长？担心你的名字被拼错，或蒙受其他侮辱吗？"

"不，大人，但我本期待他们会记录像这场集会一样不同寻常的时刻。这难道不是他们的职能吗？"

原体皱起眉。帝皇的敕令要求向伟大远征的诸多舰队引入艺术家、雕塑家、作曲家、诗人、作家，以及其他各种独具创意的人，但他的子嗣们并未积极响应。尽管泰拉主张，阿斯塔特的大业将会被记录下来，流芳百世，但只有少数军团愿意容忍平民的存在。加罗本人对于这个主张并不太关心，但他明白，人类未来的世世代代也许会从关于他们使命的真实记录中获得理论价值。就死亡守卫之主而言，他一直小心地确保着第十四军团的舰船总是在别处交战，在远离记述者代表团的地方，纵使记述者已然成为大型远征舰队的一分子。

莫塔瑞恩的性格和他的军团一样，冷漠、孤僻，莫塔瑞恩习惯在他并不关心的人面前保持着谨慎。死亡之主认为记述者只不过是无人想要的不速之客。

"加罗，"他回答道，"那帮文人墨客和知识名流在这里，但他们并不能在舰队中自由走动。战帅告诉我近日发生了……一起事件。有些记述者因为冒险进入了不安全的区域而丢了性命。因此，他们的活动被施加了更严格的限制，当然，这是为了他们的安全。"

"我明白了，"连长回答道，"那是出于好意。"

"的确。"莫塔瑞恩走进了车厢，"毕竟，今日我们所讨论的将会自成记录。我们不需要石匠书吏去让其名垂青史。历史自会铭记这一切。"

加罗走上斜道时最后看了一眼舱室，他的眼角捕捉到一个快速移动的人影。他只瞥见了那个人影一个瞬间，但内森尼尔的脑视觉植入器官让他的大脑能够极度清晰地处理那一刻的每一个方面的特征。那是一个老人，身着某种高阶宣讲者的长袍，显得与发射舱的钢铁支柱和铁路轨道格格不入。他的行动十分迅速，鬼鬼祟祟，始终处于阴影之中，意图前往某个他似乎害怕抵达的地方。那个宣讲者的一只手拿着一叠纸，也许是某种证明或许可。那个老人喘着粗气，几乎在加罗注意到他的那一刻，他就不见了，躲入了一个升降口梯，消失于战舰深处。

这位死亡守卫面露怪相，登上了电车，自他抵达复仇之魂号的那一刻起他便有种不安感，而这奇怪的插曲更是加深了这种感觉。

一个人该如何看待这个被称为狼神议庭的地方？这个称呼分外虚荣，似乎伴随着荷鲁斯之子嘴边的一丝讥笑，仿佛这个房间在某种程度上是遥远泰拉上帝皇王庭的冒牌。加罗站在自己该站的位置上，迈入大厅，他那华丽胸甲中的胸膛因满怀紧张而僵硬紧绷。他不知道自己该期待什么。战斗连长只亲眼见过战帅一次，那是在过去，彼时他率领着第七连在乌兰诺之后的大阅兵期间接受检阅。

而战帅此刻就在那里，端坐于一个凸起平台的黑色王座上，头上飘扬着阴郁、罕见的旌旗。他确信房间里还有其他人，但他们只是荷鲁斯所散发出的灿烂光辉的黯淡反射。加罗感觉到自己的腿有一阵奇怪的刺痛，感觉它仿佛因自己的肌肉记忆而想要屈膝。

战帅，他名副其实，端坐于石椅上的他宛如阿斯塔特典范的完美雕塑，英俊又强大，散发出克制的力量。他长袍覆身，金饰紫绶垂于那玄武岩王座。他身着一种加罗只在艺术作品中才见过的盔甲，翡翠弹钢，黑碳臂甲，做工复杂精细。

荷鲁斯战甲的一些部件像是老式第三型钢铁盔甲和当前的第四型极限甲的结合，而有的部件则比死亡守卫所使用的任何装备都要先进。战帅髋部的兽皮枪套中是一把看起来像是玻璃打造的奇异手枪。荷鲁斯看起来几乎不受他所穿戴的陶瓷金属的限制，仿佛他用力活动双肩便能崩开这身甲胄。

即便是在休憩时刻，诸军团之主都宛若活生生的超新星，随时准备在顷刻间爆发行动。荷鲁斯之眼在他的胸膛上怒目而视，细长的瞳孔闪着微光，捕捉着飘浮光球散发出的阴森森的光芒。内森尼尔几乎是凭借肉体的努力，才将他的目光从眼前的这位伟人身上移开，并压下了内心翻腾的情绪。现在不是敬畏和茫然的时刻，不能像某些新兵一样头脑混乱。边看边学，莫塔瑞恩如此下令，加罗当照做。

他的眼神与高台上另一位阿斯塔特的眼神交汇，那人身着荷鲁斯新命名军团的崭新绿色制服，他简单点点头，向加维尔·洛肯致意。在克里普特围剿一场兽人入侵期间，加罗曾与洛肯及其手下共同身处一个地堡中。死亡守卫和影月苍狼曾在那个冰冻平原上并肩作战，持续一周，将蓝色的冰原染满了异形的暗色鲜血。

洛肯对他回以一丝浅笑，这简单的举动略微抚平了内森尼尔的紧张感。在附近，他看到了荷鲁斯的核心集团四王议会的其他成员——战士托迦顿、阿西曼德和阿巴顿，而一股奇怪的思绪涌入他脑海。四位连长的肢体动作很微妙，但加罗能够读懂其中的含义。他们之间有一丝压力，洛肯和托迦顿站在一边，阿西曼德和阿巴顿站在另一边。加罗观察到，他们四人相互间并未有眼神交流，缺乏那种轻松的同袍情谊，而加罗曾将之视为战帅军团的重要特征。难道荷鲁斯之子中隐藏着某种难以消弭的敌意？这位阿斯塔特记下了这个信息，以便事后细酌。

他的原体猜想得十分正确，帝皇之子之主并未现身于集会上。代替他的是一位加罗认识的高级军官，在战场上的交锋突显出此人的名声并非值得赞誉。总指挥官艾多伦和他的队伍身着十分华美的战甲，相比之下，死亡守卫的灰绿装饰似乎毫无特色可言。那支军团有着爱臭美的名声，在其他战士展望征伐之际，他们则是在精心装点盔甲，打扮自我，然而艾多伦所携带的强大铁锤和他部下的利剑彰显出了他们那非凡的武艺。不过，加罗仍然情不自禁地觉得就这个场合而言帝皇之子穿得过于张扬了。

房间里的另一个存在几乎和荷鲁斯一样伟岸，战斗连长发现自己正对比衡量着吞世者的原体和自己的主公，两位领袖交换了冷淡的眼神。莫塔瑞恩高大精瘦，原体安格隆则粗壮结实。死亡之主苍白的面容与赤红天使那紧绷而又伤痕累累的脸庞以及深陷的双眼形成了鲜明的对比。安格隆的存在使房间中流露出狂野凶暴的扭曲潜能。

莫塔瑞恩体现着坚定、寂静的死亡许诺，他的兄弟原体则是原始、凶残的好斗化身。吞世者之主身着青铜盔甲，体形宽厚结实，一席布满污渍的锁甲披风散发着陈旧血液的味道。他的身边是一队亲选者，由一位声名远播的阿斯塔特——第八连连长卡恩率领。不像艾多伦那样因自夸而闻名，卡恩的名字等同于战场暴行。据传，卡恩所犯下的杀戮甚至连死亡守卫中最无情的人也难以容忍。

加罗停止了思绪，荷鲁斯开口了，那声音令他全神贯注。"我们的兄弟莫塔瑞恩已经抵达，大家都到齐了。"战帅站起身，加罗再次抵抗住想要屈膝的渴望。在内森尼尔身旁阴影中的一个壁龛里，一个没有嘴巴的机仆操作着一个控制台，议庭的灯光暗淡下来，一个全息图浮现在他们面前。加罗认出了伊斯特凡Ⅲ，他曾在莫塔瑞恩手中的图像板中看过这颗星球，那是来自远程摄像机的轨道照片，因行星最大卫星白月的亮面而显得有些模糊。那么，这便是瓦杜斯·普拉尔背叛行径的邪恶之种扎根的世界。

荷鲁斯的话语带着强烈的压迫感，每一个词都传遍整个大厅，他重复着莫塔瑞恩在风暴鸟上告诉加罗的细节，描述着多年前原体科拉克斯和暗鸦守卫如何在伊斯特凡留下了归顺帝国的良好秩序。

"想必帝国真理没有被接纳？"艾多伦插嘴道，他的语气故作讥讽，加罗向他投去鄙视的目光。看来自从加罗上一次见到这位总指挥官之后，他的糟糕表现并未有所改善。荷鲁斯无视了这位出言不逊的阿斯塔特，相反他朝莫塔瑞恩示意，莫塔瑞恩接过简报话题，继续谈关于求救信号的事情。内森尼尔明白这个暗示，他将存储卷盘递给等候的机仆，那个机仆忠实地将卷盘载入全息仪控制台。

这条信息开始向集会的战士们播放。加罗并不打算再看一遍录像，相反他的目光缓缓落到了他的阿斯塔特兄弟们的脸上，搜寻着他人对于那个将死女人的惊慌恐惧所做出的一些反应。卡恩和他的主子安格隆一样保持着无动于衷的态度，嘴角泛出一丝细微的冷笑。艾多伦的傲慢表情依旧如故，显然对于报信者凌乱不整的状态不屑一顾。荷鲁斯则难以揣摩，他的面容宛如雕像般平静。

加罗移开目光，看向四王议会的成员。只有托迦顿和洛肯看起来有所感触，而加维尔似乎感触最深。当那声可怕的死亡惨叫声传来时，加罗心中已做好准备，但仍感到了一阵恶心。那一刻他正盯着洛肯，他看到那个荷鲁斯之子有所退缩，正如自己在坚韧号上看录像时表现的一样。加罗与他的战友怀有同样的不安感。这个求救信号所蕴含的阴暗信息不只是呼救，不只是呼叫阿斯塔特前去保卫无辜者。这是某种更深更阴暗的东西。这份伊斯特凡录像述说着最为卑劣邪恶的奸诈行径，帝国的人民已经自愿背离了这条愚昧的黑路。

光是这种想法便令这位死亡守卫感到恶心。在伊斯特凡，他们即将在战斗中面对的不是异形，不是罪犯，也不是对帝国真理视而不见的愚蠢之人。

这个敌人曾经是他们的战友，效劳于帝皇。与他们战斗的将是遭受玷污之人、变节者、逃兵和叛徒。加罗内心的厌恶感逐渐沸腾，化作愤怒。

加罗的思绪转回当下，战帅正向他们展示圣歌城，那是位于星系第三颗行星上的政府所在地，也是信号的源头。这场进攻规模庞大，包括了四个军团的兵力、普通士兵的队伍以及泰坦战争机器，集中于瓦杜斯·普拉尔在领唱者宫殿的行动基地。内森尼尔掌握了每个细节，将每一个要素都纳入记忆之中。战帅提及了加罗原体的名字，再次引起了他的注意。

"你的目标是打击圣歌城的主力部队。"荷鲁斯向莫塔瑞恩说道。

战斗连长情不自禁地感到骄傲，他的主公在最高指挥官下达命令后开口道："我喜欢这项挑战，战帅。这是我麾下军团的天然战场。"

在开始突袭圣歌城之前，还有一个目标需要完成，那便是摧毁伊斯特凡末星上的监控站，那是这个星系最外围的世界，也是传感器网络枢纽的大本营。一旦敌方失去了眼睛，那么伊斯特凡Ⅲ的保卫者们只会知道报应已在路上。他们不会知道打击从何而来，何时降临。

"是啊。"加罗喃喃自语，凝视着全息图深处，其上展示着杂乱无章的城市区域。圣歌城将会是一个严酷的战区，但那正是内森尼尔所渴望的。

其余的战斗命令迅速下达。帝皇之子和吞世者将会以宫殿作为进攻目标，战帅自己的军团则会攻击东边的一个重要宗教圣地，那是一个被称为妖鸣堡的庞大教堂建筑群。那个名字回荡在加罗的脑海中，他又一次将这些奇怪的词语在脑海中翻来覆去。

妖鸣堡……战争歌者……

这怪异的词汇令他不由自主地产生了一阵不安感，一股令人不寒而栗的凶兆让他难以释怀。

第五章

做出抉择
征兆
末星之上

　　透过对接装置的嘈杂声，内森尼尔听到有人在叫他的名字，他转过身，看到一位身着闪亮紫色盔甲的阿斯塔特向他敬了一个礼。加罗踌躇了，他瞥向后方，看看他是否因为走出队列而违反了某种细微的礼仪。在风暴鸟发射架展开的双翼下，他看到自己的原体正和吞世者之主紧靠在一起，小心谨慎地交谈着。他推断在自己的总司令需要他之前，他拥有片刻属于自己的时间。

　　那位帝皇之子的战士走了过来，加罗眯起双眼。在简报期间，指挥官艾多伦和他的荣誉卫队都未屈尊理会战斗连长，然而现在其中一位却在引起他的注意。他并不认识那个人盔甲上的三角旗，但他确定这位阿斯塔特并未出席狼神议庭。

　　"嗨，死亡守卫，"头盔的平鼻呼吸面罩下传来一阵挖苦的声音，"你的头脑这么迟钝，都没看到强者到来吗？"那人伸手取下头盔，加罗的嘴角泛起温暖的笑容，这感觉仿佛是这些天来的第一次。

　　"血誓啊！索尔·塔维兹，你竟然还活着？我差点没认出那身盛装下面的你。"

　　那个人略微点点头，齐肩的长发垂于一副显贵的面容上，唯一美中不足的是他眉毛上的一块黄铜片。"是连长塔维兹，你给我记住了，内森尼尔。自从上次我们见面以来，我已经晋升了。"两位阿斯塔特相互紧握手腕，臂甲撞在一起咔嗒作响。两人的臂甲上都有刀尖刻出的一只小鹰，那象征着他们相互间欠下的战斗情义。

　　"我明白了。"加罗现在看到了，肩甲上的金丝蚀刻标示着塔维兹的新军衔，"当之无愧，兄弟。"

　　死亡守卫之外鲜有人能让加罗给予优秀的称赞，而塔维兹便是其中之一。

他在普瑞艾克索战役期间赢得了内森尼尔的友谊，并证明了尽管弗格瑞姆的阿斯塔特都有着自负孔雀的名声，但帝皇之子的行列中仍有象征着帝国理想的人。"我还在想我们是否会在此相逢。"

塔维兹点点头，说道："不只如此，朋友。你我的连队将会组成摧毁监控站的部队。"

"是的，当然。"加罗知道来自第三军团的战士会与他的第七连并肩作战，而如今他知道索尔·塔维兹会身在其中，他感到更有信心了，"是艾多伦给你的这项任务？"

塔维兹隐藏住一丝笑意，说道："不，他会与我并肩作战。他可不会错过一丁点荣耀。我想他会刺激我，确保死亡守卫不会与狮子共享猎物。"

加罗的微笑化作感伤。"见到你很高兴，荣誉兄弟。"他说道，那一瞬间他突然流露出强烈的情绪，随后又消逝无形。

塔维兹也捕捉到了那个片刻。"我知道那眼神，内森尼尔。是什么在困扰着你？"

他摇摇头。"没什么。的确没什么。我有些疲惫，仅此而已，也许还有点过于敬畏，对于……这一切。"他朝着周围示意。

那位军官瞥向原体们，看到他们仍在热切交谈。"啊，我与你有同样的感受。"他傻笑着，"他们说的是真的吗？战帅只需看你一眼就能让你的心脏停止跳动？"

"他的确令人印象深刻，这一点你不用怀疑，"加罗表示赞同，"不过对于帝皇的选子你的预期也不会低吧？"他犹豫着，"我很惊讶你不是荣誉卫队的一员。你的军衔不该有这个资格吗？"

"艾多伦对我宠幸有加，"塔维兹回答道，"而且他也不会与别的军官共享与荷鲁斯的焦点时刻。"

加罗咕哝着："如果他对于那个时刻得意忘形，那么你也许可以让他讲述下安格隆如何怒斥他的冒失，而战帅又是如何表示赞同的。"

塔维兹大笑道："我怀疑那部分故事永远都不会讲出来！"

"不会的。"加罗回头看向莫塔瑞恩，看到死亡之主朝着吞世者略微鞠躬，"我想我们现在得离开了。那么战场上见，索尔？"

"战场上见，内森尼尔。"

"告诉艾多伦，我们会试着给他留一点荣耀的。如果他能向我们礼貌问询的话。"战斗连长敬了个礼，跟随他的主公登上了风暴鸟。

"你真的觉得你能赢他吗？"拉尔问道，手指轻敲下巴，充满疑惑。

德西乌斯并未抬头，说道："这是场战斗，就像其他任何战斗一样，我决意取胜。"

拉尔瞥向森德克，他正蓄势待发地等待着。"他会与你打成僵局。"这位阿斯塔特倾身靠近战场，"看这儿，你的指挥官正遭受来自他的堡主的威胁。你的龙骑被他的大炮压制住了，还有——"

"如果你想要玩，你可以等我干掉森德克之后，"德西乌斯厉声说道，"在那之前，如果你要观看，那就闭上嘴。我需要思考。"

"这就是为什么你会输。"拉尔回嘴道。

"让他们下，拉尔，"哈库尔说道，这位老兵将拉尔从弑君棋棋盘前拉开，暴怒的脾气正在那位年轻的阿斯塔特眼中闪烁，"别打扰他。"

拉尔任由这位老战士把自己拉开，挑衅道："想要就结果打个赌吗？"

"我可不想再让你难堪。"

拉尔露出微笑，说道："索伦会输的，安杜斯，那和你的脸一样再显然不过了。"

哈库尔也同样微笑着说："真的吗？好吧，虽然我也许没有你那么英俊，但我拥有智慧，而我要告诉你这点。索伦·德西乌斯并非你想象的那样愚蠢。"

"我从没说他愚蠢。"拉尔辩解道，"但森德克是个思考家，而弑君棋是个脑力游戏。我看到过索伦在训练笼中所造成的混乱。那才是那个小伙子的力量所在，在他的拳头上。"

安杜斯笑道："你不该低估他。要是他只是个暗淡的金子，那他也不会成为战斗连长的骨干分子。"

这位老兵看向棋桌，德西乌斯刚用一个士兵吃掉了森德克的一个宣讲者。"他很年轻，这是事实，但他也有许多潜能。我以前见过他这种人。若没有引导，他会走上错误的道路，最后以马革裹尸告终。但要塑造像他这样的人需要关怀和决断，而终有一天，你会拥有一个适合成为连长的兄弟。"

拉尔眨眨眼，说："我以为你不喜欢他。"

"为什么？因为我拿那个小伙子开玩笑？我对每个人都是这样。这是我魅力的一部分。"安杜斯靠近身子，放低声音，"当然，如果你把我说的这些话告诉他，那么我会矢口否认，然后再打断你的腿。"

一道果断的木头撞击声传来，拉尔扫了一眼，看到森德克将他的皇后按在棋盘上，向德西乌斯投降，脸上露出勉强的微笑，说道："下得好，兄弟。你是个杰出的对手。"

"看到了吗？"哈库尔戳了戳他。

"啊，森德克肯定是故意让他赢的，"拉尔勉强地说道，"发发慈悲罢了。"

"优柔寡断者才怀有慈悲，"沃延插嘴道，他正走进训练场，吟咏着战斗格言，假装严肃，"谁想要慈悲？"

安杜斯朝着这位阿斯塔特点点头说道："拉尔兄弟想要。他又一次被证明是错的，这无疑令他很恼火。"

拉尔最终在温和的恼怒中露齿而笑："别让我伤害你，老头。"

哈库尔转转眼睛，问道："你怎么样，梅里克？你到哪去了？"

这是个温和的提问，但拉尔看到药剂师的双眼中闪过一丝紧张。"处理我自己的事，安杜斯，仅此而已。"沃延迅速转移了话题，"那么，拉尔，我相信你已经为即将到来的战斗做好准备了，我觉得这次比分仍然是我占优，是吧？"

他点点头。拉尔和沃延之间有一场轻松友好的竞争，那就是谁将会在所交代的任务中拿下第一个击杀。"只有战斗人员才算，记得吗？上一次只是个机仆。"

"枪炮机仆，"沃延纠正道，"我要是放任不管，它就会杀了我。"他看向四周，继续说道："我相信我们会有足够的机会来测试下伊斯特凡上这些背叛者的勇气。这将是一场多阶段攻势，第一阶段是登陆摧毁最外围世界上的监控站。随后全力突击内部行星。"

哈库尔撇撇嘴："你消息很灵通啊。加罗连长还没有从战帅旗舰返回，而你就已经知道了任务的细节。"

沃延犹豫地说："都是常识而已。"他的语气转变了，变得更加谨慎。

"是吗？"拉尔感觉到有些不对劲，"谁告诉你的，兄弟？"

"这重要吗？"这位药剂师辩解道，"消息传到我这了。我觉得你们会想知道，不过要是你不想被告知——"

"这不是他的意思，"安杜斯指出，"得了吧，梅里克，你从哪儿得知这些事？也许是某个在止痛剂的影响下躺在医务室喋喋不休的家伙，或者是某个多嘴的星语者？"

拉尔意识到房间里的其他人都陷入了沉默，看着这场交流。连加罗的侍卫也在那里观察着。沃延也看到了卡莱布，并朝他投去冷酷的怒视。

"我在问你问题，兄弟。"哈库尔说道，这一次，他使用的是在战场上的语气，是用于下达命令并要求服从的语气。

沃延下巴紧绷。"我很难说。"他绕过这位老兵，走向他的武备壁龛。

哈库尔抓住他的手臂拦下了他，问道："你手里是什么？"

"与你无关，士官。"

这位老迈的阿斯塔特年龄是药剂师的两倍，尽管年事已高，但哈库尔仍然武艺娴熟，老当益壮。他轻易握住了沃延的手腕，按压住一块神经簇，卡住了他的手。梅里克的手指不自觉地张开了，他的手中是一枚斑驳的黄铜硬币。

"这是什么？"哈库尔低声质问道。

"你知道这是什么！"沃延厉声说道，"别把我当傻瓜。"

那块毫无光泽的圆片带着军团徽章的印记。"一块结社徽章，"拉尔吸了口气，"你加入了结社？什么时候？"

"我很难说！"沃延驳斥道，摆脱哈库尔的手，走向壁龛，那里放着他寥寥可数的个人财物，"别再问我了。"

"你知道战斗连长对此事的看法，"安杜斯说道，"他反对任何秘密集会——"

"他反对，"梅里克插嘴道，"是他反对，不是我。如果加罗连长想要置身结社兄弟会之外，那么那是他的选择，你们想要遵循他，那也是你们的选择。但我没有。我是成员之一。"他喘着气，说："那里的成员，就是这样。"

德西乌斯站起了身。"我们都是七连的一分子，"他咆哮着，"并且还是连队的指挥队伍！加罗以身作则，我们就应当毫无疑问地遵循！"

"如果他能花些时间倾听，他就会明白。"梅里克摇摇头，拿着徽章示意，"你们就会明白，这不是某种秘密社团，只是一个大家能自由相会、自由交谈的地方。"

"似乎如此，"森德克指出，"根据你所透露的，这个结社似乎连最敏感的军事信息都能随意散布。"

沃延愤怒地摇摇头，大声辩解："完全不是那样的。别歪曲我的意思！"

"你必须终止你的成员身份，梅里克，"哈库尔说道，"现在发誓，我们就不会再提及这次谈话。"

"我不会的。"他紧紧地握着那枚硬币，"你们全都了解我的。我们是战斗兄弟！我曾治愈过你们每个人，甚至拯救过一些人的性命！我是梅里克·沃延，是你们的朋友和战友。你们真的觉得我会参与某些反叛活动吗？"他嗤之以鼻，"相信我，如果你们看到那里的人的面孔，你们就会明白，你们和加罗才是少数派！"

"格鲁尔格和泰丰如何管教自己的连队，是他们自己的事。"德西乌斯说道。

"还有其他人！"沃延回答道，"我并非七连唯一一个参与社团的战士！"

"不行。"哈库尔坚持道。

"我不会向你们撒谎，如果握有这块信物会让你们看不起我的话，那么……"沃延低下头，感到泄气，他沉默良久，"那么也许你们并非我心中的同胞。"

当沃延再次抬起头时，他看见另一个人已经走进了房间。

拉尔听到加罗连长尖锐的语气中满怀愤怒，他吼出一道指令："腾开地方。"

待到只剩他们两人时，卡莱布关上了身后的门。加罗转过头，冷酷地盯着他的下属。他的披甲手指紧握成拳。

"我没听到您进来，"沃延低语着，"您听到了多少？"

"你没有反驳，"加罗回答道，"我在进来前，在外面的走廊上待了一会。"

"嗯，"药剂师露出一丝干笑，"我以为您的侍卫是个间谍。"

"卡莱布向我谈及的一切都是凭着他的良心。我并未赋予他任务。"

"那么他和我一样。"

加罗移开目光，说道："这么说来是你自己的原则让你加入结社的，是吗？"

"是的。我是第七连的高级医师。我的职责便是了解成员的真实感受。有些事情人们会告诉他的结社朋友，而不会告诉药剂师。"沃延盯着甲板，"考虑到现在这种情况，我想您会把我派到别的连队去？"

加罗内心的一部分想要爆发愤怒，但他现在所感受到的只有失望。"我回避结社，然后却发现自己最信任的一位朋友是其中的成员。这种事情会让别人觉得我软弱或是短视。"

"不，"那位阿斯塔特坚持道，"大人，请您了解，我做此选择并非为了削弱您！这只是……对梅里克·沃延而言是正确的抉择。"

加罗沉默了片刻。"我们已经是数十载的战火兄弟了，浴血万千战场。你是个优秀的战士，更是个优秀的医师，否则我不会让你加入我的骨干队伍。但是这件事……你向我们所有人隐瞒了这件事，践踏了我们的战友情谊。如果你继续待在我的麾下，梅里克，你会很难赢回你今天失去的信任。"他与梅里克四目相对，"是去是留，为你自己做出正确的抉择吧。"

"如果我想要留下，那么离开结社是否是留下的条件，大人？"

连长摇摇头。"我不会逼迫你离开社团。你仍然是我的战斗兄弟，即便你的决定有时候并非与我一致。"加罗走向前，向沃延伸出手，"但我需要你发誓。此时此刻，向我承诺，如果结社要求你背离人类帝皇，那么你必须摧毁那枚徽章，并与他们一刀两断。"

药剂师握住了加罗的手郑重说道："我发誓，大人。泰拉在上，我发誓。"

问题暂时解决了，加罗重新召集回他的手下，就战帅布置的作战计划进行介绍。他以身作则，没有对沃延说出一句严厉的话，而那位药剂师则一言不发，远离众人。没有人质问为何沃延仍与他们站在一起，但加罗在德西乌斯、拉尔和其他人眼中看到了疑虑。

结束之后，加罗将他穿的战甲留给卡莱布照料，独自思索。在这么短的时间内发生了这么多事。仿佛仅仅片刻前他还在观看突袭约伽尔族世界舰的模拟进攻，如今多个阿斯塔特军团集结起来，准备对伊斯特凡末星施以沉重的第一击，而加罗却发现自己的连队心腹产生了矛盾。

让沃延留下来是否是错误的选择？他的思绪回到了战争会议之前与莫塔瑞恩的谈话，彼时原体也提出了结社的问题。连长无法厘清这些思绪，这令他困扰不已。有时候，他怀疑自己是否错了，坚守着保守路线，保持着军团的传统和内心，而时代在前进，事物在变化。

没错，事物在变化。坚韧号上的心境变化很微妙，但他那受训的感官能够感觉到，而在战帅的船上则更为显而易见。阴暗的情绪积聚在他的思绪边缘，如同遥远的暴风云。他无法摆脱这种感觉，仿佛某种毒泷恶雾伺机在外，积聚着力量，等待时机的到来。

因此加罗决定遵循自己好静的个人习惯，厘清思绪，专注于即将展开的战斗。在坚韧号的舰背顶端是舰船观象台的卵形穹顶，这块区域用于在舰船沉思机无法运作时，舰员能够在此进行紧急恒星定位观察。这里也具有纯粹的装饰性的功能，死亡守卫之中鲜有人会使用如此无关紧要的地方。

加罗将房间里的所有光球都调暗了，他则就座于控制台中。操作员椅向后倾斜，液压装置十分安静。此时此刻，战斗连长平仰着身子，无拘无束，遥望着漫天繁星。

伊斯特凡的蓝白色太阳位于下象限，光彩夺目，强化玻璃的局部偏振作用弱化了那片光芒。他移开目光，让黑暗笼罩自我。渐渐地，肌肉中的紧张感缓和了。加罗感觉自己被套在一个大气泡内，飘浮于星海之中。他看见了深空中舰船船体的银色闪光，而他已经不是第一次找寻想象中的家园在哪里。

第十四军团的正式家园世界是巴巴鲁斯，那是一个靠近哥特星区边缘、被阴云笼罩的星球。死亡守卫的大部分成员源自那个苦难的世界，比如格鲁尔格和泰丰，德西乌斯和森德克，甚至卡莱布。加罗学会了尊重顺从那个行星及其磨炼人的自然环境，但对他而言，那里从来都不是家园。

加罗出生于泰拉，在人们知晓巴巴鲁斯的名字之前，便已加入了阿斯塔特军团。在那些年里，第十四军团拥有一个不同的称呼，而他们没有原体，唯有帝皇本人。加罗想起那段时光便满怀自豪。他们曾经是黄昏突袭者，在夜幕降临时分进攻敌人，因他们的标志性战术而闻名。那时，他们身穿的盔甲还没有当前军团的绿边饰。黄昏突袭者的战甲仍是旧式大理石的暗白色，但他们的右臂和双肩是闪亮的深红色。这个盔甲符号向敌人展现了他们的本质——帝皇的鲜红右手，毫不留情，不可阻挡。许多敌人在日薄西山之际便丢盔弃甲，没有胆量抵抗他们。

但那已经改变了。当帝皇的克隆子嗣，伟大的原体们遭到攫取，散落银河之际，黄昏突袭者与其兄弟军团，在他们主人的带领下展开伟大远征，开启了帝国时代。数个世纪前，加罗曾亲眼见证。

过去似乎并不久远，他曾迷失于混乱的亚空间，身处冷冻静滞舱，经历过近光速航行的奇怪物理现象，然而以泰拉的时间衡量，如今已经过去了许多年。加罗曾亲眼见证帝皇跨越银河搜寻他失落于星辰间的子嗣——圣吉列斯、费鲁斯、基里曼、马格努斯以及其他人。每一次重聚，人类之主都会将那支依其子嗣们的形象打造的大军交予他们麾下。当帝皇最终来到巴巴鲁斯，并发现领导受压迫人民的那位瘦削的弃儿战士时，他便找到了第十四军团的化身。

莫塔瑞恩通过那场亚空间风暴的混乱湍流降临到了巴巴鲁斯，这位原体孩童发现这颗星球的人类殖民者已屈服于一支变异军阀宗族。他不断成长，抗争军阀，解放平民，创造了一支属于自己的忠实大军，一路杀向军阀藏身的毒气高地。莫塔瑞恩将这些人命名为死亡守卫。

据说，在帝皇最终与莫塔瑞恩相会并击败军阀们的黑暗主人之际，巴巴鲁斯得到了解放，而原体接受了在他父亲远征军中的一席地位，统帅第十四军团。莫塔瑞恩对他的大军说的第一句话被刻在了战斗母舰收割者之镰号气闸的花岗岩拱门上，以纪念那一刻。彼时他带着他的巴巴鲁斯精英部队前来接受帝皇之命，还有数百人仍在路上。加罗曾亲眼见证，听闻他的新原体的话语，那时他只不过是个阿斯塔特前线士兵。

"你们乃是我的不破剑刃，"他告诉众人，"你们乃是死亡守卫。"随着那些话语，黄昏突袭者已不再。事物改变了。

在莫塔瑞恩加冕为原体的那一天，第十四军团的大部分人和加罗有着同样的出身，生于泰拉或太阳系中，但渐渐地，他们的数量在减少，而加入死亡守卫的新兵只来自巴巴鲁斯。如今，时间转向了第 31 千年，军团中只剩下了寥寥可数的泰拉人。在内森尼尔最黑暗的时刻，他曾想，终有一时，第十四军团中将不再有他的同胞，而随着他们的逝去，黄昏突袭者的旧传统最终将会消逝。他害怕那一刻，因为当那一刻来临时，军团中的一些高贵品格也将随之逝去。

记忆是奇怪的伴侣。在某些时刻，加罗对久远过去的零碎回忆比数个月前的那些战斗还要清晰，这是阿斯塔特大脑植入器官的奇怪特性。他回忆起孩童时在阿尔比亚长大的那些片段，站在一个追溯到十千年以前的战士纪念碑前，一个白石打造的巨大拱门，还有黑色金属塑造的人像，表面光滑但被一层层合成金刚石保护着。他又想起了在巴巴鲁斯的一个夜晚，站在一座最高的峭壁之上，凝视着天空。拨开云层的片刻，内森尼尔的双眼——正如他现在在玻璃穹顶中一样——在深邃的黑暗中看到了一个孤独的光点。

现在，就像过去一样，他看向那颗遥远的星星，再次好奇那是否就是家。那拥有无与伦比之能的帝皇，会不会将他那伟岸精神的一丝一毫转给加罗呢？加罗想象着自己能获得人类之主的一丝注意，这算是一种虚荣吗？

就在下一刻，连长屏住了呼吸，他正凝视着的那道光明亮地闪耀着，随后化作虚无，在他眼前消逝。那颗盲目之星消失了，在内森尼尔的心灵之中留下一片黑暗。

德西乌斯翻转手掌，手心向上，接住天上飘下的粗大雪花片。在伊斯特凡末星的低重力环境下，氮冰粉末片缓缓地飘向斑驳灰白的地面。他露出微笑，陷入自我陶醉，随后打开的手掌握成了拳。他戴着与右手相仿的硕大动力拳，其上布着绿色的珐琅和耐心勾勒出的闪电。他尝试性地伸缩沉重的手指。德西乌斯对这个手套的控制十分娴熟，对他而言，拾起一朵花和捣碎一个头颅一样轻松。

不过这个死寂的冰石星球上没有任何植物，却有着许多脑袋可以捣碎，这是毫无疑问的。一想到这，德西乌斯的微笑便拉大成了自满的笑容。他瞥向肩后，看向西路那布满坑洞的广阔平原。死亡守卫等候在每一个隐蔽处和露头岩石处，沉默无言，蓄势待发。他们那毫无光彩的盔甲与这灰色的地貌近乎匹配，唯有他们肩部和胸甲周围的翡翠饰边打破了这般伪装。

他们十分安静，正如他们的名字一样，他们已为战时做好了准备。德西乌斯看到了一丝金光。加罗连长正透过头盔与哈库尔士官交谈。紧接着老哈库尔将命令传给了拉尔，然后再传给另一个人，就这样，命令如低语涟漪般传播开来。

自雷鹰将他们送到这颗小行星的地面上起，第七连便遵守着通信纪律，远离监控站传感器塔的视线。他们通过小声说话或作战手势来交流，朝着保护敌人穹顶建筑群西面的盾墙隐秘前进。这是为了确保伊斯特凡人的注意力转向别处，转向盔甲鲜亮显眼的帝皇之子的前进方向。现在他们已经接近了，而所有的等待——对于德西乌斯而言似乎过去了好几个小时——都结束了。进攻即将展开。

森德克靠近他，朝着德西乌斯的拾音器开口道："准备听口令。"

德西乌斯点头确认,并将命令传给他身边的阿斯塔特,那位战士肩头扛着一具蛇头形的导弹发射器。伊斯特凡末星稀薄的大气传声性并不好,但从叛军建筑群另一端传来的噪声是如此之大,以至于他们虽相隔甚远依然能够听到。德西乌斯能够听到复合爆矢枪那紧张的格格声,穿甲手榴弹爆炸的砰砰声。那些噪声令他双手发痒,充满期待。

随后,通用通信频道中传来加罗的声音,他打破了无线电的静默:"七连,就位。"

战斗连长的声音严肃深沉。德西乌斯的指挥官自从复仇之魂号返回后就不太对劲,索伦再次思忖着战帅旗舰上发生了什么。还有沃延的这摊事……他想摆脱掉这些思绪。

德西乌斯通过他的光学望远镜看向西墙的城垛,观察着上面黑色人物的巡逻动作。他们在四处乱转,不确定该去哪。帝皇之子的攻击正在奏效,吸引了防御者们的注意。"至少他们还算有所擅长。"他喃喃自语。德西乌斯一直觉得第三军团比其他阿斯塔特更加放纵自我。

一道声音从通信频道中传来,那是一声满怀战斗喜悦的指令。"行动!"加罗喊道。死亡守卫一齐从他们的隐蔽处冲出,灰色盔甲如同暴风涌起浪潮。

"七连至上!"一个声音呐喊着,德西乌斯也跟着呼喊,呐喊声传遍前线。第十四军团的战士们不再保持安静。

城垛上的守卫从高处陨落。便携式发射器射出一波小口径导弹,从德西乌斯头上跃过,向占卜扫描所发现的城墙薄弱处飞去。这位阿斯塔特发现路障底部有动静。那里排列着自主地堡舱,每一个都装备着连轴激光枪。暗红色的细线闪烁着,从卵形的炮舱中射向奔跑的战士们。陶钢满是烧痕,少数不幸者被光束击中了面部而致盲。

防御工事并未减缓死亡守卫的前进步伐。他们一旦燃起怒火便不可阻挡,毁灭性的步兵冲锋如万马奔腾,横扫破碎的气冰石,稀薄的空气中枪火轰鸣。德西乌斯朝着最近的地堡舱倾泻爆矢枪弹,然后在奔跑中重新装弹,他的步伐从未减缓。他听到地堡枪眼中传来卡壳的声音。

那位携带着导弹发射器的战斗兄弟仍在他身边,他的躯干上显露出子弹擦过留下的丑陋烧痕,但他仍安然无恙。德西乌斯看见这位阿斯塔特单膝下跪,随着弹药传输带发出咔哒声,这位导弹手朝着那个地堡释放了四发齐射。火箭以完美的集群击中了目标，撕开了地堡舱，剥落舱顶，火球肆虐。那些黑甲人物跌跌撞撞地走出冒烟的废墟，一脸难以置信，有的人身上着了火，但所有人都挥舞着武器。

德西乌斯实施着腰际射击，杀死了几个人，随后冲上前去，打算徒手解决掉最后的幸存者。德西乌斯直击伊斯特凡人的胸膛，动力拳将那个人打入盾墙的砖块中。那个敌军士兵从破碎的撞击坑中落下，倒在了德西乌斯的脚下，宛如一个无骨的布偶娃娃。

他听到了一阵嘶嘶声，这位阿斯塔特俯身检查。那个人在撞击中丢掉了通信耳机，那个耳机正落在他身旁的地上。德西乌斯拾起那个耳机倾听，里面传来刺耳的声音，强烈的尖叫声伴随着旋律高低起伏，杂乱无章。他扔掉耳机，再次站起身。

德西乌斯瞥向四周，看到其他地堡舱纷纷燃烧破碎，随后用他的靴子踢了踢那具尸体。一张刚刚死去的肿胀脸庞正望着他，一只眼睛上装着带十字瞄准线的红色目镜，已然破碎。"今日你不会是最后一个。"他告诉那个死人。

"撤退到安全距离，"加罗高喊道，"准备引爆炸药！"

拿着发射器的阿斯塔特轻敲他的肩膀，说道："来吧，兄弟。他们要炸开城墙了。"

德西乌斯往回冲刺了几百米，来到死亡守卫正有序集结的地方。他看到托伦·森德克正跟在他身后，手上拿着一个工兵指令信号仪。"准备！"森德克厉声说道。

加罗点了点头，他命令道："动手。"

森德克按下了一个发光按键，德西乌斯听到石头工事那里传来了一阵尖锐的嘶嘶声。下一刻，空气中的分子在重压下发出高声尖啸，一大段石墙化作了碎石粉末。

"拿下穹顶！"加罗拔出动力剑，在空中挥舞着，"为了泰拉和莫塔瑞恩！"

德西乌斯奔跑在战斗连长身侧，投入翻腾的风尘之中，他的头盔光学仪自动将他眼前的地形切换为颗粒状的线框图，覆盖在标准视觉光谱显示器上。森德克并未遵循常规战场教条利用标准穿甲弹药，而使用的是用于星舰跳帮行动的强大舰体切割炸药。即便是在伊斯特凡末星这样空气稀薄的环境中，大气爆炸产生的超压也炸掉了西墙的一大部分，并在其外的中央穹顶上切了一个口子。德西乌斯不需要抬头记下目标设施的外形。他已经在离开坚韧号后的航行期间将之记在了脑海中，他在潜意识中锁定了那个扁圆体的外形，还有一个个管道状的怪异塔楼组成的丛林。

阿斯塔特们的周遭是一根根扭曲的钢筋，还有如同沙尘珍珠般悬吊着的混凝铁。加罗舞动剑臂，切开一条路，但德西乌斯走到了他面前。"不，大人，让我来。"德西乌斯挥舞着动力拳，朝着石头连击四下，最终一击清掉了面前最后的障碍。他露齿而笑。不是在每场战斗中人们都能拳击一栋建筑的。

死亡守卫涌过突破口，进入穹顶区，身着灰白盔甲的战士们挤满了内部的空间。德西乌斯透过烟雾和灰尘看到身着黑衣、戴着兜帽的人群如同疯狂的蚂蚁一般涌上前来，而在他们身后……他眨眨眼，一个占据了穹顶的奇怪建筑映入眼帘。简报告知阿斯塔特，他们会见到标准的帝国传感器平台，也许会有些新进改造，但仅此而已。德西乌斯以为他们攻入穹顶后会找到一排排沉思机、波形监测仪以及类似的东西。他完全错了。

穹顶内部的每一层楼都被移除了，让整个区域倍显空旷。在烟雾笼罩的大厅中央，有一座似乎是石头打造的建筑，但并非夹杂着云母的本地灰岩。那是一座粗糙的金字塔，用不同的矿石材料打造而成，金碧辉煌。很显然，那些石头只可能是来自其他世界，但为何如此呢？在一个只有区区几百名叛徒容身的遥远之地，建造这样的建筑有何用意？

在穹顶内部表面上，有许多线条和圆形组成的图案，似乎无边无际，给人眼产生立体和移动的错觉。这里还充斥着光和声音，以及他在那个耳机中听到的同样嘈杂的噪声。那声音来自建筑顶部，如同缓慢沉重的波浪从金字塔陡峭的侧面传下。那上面有一个人飘浮着——

红色的激光在德西乌斯的脑袋周围飞舞，将他的注意力从金字塔拉回到眼前的战斗。死亡守卫的部队规模庞大，但他们低估了簇拥在主穹顶内的叛军数量。他在通信中听到了拉尔的声音，他满腔愤怒，紧张不已。"目标处遭遇激烈抵抗！"

德西乌斯打死了一个敌军士兵，尸体飞入他的一圈战友中，撞飞了他们。加罗连长杀入伊斯特凡人的战线，自由剑闪着血光，另一只手上的爆矢枪砰砰作响，每一发都是致命一击。索伦紧跟指挥官的步伐，将拉尔和森德克召集到他身边。哈库尔和他的小队占据着侧翼，朝着那个神秘建筑的脚下推进。

德西乌斯大笑着，战意盎然，他的爆矢枪在近距离杀死了一打敌人，鲜血飞溅到他的战甲上。他们正处于金字塔底部，此时一道沉闷的冲击声传遍穹顶，一组防爆门在痛苦的嘎吱声中炸开。身形硕大的紫金巨人杀进入口，涌入黑色兜帽的人海之中。

"弗格瑞姆的兄弟们决定亲自来给我们增光添彩。"加罗说道，张牙咧嘴，"别让艾多伦说他赶在死亡守卫之前登上了顶峰！"新来者对防御者们造成的片刻混乱足以让七连的战士们打开他们需要的缺口，战斗连长迅速带领小队冲上了金字塔粗糙的表面。

德西乌斯的目光移向这座陡峭奇怪的小山上方，再次看到了其顶端。没错，他现在看得很清楚。一个女人正在那上面，身着闪光的斗篷，凭借某种方式飘浮着。光芒在她那闪耀的形体周围扭动爆裂，每一个微小的夺目闪光都伴随着更多的声音和尖啸，致命的噪声击打着他的耳膜。

"血誓啊！"德西乌斯喊道，音量仅仅盖过那可怕的噪声，"以泰拉之名，她是个什么东西？"

加罗回过头来，吐出一个名字："战争歌者。"

第六章

濒死边缘
三颗颅骨
新的命令

加罗的目光瞥向金字塔陡峭的斜坡下，看到了下方上演的狂野酣战。在整个穹顶内部，茫茫人海，相互杀伐。戴着黑色兜帽的人群涌向紫甲和白甲阿斯塔特，激光火力如同道道红色闪电，爆矢枪口的黄色火焰交织其中。帝皇之子正在下方攀爬金字塔，跟随着加罗的手下。每一步，脚下的粉尘和碎石都在噼啪作响，战争歌者发出的每一丝音节都令人备受折磨，这座奇怪的拼接建筑则随之共振。

加罗继续前进，用拳套的粗壮手指在石头上凿出支撑点，一路向上爬。他在攀爬过程中看到了红色的花岗岩、易碎的灰岩和奇怪的二分雕像。这些凌乱的砖块在设计或功用方面似乎毫无规则性可言。他们现在正接近那个女人，阿斯塔特能够模糊地听到通信设备中的声音，但敌人那震耳欲聋、难以辨别的尖啸歌声足以撂倒众人。战争歌者岿然不动，奇怪的光彩飘浮在她周围，如同飘在平原上的徐徐雪花。她的双手置于胸前，脑袋后仰，朝着屋顶恸哭哀鸣。那首歌曲无穷无尽，无休无止，每一个音符都紧密相连，让加罗难以清晰思考。这太不正常了。人类的嗓门不可能发出这样的声音，人类的肺不可能如此呼吸。那尖锐的旋律中有种力量在撕裂空气，刺入现实地表。穹顶顶部如同水一般荡漾、扭曲。

那个女人慵懒地轻拂手腕，仿佛是出于无聊而非刻意的残忍，随后，一股闪烁的音力便横扫金字塔边缘。这股波形卷过派尔·拉尔，他飞离石头，在空中翻滚。灰烬包裹了他，他的盔甲起皱扭曲，极不自然。他发出哽咽的呐喊，随着一阵骨骼断裂声，他向内爆裂。这位死亡守卫惨遭碾碎的残躯滚入下方的混战中。加罗因战斗兄弟的惨死而发出怒吼，他向上冲去。

随后，出乎意料地，他登上了顶端，任由枪带上的爆矢枪垂在髋部。战斗连长举起自由剑，双手紧握，挥向战争歌者。在他侧面，他意识到德西乌斯正为他提供火力掩护，爆矢弹在那堵由音乐构成的纯粹能量之墙上弹开，他面露苦相。

战争歌者将注意力转向加罗，在加罗的进攻侵入她的感官时，她的脸上泛起愤恨。加罗看到她转过身，长长的头发飘过她那尖啸不止的脸庞。因部下的惨死，加罗满怀愤怒，他的利剑横扫而过，击中了战争歌者的音盾，那撞击声如同刀尖划过玻璃片。敌人毫不费劲地吸入那声音，然后将之纳入她的刺耳音调，交织成疯狂的合唱。

刹那间，加罗明白了这个敌人的本质。光热能量无法击败这个战争歌者。唯有纯粹的声音才能够杀死她。

通过遍布穹顶的可怕咒语，战争歌者发出一道尖啸声，那声音交织成一道强烈的共振之拳。加罗看到了她的攻击，他将德西乌斯推离战争歌者。战争歌者以音速移动，随着一阵音爆将空气化作圈圈白色的蒸汽，她的声音之锤击中了加罗。

聋聩。下坠。痛苦。

德西乌斯的脑海因强烈的冲击而眩晕，只能依赖最简单的反应，几乎难以应对这突如其来的狂暴。他沿着斜坡落下，穹顶天旋地转，他感到金字塔粗糙的表面升起来撞上了他。德西乌斯的动力拳直落在一个突出的陈旧滴水嘴上，掌心摊开，手指啪的一声抓住了突出的地方。那个石像裂开了一个缺口，但仍挺立着，阻止了德西乌斯毫不光彩的下坠。他的脑袋如同撞钟一般鸣响着，双眼感到一阵奇怪又模糊的压力。德西乌斯的喉咙中发出巴巴鲁斯的咒骂，他稳住身。他的超意识感官告诉他身体有一些瘀伤和少量骨折，但这些都不值一提。加罗……加罗连长救了他的命，将他从战争歌者的攻击前推开。

他的内心闪过一丝强烈的焦虑感，近乎阿斯塔特所能产生的最大恐慌。他在哪？战斗连长在哪？德西乌斯站起身，很高兴看到自己的爆矢枪仍在手边，枪带缠绕着他的护腕，他挡开了一个伊斯特凡人发起的笨拙攻击。德西乌斯扫视金字塔侧面，找寻他的指挥官。加罗的灰白盔甲被阿斯塔特的鲜血所染红。一位帝皇之子的战士正站在加罗身旁，那是塔维兹，他想起来了。加罗过去对此人的评价颇高。然而，一个来自第三军团的人前来帮助一位死亡守卫，不论荣誉兄弟与否，这都令德西乌斯的自尊心感受到了冒犯。

德西乌斯无视腿中的断骨之痛，冲回金字塔，重新爬回之前摔下的地方。他在接近时听到了两位连长之间的交谈。

"坚持住，兄弟。"塔维兹正说道。

"不要管别的，杀了她！"加罗咳嗽着，嘴角都是血，战争歌者的攻击切开了他的战斗头盔，他的头裸露了出来。

"交给我吧，"德西乌斯说道，走上前来，"我会保证他的安全。"

塔维兹向他点点头，随后开始往上爬。

德西乌斯转向他的指挥官，一股鲜血的恶臭味充斥了他的鼻孔，令他心中一紧。那味道对他而言很熟悉，也令人厌恶。加罗的躯干和一只手臂遭受了诸多严重的损伤，并且丢掉了他的爆矢枪。但战斗连长的另一只手，那只完好的手，仍死死握着自由剑的剑柄，仿佛那把剑是个护身符。一片片尖细破碎的花岗岩和黑曜石像子弹一般刺穿了他，冲击凝胶积聚在陶钢被击穿的地方，但他最严重的伤口在腿上。

德西乌斯呼吸面罩下的脸庞陷入阴沉，他很庆幸自己的指挥官无法看到他的表情。沿着加罗右侧大腿向下不到一只手的距离，他的右腿已经被烧焦。唯有依靠其植入腺体产生的强力凝血剂、神经化学剂以及抗休克药物，连长才能保持着清醒。

光是想象这伤口所产生的极度痛苦便让德西乌斯屏住了呼吸。

"我看起来如何，小伙子？"连长问道，"没有帝皇之子那么好看？"

"还没那么糟。"

加罗发出痛苦不堪的笑声。"你可真是个糟糕的说谎者，孩子。"他挥手示意那位阿斯塔特向前，"帮我起来。索尔会结束我们所发起的战斗。"

"你的条件不适合战斗，大人。"德西乌斯反驳道。

加罗把这位阿斯塔特当作支撑站起身来。"德西乌斯，你这该死的！一位死亡守卫只要一息尚存，那他就适合战斗！"他看向四周，身子因痛苦而摇晃着，"我那该死的爆矢枪呢？"

"丢了，长官。"德西乌斯指出，引导着加罗向下走。

战斗连长厉声啐道："泰拉见鬼了！那就帮我走进剑击范围，我要砍死那些蠢货！"

德西乌斯和加罗一同蹒跚着来到了穹顶底层，走回混战的人群中，身后粗糙的金字塔侧面留下了一串血迹。德西乌斯意识到，在他们上方，战争歌者的歌声千变万化，但他的精神集中在眼前有限的近战杀戮。德西乌斯化身连长的基石，展开双脚，挺立于酣战之中，一只手用爆矢枪击倒黑色兜帽人，另一只手上的披甲拳套则痛击那些靠近的敌人。加罗站在他身后，用受伤的那条手臂支撑着自己，迅捷的利剑划出死亡光弧。连长和伊斯特凡叛徒们的鲜血交融在一起，积聚在他们脚下。

德西乌斯在他的通信接收器中呼叫医疗兵，但传回来的只有静电声。下坠时的撞击可能损坏了他的通信装备，而即便他将自己的肺逼到极限，他的喊叫声也难以匹敌战争歌者的尖叫声。最终，加罗倒下了，这位巨人失去了太多的力量和鲜血，即便是阿斯塔特的生理机能也难以承受。德西乌斯帮助战斗连长躺下，让他靠在金字塔墙上。"长官，拿着这个。"德西乌斯将一个满弹夹塞入他的爆矢枪中，放到加罗腿上。

"你要去哪？"他的指挥官沙哑地问道。加罗已经难以保持专注。

"我会回来的，连长。"德西乌斯转身冲入战斗的旋涡，用动力拳在敌阵中打出一条路。他飞奔而行，杀过穹顶内的黑色兜帽人，伊斯特凡的战士们血肉横飞。他们就像是水一样，在德西乌斯周围翻腾，在他身后的道路上汇聚。

最终德西乌斯找到了他的目标，他尽其所能高声咆哮着："沃延！听到了吗？"

那位死亡守卫药剂师猛地抬起头，他正站在一位被激光重伤的兄弟躯体前。"这个人我已经无能为力了。"他阴郁地说道。

"帝皇知悉他的名字，"德西乌斯喊道，"你现在若不跟我来，那连长也会被载入荣誉名册！"

"加罗？"沃延一跃而起，"带我去，孩子，快！如果我能帮上忙，七连长就不会殒命。"

他们跋涉过人群，一边战斗一边移动。"这边！"

"他依旧是我的指挥官，"沃延咬着牙，"你明白吗？不论他说了什么、做了什么，这点永远都不会变。你明白吗，德西乌斯？"

"你在试着说服谁，沃延？我，还是你自己？"德西乌斯朝他投去冷酷的目光，"此时此刻我不在乎你和你那该死的结社，只管拯救——"

这位死亡守卫的话语消失在了从金字塔顶端传来的一声终极尖叫中。每个人都在盲目的本能反射中捂住了耳朵，战争歌者唱出了她最后的绝望攻击，随后便死掉了。德西乌斯抬起头，看到两个身着闪光紫甲的人站在顶峰，看到一个半透明的碎裂长袍坠落而下，粗暴地摔在陡峭的坡面上。

"艾多伦！"他身旁的一位阿斯塔特喊道，"艾多伦拿下了击杀！"

一个卵形物体划过空中，拖着白色的飘带，德西乌斯在那个东西落地前抓住了它。"战争歌者。"他宣告道。幸存的黑色兜帽人一齐停止了战斗。有的人跪倒在地，一边哭泣，一边翻来滚去，有的人手捧着耳机，因突然失去了他们那宝贵的歌声而呜咽不已。大部分人只是站在那里，像迷失的孩童一样徘徊着，簇拥在穹顶中。

"快让开，你们这些叛徒畜生！"德西乌斯咆哮着，打入呻吟的人群。他开始击倒站着的人，如同镰刀割小麦一般砍倒伊斯特凡人。其他阿斯塔特也加入其中，很快这便化作了一场屠杀。战帅的命令并未谈及囚犯。

待到他们一路杀到金字塔脚底时，躺在他们面前的加罗如死一般苍白寂静。一位来自第三军团的药剂师跪在他身旁，皱着眉。

沃延面露苦痛之色，他朝着那位医疗兵投去冷酷的眼神，说道："让开。你别碰他！"

"我救了他的命，死亡守卫，"那人简短地回答，"你应该感谢我。我做了你的工作。"

沃延在愤怒中握紧了拳，但德西乌斯阻止了他。"兄弟，"他转向另一个人，开口说道，"感谢你。他能存活吗？"

"一小时内把他带到医务室，他也许能活下来，来日再战。"

"那么他会的。"这位年轻的阿斯塔特以旧式军礼致敬，"我是七连的德西乌斯。我的连队欠你一个人情。"

那位药剂师朝着沃延露出一丝浅笑，准备离开。"法比乌斯，帝皇之子的药剂师，把我对你连长的照料视作战友间的赠礼吧。"

那位阿斯塔特离开了，沃延的话中满含怨恨："傲慢的崽子，他怎敢——"

"沃延，"德西乌斯厉声说道，让沃延安静，"帮我抬下他。"

加罗在坠落，永无止境。

周围温暖的虚空浓厚沉闷。这是一片又薄又纯的油质海洋，像记忆一样深邃，无法知晓其边界。他沉入其中，薄丝温暖地包裹着他，穿过他的口鼻，填满他的肺脏，将他压下。他一路向下，越来越深。坠落。仍在坠落。

在迷糊超脱的状态中，他感觉到了自己的伤势。他身体的一些部位已经失去了知觉，神经簇寂若死灰，而阿斯塔特那极具耐性的生理机能正在努力维持着他的生命。"我的伤口永远无法愈合。"他大声说道，声音泪汨作响，逐渐凝固。为什么他要这么说？这想法从何而来？加罗的思绪沉重缓慢，他挑拨着脑海中的思绪，却难以撼动，那些思绪大如冰川，冰冷刺骨。

他处于昏睡状态。他的部分大脑最终为他提供了这一小块数据。是的，当然。他的身体已经关闭了对外接触，将他封闭在内，其他的一切担忧和外部兴趣都已被遗忘，他的植入器官一起努力阻止逐渐迫近的死亡。这位阿斯塔特身处一种静滞状态——不是人工产生的那种，那种静滞是在长时间低消耗的星际航行中将肉体冷冻，并在血液中注入化学反晶化剂。这时伤者处于半死状态，濒临死亡。

奇怪的是，他对此既有所感觉，又全无感觉。这是植入他大脑中的僵住结的作用，他的部分小脑会被关闭，就像是机仆熄灭房子里闲置房间的灯。加罗此前曾有过这样的状态，那是在帕西法厄起义期间，针对坚定号分离舱甲板的一次自杀式攻击撕开了那艘战斗母舰的侧面，一百位毫无保护的人被卷入了太空中。他幸存了下来，醒来后已过去数月，身上带着新的伤疤。

这次他会活下来吗？加罗试着探察自己的思绪，找寻他最后清醒时刻的准确记忆，而他所找到的却只有粗略破碎的感知以及剧痛感。塔维兹。没错，塔维兹当时在那儿，还有那个小伙子德西乌斯也在。而在那之前……在那之前只有嗡嗡作响的白噪回声，以及撕心裂肺的痛苦。他让自己渐渐坠落，让残余的痛苦感逐渐消散。这次他会活下来吗？加罗只有等到他真正活下来了才会知道。否则，他只有不断坠落，不断下沉，七连长将会成为另一个消失的灵魂，成为一个指甲大小的颅骨形钢钉，被敲入巴巴鲁斯的纪念铁墙。

他发现自己已失去了战斗的意志。在这里，在这个虚无之地，他缩成一团，他只是一种存在。他记录着时间，等待着、痊愈着。这便是帕西法厄战后的感觉，因此现在也应该如此。

应该如此。

但他知道有些东西不太一样了，即便连这个思绪也在飘散。穹顶中的切肤之痛，他此前从未经历过。百余年的战争并未让他做好准备面对战争歌者的凶残。加罗事后知道了，她是他此前从未遭遇过的敌人，但太晚了。她的力量来源，她的力量形式……这些于他而言是这个宇宙中的新事物，而这位阿斯塔特曾以为自己已无法再感到惊讶。这让他明白，不可自满。

战斗连长暗自对事件的发展感到惊奇。在挑战了战争歌者之后，他能幸存下来并进入昏睡状态，这令人难以置信。其他死亡守卫，其他帝皇之子，也同样直面她的力量却最终殒命。他想起了可怜的拉尔，像一块空空的口粮罐头一样被压碎。那些兄弟纷纷殒命，加罗却仍然活着，紧握着生的边缘。"为什么？"他质问道，"为什么是我，不是他们？为什么是内森尼尔·加罗，不是派尔·拉尔？"

是谁做出的选择？生与死如何平衡？这些问题在他脑海中挥之不去，让这位阿斯塔特挣扎不已，妄图寻根究底。对这个无情的宇宙提出这些毫无意义的问题实在是愚不可及。什么平衡？根本没有平衡，没有伟大的命运裁决者！异教崇拜者才会相信这些概念，主张人是在神明妙手之下遵循着某种计划而生生不息。不！这里只有真理，帝国真理。斗转星移，方生方死，这一切并没有造物主的计划。根本没有神祇，也没有此生彼生，众生唯有自己创造未来。加罗和他的同胞仅仅是一种存在。

然而……

在这个死眠之地，事物既朦胧又清晰，加罗似乎感觉到有种来自远方、超越自我的压力。在他的感官边缘，他感知到了一丝光辉，跨越了无数光年，一个令他相形见绌的智能投来了些许关注。冷酷的逻辑告诉他，这是种既渴望又绝望的思想，源于他的后脑中心，如动物般粗野。但加罗无法舍弃这种感觉，这是一种强烈的希望，某种比他更强大的意志正对他施加影响。如果他没有死，那么也许是他得到了饶恕。这是一种疯狂又危险的想法。

"他之手普照我等，我等当为他献忠。"

谁在讲这些话？是加罗，还是其他人？这声音似乎奇怪又新颖，在远方回响着。

"他引导我等，教导我等，劝导我等，让我等超越自我，"那毫无生气的声音说道，"但最重要的是，帝皇保佑。"

那话语令内森尼尔感到不安。他开始在浓厚的海洋中天旋地转，他的舒适感在消退。他感觉到黑暗风暴的压力在他周围的无形空间中酝酿，这般景象通过他人的双眼传入他的脑海中。没错，通过一个离他并不遥远的灵魂，如同远方的守望者般明亮，但这仅仅如同一根蜡烛，抵挡着烈日的万丈光芒。翻腾的情绪形成黑色阴云，在亚空间和空间经纬中翻江倒海，找寻着能够涌流的弱点。暴风云正在降临，势不可当。加罗想要逃离，但在漂流坠落中他无处可逃。他想要奋起抗争，但自己没有双手，没有脸庞，没有肉体。

在上下翻腾、阴郁变幻的旋涡之中出现了形状，有的像是他在伊斯特凡末星穹顶中看到的螺旋符号，有的他曾在狼神议庭的罕见旌旗上瞥见过，来来回回，反反复复，不论他的注意力移向何处，一种三重符号似乎都在追寻着他：三颗颅骨，一个有着尖啸面孔的金字塔，三个黑圆盘，三个流血的子弹伤口，还有其他各种变体，但总是以同样的形状排列。

"帝皇保佑。"一个女子说道，加罗感觉到她的手正放在自己的脸颊上，她的眼泪滴落在加罗的嘴唇上，传来一股盐味。这感觉自远方而来，拖拽着他，将他拉出迫近的风暴阴霾。

加罗现在正在上升，越来越快，温暖化去了寒意，他的腿和胃产生了痛感。有……一位女子，一头短发，戴着忏悔者的兜帽，还有……

还有疼痛，苏醒。

"泰拉之眼啊！"卡莱布喘息着，"他还活着！连长还活着！"

"我要见他。"特米特尔生硬地说道。

哈库尔士官皱起眉。"大人，连长现在的状态不适合——"

特米特尔举起一只手示意他沉默，说道："哈库尔，老士官，出于对你服役记录的尊敬，我不会把你的放肆态度当作对我军衔的失敬，但别把我刚刚说的话错当成请求。别挡我的道，士官。"

哈库尔略微鞠躬，答道："当然，连长。我忘乎所以了。"

特米特尔绕过这位老兵，果断迈入坚韧号的第三医务室，朝着自己连队的手下点点头，他们仍在从约伽尔族世界舰上所受的伤势中恢复。大部分人已无法恢复到战斗状态，而是会有失体面地成为永久驻扎的舰员，或返回巴巴鲁斯作为见习生们的总教官度过余生。特米特尔希望加罗不会遭受这样的命运。战斗连长被迫退下战线的那一天，将会是他的精神消逝的那一天。

特米特尔进入被隔离的医疗室，在一个保障王座上找到了他的战友，周围是许多黄铜设备和玻璃瓶，液体缓缓输入加罗植入甲壳上的插口中。特米特尔走进来时，战斗连长的侍卫在震惊中猛地跳了起来。卡莱布把手紧握在胸前，里面攥着一捆沾有墨水的纸张，他眨了眨泪汪汪的双眼。特米特尔立刻感觉到这位奴仆在做什么不恰当的事，但他决定不去刨根问底。

"他有说什么吗？"

卡莱布点点头，将那叠纸塞入外衣的内口袋中。"有的，长官。连长在恢复的时候开口过几次。我无法揣摩全部意义，但我听他讲了很多名字，尤其是帝皇。"这位侍卫焦虑不安，"自他的昏迷状态结束后，除了医疗人员和我，他没有和任何人接触。"

特米特尔看向加罗，靠近说："内森尼尔？内森尼尔，你这老蠢货。如果你睡够了，还有场远征要打，你听到了吗？"他保持着轻松幽默的氛围，掩盖住自己的担忧。当加罗睁开双眼盯着他的时候，特米特尔的微笑变得真切无比。

"乌利斯，没有我，你还能打仗吗？"

"哈，"特米特尔说道，"看来你的伤势还没有把你的脑子搞钝。"他的一只手放在加罗肩上，"帮那个索尔·塔维兹捎个话。他已经回到了超越者号，但他想要感谢你帮他削弱那个战争歌者的战斗力量。"

连长饶有兴致地发出咕哝声，但什么也没说。

"你的小伙子们都很担心，"特米特尔继续说道，"我听说哈库尔害怕他得继承那个鹰饰胸甲。"

"我还能穿戴那身甲，如果这些医生能让我走的话。"一阵痛苦感传遍全身，加罗面露苦相，"我要是能站起来的话会恢复得更好。"

特米特尔看向沃延的方向，他正在医务室中沉默地徘徊着。他吸了口气，问道："腿怎么样，内森尼尔？"

加罗朝下看向椅子，他的面色变得略微苍白。他的右肢已经变形错位。由密实钢铁制造的骨骼结构以及模仿大小腿面的、由锃亮黄铜打造的金属板代替了他的强壮肌肉和肌腱。这个强化腿质量上乘，但它仍然令人震惊。加罗的表情显露出矛盾的思绪，他说道："挺合适的。外科医生告诉我，神经接合一切顺利。根据沃延兄弟所说的，很快我便不会对它感到异样。"

特米特尔听到了他战友声音中暗含的怀疑，但他不打算就此回应："这才是我所认识的战斗连长。何人还能在战场上受重创后回来再战？"

加罗露出淡淡的微笑，他的声音变强了："我希望很快就会。告诉我，兄弟，在我康复的时候我错过了什么？我睡过了伊斯特凡平定战和整个伟大远征吗？"

"几乎没有。"特米特尔努力保持着轻松的语气，即便他看到了内森尼尔想要把话题引向何方，"莫塔瑞恩大人传达了战帅的命令。在我们谈话之际，舰队正处于伊斯特凡Ⅲ的高锚地。叛徒们的所有本地轨道平台都已被渡鸦中队摧毁，我们所遭遇的星系舰船都已化作残骸。天空已经属于荷鲁斯。"

"对圣歌城的进攻呢？如果你还在这里，那么我想进攻仍未展开。"

"快了，兄弟。战帅亲自挑选战士，组成了进攻瓦杜斯·普拉尔大军的矛头部队。"

加罗略微皱起眉，疑惑地说道："荷鲁斯来挑选战队？这实在……不合常规。通常这是军团长的任务。"

"他是战帅，"特米特尔回答时露出一丝自豪感，"不合常规是他的特权。"

加罗点点头。"他选择了你的战队，对吧？难怪你这么高兴。"连长露出微笑，"突击约伽尔族过去才不久，我期待再次与你并肩作战。"

该来的还是来了。尽管特米特尔并不想显露出反应，但他知道自己还是显露了出来，他看到内森尼尔捕捉到了他的反应。

加罗的笑容绷紧了，问道："或许不会？"

"内森尼尔，"特米特尔叹息道，"我想应该由我来告诉你，免得格鲁尔格那个傻瓜借此来取乐。药剂师们并未宣布你完全康复，因此你被认为不适合战场行动。你的指挥权将留在一个有限的勤务岗位上。"

"有限的。"加罗吐出这个词，朝着沃延怒目而视，沃延匆匆转身离开，"我就是被这样看待的，有限的？"

"别那么任性，"特米特尔厉声说道，迅速止住朋友的愤怒，"还有，别朝着沃延发泄。他只是在为军团履职尽责，为了你。如果你现在去率领第七连，那么你会冒着辜负他们的危险，而这是死亡守卫所无法承受的风险。你不能前往伊斯特凡Ⅲ，内森尼尔。这是来自第一连长泰丰的直接命令。"

"卡拉斯·泰丰可以滚去舔我的剑柄了。"加罗咆哮着，特米特尔看到加罗的侍卫对于惯常坚忍的连长道出如此侮辱的话感到震惊，眨了眨眼。"把这装饰笼从我身上拿开。"他继续说道，推开医疗监测仪和药瓶。

"内森尼尔，等等。"

加罗奋力挤下保障王座，他的肉身脚和金属脚站在地上。他向前稳稳地走了几步。"如果我能动，那么我就能战斗。我会去找泰丰，亲自告诉他。"加罗推开众人，走出医疗室。他努力克制跛足，每一步都满怀愤怒。

卡莱布看着他的主人从病床上起身离开，他那钢铜打造的新肢臂俨然成了他的一部分，正如他求生的钢铁意志一样。在独自身处这个小舱室的片刻间，卡莱布再次从口袋中拿出了那捆纸，并平摊在保障王座粗糙的席子上。侍卫从挂在脖子的链条上抽出一小块用爆矢弹壳雕刻的金属物，遮遮掩掩，小心翼翼。这个东西很简陋，形体粗糙，但其中雕琢却饱含着唯有虔诚之人才具有的细心。他将之举于光下，细细的蚀刻线和针孔图案展现出一位高大人物的轮廓，周身被太阳的光环所笼罩。卡莱布将这个小圣像放在纸张上，手掌抚平纸张表面。

如今他满怀确信，自己曾经想要为自己的信仰寻求更多证据的想法是多么可笑。在卡莱布尊敬的主人徘徊于生死之间时，他一直在为加罗连长祈祷，小声地读着那个褶皱传单上的话语："他之手普照我等，我等当为他献忠。他引导我等，教导我等，劝导我等，让我等超越自我，但最重要的是，帝皇保佑。"

的确，帝皇保佑了内森尼尔·加罗。他回应了卡莱布的乞求，拯救了他主人的性命，将这位死亡守卫从濒死边缘拉回。他此前还抱有怀疑，如今这位侍卫完全明白了。加罗怀有使命。这位阿斯塔特能活下来，并非因为巧合或是善意之举，而是因为人类之主意欲如此。未来将会有一时刻，彼时加罗将实施一项只有他才能完成的任务，侍卫的直觉认为这一刻很快就要到来。当那一刻来临时，卡莱布的角色将会为加罗照亮前程。

卡莱布知道对他的主人讲这些是不合适的。他保守这个秘密信仰很久了，而公开谈论的时刻还未到来。但他能够洞悉。他确信加罗会渐渐转向卡莱布已经走上的道路，那条道路将会走向泰拉，走向帝皇本人。

加罗面色冷酷，压抑满腔的怒火。每次他的新腿让他瘸脚时，他都感到怒火在翻腾。腿中的微型陀螺仪需要花时间来适应他身体运动的形式和速率，而在适应这些机械之前，他不得不像个跛子一样走动。他想，至少他仍然能够走动。依靠拐杖或其他支撑物的耻辱令人难以承受。

特米特尔跟上他的步伐。四连长已经放弃说服加罗返回医务室，而是小心地跟在他身侧。特米特尔脸上的迟疑很明显。加罗的战斗兄弟此前从没有见过他有如此糟糕的心情。

他们来到了坚韧号的指挥所，原体在船上时会把这里当作他的私人房间和至圣所中心，进入入口需要穿过一个小中庭。加罗看到另一个死亡守卫正走在他前面，前往同一个目的地，他意识到那是伊格纳提乌斯·格鲁尔格，这令他感到忧虑。第二连指挥官听到了钢足踏在大理石地板上的声音，他转过身，打量着加罗，眼神轻蔑。

"所以，没死。"格鲁尔格交叉双臂，鼻孔朝天。他仍穿着自己的战甲，而加罗仅仅穿着勤务长袍。

"我希望你没那么失望。"加罗回嘴道。

"确实如此，"指挥官撒谎道，"不过告诉我，你这残疾状态，躺在病床上不是更安全些吗？在如此虚弱的条件下——"

"噢，你这辈子能不能闭上一次嘴？"特米特尔厉声说道。

格鲁尔格面色阴沉地说道："注意你的言辞，连长。"

加罗挥手离开那位阿斯塔特，说："我没时间和你争论，格鲁尔格。我要面见原体。"他继续走向大门。

"你来得太晚了，"格鲁尔格回答道，"死亡之主并不会屈尊关照一位残废。莫塔瑞恩已经不在坚韧号上了。他再次前去与战帅会晤，商讨远征事宜。"

"那么我会跟泰丰谈。"

格鲁尔格冷笑道："轮到你再说。他刚刚才将我召唤至此。"

"我们看看谁要等。"加罗厉声道，猛地撞开了指挥所大门。

房间内，第一连长泰丰从作战地图中猛地抬起了头，他正站在地图桌前。泰丰硕大的盔甲身躯后是可以俯瞰战舰舰背的高大的彩色玻璃窗。"加罗？"看到战斗连长起身行走，他似乎分外惊讶。

"长官，"内森尼尔回答道，"特米特尔连长告诉我，我的战斗职务尚未恢复。"

泰丰朝着格鲁尔格略微挥手示意，命令他等等。"的确如此。药剂师们说——"

"此时此刻我不在乎他们说什么，"加罗插嘴道，无视礼仪，"我请求立刻赋予我指挥小队突击伊斯特凡Ⅲ的任务！"

泰丰和格鲁尔格两人之间迅速交换了一道几乎难以察觉的眼神，随后第一连长再次开口说道："特米特尔连长，你为何在此？"

特米特尔踌躇了，被这个问题打乱了阵脚。"大人，我跟随加罗连长前来，呃，支持他。"

泰丰朝着加罗挥手示意。"他需要支持吗，特米特尔？他能够自行站立。"他朝着指挥所大门猛地点头，"你可以离开了。去关照你的连队，准备空降。"

第四连连长皱起眉，敬了个礼，并最后看了加罗一眼，随后离开了房间。当大门砰的一声关上时，内森尼尔的目光再次与泰丰相对。"我需要你的回答，第一连长。"

"你的请求已被拒绝。"

"为什么？"加罗质问道，"我适合领导！该死的，我虽然在伊斯特凡末星上失去了一条腿，但仍能挺身奋战，现在我的躯体装上了这个钢铁假肢，我却不能剿灭帝皇的敌人？"

泰丰那冷酷的琥珀色眼睛眯了起来。"要是我来决定，我会让你去的，加罗。我愿意让你跌跌撞撞地闯入那个战区，让你在蛮勇中自生自灭，但这道命令来自主上。莫塔瑞恩下达的这道命令，连长。你要违抗原体的意志吗？"

"如果他在这个房间里的话，是的，我会的。"

"那么你会从他口中听到同样的话语。如果时间足够，你的伤势能完全恢复的话，那原体也许会同意你，但不是此时此刻。"

格鲁尔格难以抗拒这个在伤口上撒盐的机会。"我会为你带回一点荣耀的，泰拉人。"

加罗怒火冲天，但在他能开口前，泰丰再次用粗哑的声音厉声说道："不，格鲁尔格连长，你不会。你也同样要在伊斯特凡Ⅲ行动期间待在轨道舰队上，这是我的决定。"

指挥官的傲慢态度消失了，他咆哮道："什么？为什么，大人？加罗他受伤了，但我做好了战斗准备，而且——"

泰丰的声音压过了他："我叫你来正是为了亲自向你下达这道命令，在我离开前往终焉号之前，我本打算派一个传令兵去向加罗连长传达命令，不过既然他已经亲自前来，那我自然也应当同时告知你们两人。"

第一连长绕过地图桌走向他们，以正式的命令口吻说道："基于战帅荷鲁斯阁下和我们的主公死亡之主莫塔瑞恩的作战计划，你们两人和你们的指挥小队将会被指派到一艘帝国战舰上执勤，这是一项监督岗位，你们所属连队的其他人会留作预备队。在突袭伊斯特凡Ⅲ和圣歌城期间，你们要为空降舱部署行动提供后备战术支援，并保持戒备，准备实施快速反应遮断任务。"

一个机仆靠近加罗，递给他一个数据板，其中包含着正式作战条令的细节。

"遮断什么？"格鲁尔格质问道，"普拉尔的军队已经没有能飞的了，我们已经摧毁了全部空军！"

"我们两人谁拥有行动指挥权？"加罗低声顺从地问道，翻阅着数据板中的内容。

"这项职责将由你们共同承担。"泰丰回答道。

某种程度上，加罗感到受挫和空虚，但至少他不用面对格鲁尔格居高临下地指使他的指挥小队手下，这让他感到些许慰藉。他内心的愤懑不平顷刻间便冷静消散了。加罗轻易地恢复了他习以为常的坚忍。如若莫塔瑞恩下令如此，那么他有何权力反对呢？他掩饰住一丝叹息，说道："感谢您向我阐明，第一连长。我想要集结我的手下，并为他们介绍这项新任务。"

泰丰点点头说："你可以离开了，加罗连长。"

内森尼尔·加罗转身离开，钢足发出有节奏的咔嗒声，表达着他的不满。

格鲁尔格同样也准备离开，但泰丰摇了摇头。"伊格纳提乌斯，等一下。"待到加罗离开房间，泰丰走近指挥官，"我知道你觉得我轻视了你，兄弟，但相信我，事实恰恰相反。"

"是吗？"格鲁尔格并未信服，"这是这场战役的关键战斗，而你却告诉我，我必须在轨道上看着，和一帮饭桶关在一个锡罐中，而加罗则扮演受伤的烈士？拜托，我尊敬的第一连长，告诉我这项任务如何给了我莫大的荣誉！"

泰丰并未理会这挖苦，继续说道："我之前曾和你讲过，我们的主公想要将加罗带到战帅旗下，而非泰拉，但我们都知道，加罗不会改变的。他是个太过忠于帝皇的战士。"

格鲁尔格眉头紧锁，问道："伊斯特凡Ⅲ……这难道就是转折点吗？"泰丰一言不发，只是看着他。"也许……"格鲁尔格缓缓点头，思绪渐渐成形。"我想我看到了一种计谋的浮现——将任务分配到军团的特定单位，而非整个连队，这是不同寻常的模式。我能够想象，荷鲁斯大人试图孤立那些不会信奉他的队伍。"

泰丰点点头。"正如你所说，当转折点到来时，荷鲁斯需要你履行某些职责。"他放低声音，"尽管莫塔瑞恩对加罗慷慨仁慈，但我知道加罗会试图背叛我们的主公和战帅。"

格鲁尔格点头回应，他第一次切实感受到了自己在这场阴谋中的地位。他坚定地说道："我不会让那种事情发生。"

加罗站在军械室中央，重复着泰丰的话。他驱散暴风云的寒意以及积聚的威胁感——某种庞大又寂静的阴谋诡计正在无形中酝酿。加罗将这些感觉放到一边，作为指挥官和兄弟向他的手下讲话，让他们准备好即将到来的战斗。队伍中有不满的声音，但哈库尔立刻将之踩灭，而集结的阿斯塔特小队在良好的秩序中开始了他们前往新岗位之前的武备流程。

"关于这艘船，长官，"森德克说道，"我们将要被派去的这艘船。关于它你知道些什么吗？"

"是一艘护卫舰，"加罗回答道，"叫艾森斯坦号。"

第七章

硬着陆
生命吞噬者
决定

　　成为第一个踏足伊斯特凡地表的阿斯塔特乃是死亡守卫的荣誉，他们的任务是让这个世界重新归顺。了解到自己和自己的连队将组成矛头部队，乌利斯·特米特尔的内心满怀战士的自豪感。连长的空降舱落到了毗邻圣歌城堑壕线的泥滩中，大地撕裂，隆隆作响。着陆的冲击声一遍遍回响着，数百个空降舱从天而降，划出橘红色的燃烧尾迹，遁入土中。

　　入侵部队数以千计，各路雄兵雷嗔电怒。每一位阿斯塔特的内心都满怀着对叛军的怒怨，而死亡守卫只是为实现此般壮志的诸多精兵强将中的一分子。

　　特米特尔的空降舱侧面在爆炸门闩的冲击下掀开，他吸入了第一口伊斯特凡的空气，呼唤他的手下。

　　"为了泰拉和莫塔瑞恩！"连长率领他的指挥小队冲出着陆撞出的浅坑，开火射击，朝着一群冒险抵近观察的变节士兵倾泻下一片曳光弹。

　　瓦杜斯·普拉尔的防线准备充分，此地曾经的森林都被砍伐，平整的地形化作稀疏的杀戮地带，遍布堑壕、隧道和低矮的地堡。几公里开外便是圣歌城的市郊。白昼的蓝白日光令城市闪闪发光。特米特尔看到更多火焰尾迹降临城区，飞向领唱者宫殿和妖鸣堡那引人注目的影子，那是来自吞世者、帝皇之子和荷鲁斯之子的空降舱突击部队。

　　他露出微笑。死亡守卫很快就会见到他们，但首先要对敌人施以惩戒。叛徒普拉尔的手下忤逆帝皇的归顺召唤，打造了这些土木防御工事，特米特尔连长的职责便是昭示他们的错误之路。对于阿斯塔特入侵部队而言，绕过堑壕线并着陆在敌人后方是轻而易举的事情，但这么做是在发出错误的信号。这暗示着这些防御工事在某种程度上是对帝国伟力的挑战，而显然它们只不过是小小的阻碍。因此，特米特尔和死亡守卫将会步入伊斯特凡防线的火力通道。他们将摧坚陷敌，并朝着圣歌城迈进，向这些受到蒙骗的蠢货昭示真理——帝皇旨意，不可违抗。

阿斯塔特以灰白和绿色甲组成的密集阵线穿越晦暗的泥潭，由陶钢和弹性钢汇聚而成的浪涌穿过成团的铁丝网和粗切树干打造的障碍物。他们迈过杀戮点，毫不理会实弹枪射出的枪林弹雨。特米特尔的一些部队时而停下，找出隐藏的活门，并用热熔炸弹永久地毁掉它们。

连长回头看到神圣无畏机甲休伦·法尔正在他的右翼移动，那位庞大战士张开的爪足搅动着泥潭。休伦右臂的双联炮扫射着，将敌军防线炸得焦土横飞，血肉模糊，叛军士兵们纷纷逃散。

圣歌城的防御者们穿着褐色的衣服，与晦暗泥潭的颜色相配，但如此可悲的伪装在阿斯塔特头盔的图像强化目镜和红外猎视功能面前毫无用处。特米特尔用作战手势下令，让整个战线分化为一个个小规模战斗，他看着战士们拆分为一个个群组。

特米特尔了解这支分遣队中大部分人的名字或声誉，尽管今日之前，他从未与一些死亡守卫并肩作战过。战帅的突击部署计划虽然合理，但并非特米特尔能构想的。荷鲁斯并未遵循传统的单位部署，以连队作为划分，而是在整个军团抽调出一个个小队级单位，将诸多不同连队抽调的人手组成一支部队。

据连长所了解，并非只有死亡守卫有这种情况，吞世者、帝皇之子以及荷鲁斯自己的军团也是如此。他不得不承认，如此精挑细选的部署，背后的战略思想非他所能理解，但如果战帅下令如此，那么这无疑有其原因；四连长私下里很高兴能有个有所改变的战场，不用屈居于格鲁尔格的炫耀和泰丰的野蛮战术之下。

敌人正在重组，从阿斯塔特初次登陆的震惊中恢复过来，他们的火力不再是随意分布的了。在沉闷的枪炮轰鸣声中，特米特尔敏锐的听觉捕捉到了刺耳无调的声音，仿佛是在歌唱。他曾阅读过伊斯特凡末星的行动后记录，知道这些所谓的"战争歌者"和她们的奇怪咏唱巫术。在这第三颗行星上，她们古怪音乐的神秘力量似乎也在发挥着影响。特米特尔举起他的复合爆矢枪，开始了属于他自己的交响乐。

艾森斯坦号是一艘很普通的舰船，在护卫舰级吨位中属于比较老旧的型号，从艏部到艉部只有两公里长。它和更新的剑级护卫舰有一些相似之处，但这只是因为大部分帝国舰船都有着相似的设计原理。几乎每艘为泰拉之主服役的主力舰都有着一致的建造元素：匕首似的舰艏，硕大的亚光速和亚空间引擎，以及由雉堞和钢铁复合体构成的船舯。

"看起来不怎么样啊。"沃延轻声评价道，透过风暴鸟的观察窗凝视着那艘船，他们正离开坚韧号跨越太空。他在加罗身边时仍然很谨慎，他的语气也透露了这点。

"那只是一艘舰船，"战斗连长回答道，"我们要履职尽责，无论在哪都一样。"

与坚韧号相比，这艘护卫舰的着陆舱似乎狭窄有限，舰长正带领着舰桥人员等候迎接死亡守卫。

"巴里克·卡赖亚，"他说道，口音短促，并利落地敬了个礼，"指挥官格鲁尔格，战斗连长加罗。如原体所令，这艘船将属于你们，直至死亡，或是收到新任务。"

卡赖亚身材结实，肤色褐黄，脑袋和下巴周围是一圈短粗的灰发。加罗注意到他的脸颊上有个碳板强化物在闪着光，脑后悬着几根插钉线。他的举止简洁生硬，但恭顺服从。

作为一舰之主，若舰上没有高阶阿斯塔特，那么卡赖亚便是实际上的舰长，而加罗毫不怀疑，卡赖亚对于因这项任务而退下这一职位怀有一些怨恨。舰长瞥向他身旁那位身材纤细、脸庞瘦削的女人。加罗认出了她肩章上的职务徽章，那是大副的军阶。"我是舱面军官，拉塞尔·沃特。"她鞠躬，做出天鹰手势。

格鲁尔格抓住这个机会发出一丝轻微的蔑视，说道："你可以继续工作了，舰长。等加罗连长或是我需要你的时候，你会知道的。"

卡赖亚和沃特敬了个礼便离开了。加罗看着他们离去，意识到在他们踏上艾森斯坦号甲板不到一分钟，格鲁尔格已经在试图将自己摆在优越地位上了。

加罗回头看向隔离真空的光影场，最后一艘风暴鸟正飞入着陆舱，推进器闪着蓝光，调整角度，着陆于隶属第二连和第七连的运输机旁。一丝迟疑划过加罗的脸庞，转瞬即逝。他数了数风暴鸟。这位新来者想必已经超出了他们的需要吧？看来并非所有的指挥人员都跟随着两位部队领袖。

那艘船降了下来，猛禽般的双翼折向机身。连长透过眼角看着那架飞机，等候着登机舱门降下，走出更多格鲁尔格的人，但它保持着静止。那么，船上没有乘客？也许那艘船只运载着没有生命的货物。

格鲁尔格挡住了加罗的视线，露出一丝毫无幽默感的浅笑。"我打算视察下这艘舰船，确保它完全做好了战斗准备。"

"很好。"

指挥官朝着他的几个手下示意，头也不回地走开了。加罗叹了口气，转向卡莱布，那位侍卫低头鞠躬。"监督艾森斯坦号的机仆卸载我们的战甲和装备。"他停了停，"并向我报告关于那最后一艘风暴鸟所载货物的任何信息。"

"是，大人。我会让舰员把装备安置在护卫舰的武备架上。"

加罗看向哈库尔士官，说道："安杜斯，赶在格鲁尔格的人挑选房间之前，带人给我们找个好营舍。"那位老兵敬了个礼，战斗连长转向他的指挥小队，继续下令道："我要去舰桥。德西乌斯、森德克，你们跟我来。"

沃延向他投来一道目光，说道："而格鲁尔格却去巡查下层甲板？原谅我，大人，我觉得他的行为有些令人不安。"

"谁说不是呢？"森德克表示。

"他是你的上级，药剂师，"加罗说道，语气比内心所想更加直率，"他有权做他想做的事，只要合理。"内森尼尔挥手让沃延离开，"跟哈库尔去吧。我现在没心情无端揣测。"

加罗和跟随他的战士走向升降机平台，前往护卫舰的中层。他面色冷淡，但沃延的话戳到了他的痛点。战斗连长在阿斯塔特前线士兵面前畅所欲言并不得体，也会引起分歧，但事实是，加罗也在怀疑格鲁尔格的隐含动机。

我们已经走到这一步了吗？他的思绪在脑海中回荡着。来自同一军团的人们已无法满怀信任地仰仗彼此？战士之间存有竞争，然后是敌意……而现在……我感觉到了什么？

"连长！"特米特尔抬起头，看着他的一位低级军官。"长官，北侧通道遭遇了阻挡。防御者用一对四管炮扫荡着那个区域。它被安置在一个混凝铁地堡中。要我下令绕开吗？"

特米特尔嗤之以鼻。"我们是死亡守卫，小伙子。要是我们在路上遭遇了巨石，我们不会像水一样偷偷溜过去。我们会出击粉碎它！"他站起身，呼唤指挥小队跟着他，"让我看看这道阻碍。"

他们在连绵起伏的地面上匍匐前进，跃过堆积着伊斯特凡死者和弹壳的浅堑壕工事。子弹的爆炸呼啸声于周围飞驰，特米特尔仍然能听到敌人那悲伤低沉的挽歌。他们穿过一道缓坡，连长刻意走出防线，踩碎了一个从支杆上掉落的扬声器喇叭。那装置闪出火花，陷入沉寂。

"那里，大人。"那位军官说道。

那是一个深埋于灰泥中的扁平六边堡，混凝铁仅仅用了几年时间，颜色纯净。死亡守卫的神射手从掩体中射出的爆矢弹在其外部凿出了许多洞。正如那位年轻的阿斯塔特所说，那些四联炮的恐怖炮管正朝着通道倾泻无尽的曳光弹流。杀戮区几个破碎的尸体显示出战斗兄弟们尝试前进并牺牲的地方。特米特尔皱眉说道："子弹和炮弹不会有效果的。让带喷火枪和等离子武器的人上来。"

命令得到传达，一队携带着地狱火枪的死亡守卫冲上前来。特米特尔将他的复合爆矢枪扔给那位年轻军官，呼唤另一个人过来。"你的喷火枪，给我。"连长拿起那位战士的喷火枪，摇了摇，满意地听到了满罐液态钷飞溅的声音。"爆矢枪，吸引他们的注意力。喷火枪，朝他们释放热火。"

阿斯塔特开火了，正如特米特尔所期待的，重型四联炮缓慢追踪着他们的火力。他的手下不需要他表述细节便明白这个计划。在四联炮遭到压制的同时，携带喷火枪和等离子武器的死亡守卫冲出掩体，将过热气流和燃烧的液体喷洒于地堡的侧面和内部。防御者们无法迅速转动火炮，片刻间，特米特尔便带着他的人来到了那个低矮碉堡的墙下。他让一位士官朝着射击孔扔了一堆穿甲手榴弹，随后自己跳上了地堡顶部。

特米特尔跳进S形的隧道入口，将一个戴着兜帽的士兵撞在混凝铁上，一阵可怕的骨骼碎裂声传来。他听到掩体里陷入了混乱，冲了进去。掩体中，黑烟和摇曳的火舌舔舐着墙壁，轰鸣的四联炮散发出极高的热量。连长扣下了那把借来的喷火枪的扳机，朝着面前的空间喷射，嘶嘶作响的红色火舌划过空中。隔间内的人们化作一把把火炬，一盒盒尚未消耗的弹药自燃引爆。

一个伊斯特凡士兵冲向他，厉声尖叫，浑身着火，他抱住了特米特尔。连长扔下手中的喷火枪，将那个人撕成了两半。他拍灭火焰，面露苦相，其他人正进入掩体，结束任务。

地堡沉寂了，特米特尔瞥向向下分岔的隧道口。"把这些口子全部封上，"他下令，"我们可不想在战线推过这个点之后，还有耗子从我们后方窜出来。"没有了火炮的轰鸣，连长再一次听到了通信扬声器中发出的尖声嚎叫。他一拳击碎了那个扬声器。"摧毁你们看到的任何转发器，"特米特尔继续说道，"那背弃誓言的噪声影响了我沉着的心境。"

"长官！"一位手下喊道，指向枪眼。

特米特尔看到一个巨大的影子落在了地平线上，伴随着制动火箭的火柱，随后他便感受到了一阵类似撞钟的地震。地堡内的每位阿斯塔特都离地片刻，他听到混凝铁屋顶因冲击波而发出破裂声。连长往外看去，在离空降舱着陆区不远处，他看到了一个巨大的圆柱体矗立于一层蒸汽之中。它无疑有一个巢城居住区大小，引导翼仍然散发着桃红色的光芒，裹挟着大气层的热量。那个圆柱体的侧面倒了下来，拖拽着柔韧的管道和白色的蒸汽。那庞大的空降舱中传来一声鸣叫，随后钢筋铁骨自烟雾中现身，化作一台遍布铜墙铁炮的巨像。地面回响着雷鸣般的步伐声，帝王级泰坦迈向圣歌城。

"审判日号，"特米特尔说道，叫出那台庞大战争机器的名字。"来自死亡军团的同胞决定加入我们的征战。"他对那个巨大的战斗体感到惊奇，随后摆脱掉这种感觉。"发信号，"他喊道，"联系审判日号的机长，向他提供战斗态势的最新信息。"

那位年轻的阿斯塔特军官递回了特米特尔的复合爆矢枪，皱起眉报告道："大人，通信系统有个问题。"

"解释下！"特米特尔质问道。

"我们在一些频道上进行通信有些困难，包括向泰坦和轨道舰船的信号传输。"

特米特尔抬起头问："当地人在干扰我们？"

那位阿斯塔特摇摇头，说："我认为不是，连长。信息阻塞太具有选择性。仿佛是……好吧，仿佛某些通信频率被直接关掉了。"

特米特尔利落地点点头，认可了这点。"那么我们就找个变通方法。如果问题恶化，那再通知我，否则我们便按照既定的进攻计划前进。"特米特尔跃出令人厌烦的死寂地堡，迈步向前。"朝圣歌城前进！"他呼喊道。一个巨大的阴影耸现于他上方，连长抬起头，看到了审判日号的底面，那台泰坦正迈过他，朝着前方远处的另一个地堡前进。火炮的猛烈打击开始覆盖此地，扭曲的烟雾从天而降。"死亡守卫！"他呼喊道，举起爆矢枪，"让这位巨人承受大炮的冲击。进入堑壕，兄弟们。扫荡阵地，清理这些叛徒渣滓！"

卡赖亚抬起头，舰桥的黄铜门扇悄然打开，加罗和他的两位战士走了进来。卡赖亚迅速向沃特投去一道紧张的目光，随后戴上了他在着陆舱时的那副阴沉又威权的面具。"欢迎战斗连长进入舰桥。"他说道，敬了个礼。

加罗点头接受敬礼。"方才在下面已经完成了仪式，卡赖亚舰长。在这里就不必再给自己过多压力了，保持必要之举就好，可以吗？"

"悉听尊便，连长。您要掌控指挥位吗？"

加罗摇了摇头，拒绝道："无此必要。"他一览舰船指挥室的布局。这里十分朴素，与死亡守卫麾下舰船的高效简洁设计十分相称。不像某些星舰用装饰性的木板或金属覆盖着墙面，艾森斯坦号的导管和机器都裸露在外。弯曲缠结的电缆和管道排列于舰桥空间中，聚集在沉思机控制台和观察窗周围。这让加罗想起了古树的粗节根。

沃特似乎捕捉到了加罗的思绪。"这艘船也许并不漂亮，但它有着一颗强劲的心，连长。自其离开月球造船厂的那天起，在我出生以前，它便是帝皇的坚定忠仆。"加罗注意到她十分小心地没有去直视他受伤的那条腿。即便他身着动力盔甲，他那僵硬的步态也表明他新近伤势的后遗症十分明显。

加罗将一只手放在中央导航矩阵台上，端详着那个包裹于玻璃球和悬浮场中的以太罗盘。一个不显眼的炮铜色牌匾安置于台座上，显示着这艘护卫舰的舰名、级别以及下水时的细节。内森尼尔读了读，感到有趣，嘴角露出微笑。"有意思。艾森斯坦号驶向太空的那一年似乎正是我成为阿斯塔特的那一年。"他瞥向沃特，"我与它已经有共同之处了。"

这位舱面军官也对加罗报以微笑，加罗第一次感觉到与一位舰员有了片刻的真诚联系。

"艾森斯坦，"森德克谨慎地说，品味着这个词，"这个词来自古泰拉方言，意思是'铁石'。很恰当。"

卡赖亚点点头。"你的战士说得没错，加罗连长。它也与来自泰拉时代的两位著名人物同名，一位是记述者，另一位是个科学家。"

"区区一艘护卫舰便有着如此历史。"德西乌斯发表着意见。

舰长的双眼闪烁了片刻，说道："恕我直言，大人，在战帅的大军中，没有所谓的区区一艘护卫舰。"

"原谅我的战斗兄弟，"加罗温和地说道，"他在坚韧号的宽床铺上过得太过舒适了。"

"这是一艘好船，"卡赖亚回答道，"我们要竭尽所能，才配得上这艘显赫舰船的战斗记录。"

加罗露出一丝浅笑。"我们并非来此赢得赞誉的，舰长，只是来履行职责。"他走近舰桥前方，一排排控制台和操作员台的图像屏幕闪着蓝光。"我们的状态如何？"

"保持位置，"沃特说道，"战帅的命令是保持现在的坐标，直到所有阿斯塔特登舰，然后等待进一步命令。"

战斗连长点点头。"恐怕今日我们没法创造多少历史。我们的原体下令，我们要在此维持轨道，注意试图在地面突击的掩护下逃离伊斯特凡Ⅲ的敌方舰船。"

加罗话音刚落，一道警铃声便从舰桥右舷的一个隐蔽角落处传来。一帘沉重的隔音幕捆扎在那个暗淡壁龛的一侧，由一根厚厚的银色带子束着。那是一个隐蔽通信处，在作战行动期间，那个壁龛能够在相对私密的环境下接收重要通信。一位瘦削的年轻军官戴着一个复杂的信号圈，手里拿着一个数据板，他走入光线中，立正。"机器呼叫信息，优先级密码，即时发送。"他犹豫不决，分别看向加罗和卡赖亚，不确定该和谁讲，"长官？"

舰长伸出一只手。"让我来吧，马斯先生。"他瞥向加罗，"连长，如果您允许的话？"

内森尼尔点点头，看着卡赖亚飞快地翻阅数据。"啊，"片刻后，他说道，"似乎莫塔瑞恩大人对我们另有安排。沃特，让机动推进器待命。"

在舱面军官贯彻指示时，加罗拿过数据板，问道："有什么问题吗？"

"不，长官。新的命令。"舰长朝着掌舵机仆俯身，开始下达一系列简短的指令。

　　数据板的信息简明扼要。那条信息直接来自复仇之魂号的通信发送枢纽，标记着死亡之主和荷鲁斯的侍从马罗格斯特的印章符文，艾森斯坦号收到的新指令是离开当前的航行点，降至低轨道路径。

　　和所有阿斯塔特高阶军官一样，加罗拥有星舰运作的训练和经验，他在阅读的同时，找寻着通过催眠训练刻入他脑海中的知识，弄清抵达新坐标后这艘护卫舰的状态。

　　他皱起眉。泰丰告诉他艾森斯坦号是要担任伊斯特凡潜逃者的拦截舰，但一旦他们到达这个新位置，这艘船将会因为太过靠近第三颗行星的大气层边缘而难以迅速反应。若要适当地执行他们所分配的任务，那这艘护卫舰应当保留在高空，让火炮舰员有时间发现、瞄准并摧毁敌舰。降低高度只会缩小他们的射程。随后他研究了下行星相对坐标，他的疑虑加深了。这次轨道位移将会把艾森斯坦号直接置于圣歌城上方，而加罗确定那下面没有任何完好的具有虚空航行能力的飞船。

　　他将数据板递回给马斯，愁眉不展。若是他们携带着空降舱和阿斯塔特进行第二波突击，那么这些命令背后的理由则很清楚，但这艘护卫舰并不适于那些行动。从最基本的方面讲，这艘船只是一艘炮艇。它的侧面遍布钉状的武器炮组，在离一个世界如此近的距离上，艾森斯坦号唯一的作用便是进行对峙行星轰炸，但这样的行动似乎不可思议。毕竟，荷鲁斯已经在战争会议上否决了安格隆关于将圣歌城炸成灰烬的要求。战帅无疑不会这么快就改变主意，即便他改变了主意，那下面还有成百上千的忠诚战士。

　　加罗意识到卡赖亚正看着他。"连长？如果你没什么要补充的，那我就要执行命令了。"

　　加罗冷漠地点点头，感觉到一阵说不清的寒意传遍全身。"实施吧，卡赖亚舰长。"这位死亡守卫走近主观察窗，望向强化玻璃外。在他下方，云雾缭绕的伊斯特凡Ⅲ开始逐渐飘近。

　　"有什么不对劲吗，大人？"德西乌斯用哑音低语说道，让舰员们无法听见。

　　"是的，"战斗连长说道，这突如其来的坦诚令他惊讶，"但以泰拉之名，我不知道有何不对劲。"

卡莱布蜷缩在他的舰用长袍中，小心翼翼地沿着维修龙门架的边缘行走着。多年来他已经十分擅长遁迹无形，对于外部观察者而言，这位侍卫看起来只不过是个普通的奴仆。他将对死亡守卫和第七连效忠的徽章紧紧包裹在灰衣之下。对于他正在做的事，他的部分思绪一直处于持续的焦虑警觉状态，但卡莱布仍然继续前行。

他是怎么改变的呢？他正在做的事定是某种犯罪行为，冒充艾森斯坦号的舰员，而非利用他的真实身份坦荡行走，然而，他对自己的行为满怀正义感。自从帝皇在医务室回应了卡莱布的祈祷，拯救了他的主人加罗那时起，这位侍卫便满怀信心。他的命令来自更强大的力量。也许这种力量一直存在，但只有到现在他才确信。战斗连长告诉他跟踪风暴鸟的货物，他便寸步不离那些货物。如果这是加罗的意愿，那么这就是帝皇的举动，而卡莱布乃是行正确之举。

在七连的人离开着陆舱后，卡莱布便站到了一个既能给护卫舰机仆下达指示，又能观察最后一艘风暴鸟的位置。仅仅过去了几分钟，格鲁尔格的一位手下便返回了着陆舱——是那个粗鲁的莫基尔——他找来了一群工作奴仆卸下那个穿梭机的货物。卡莱布看见沉重的钢铁立方体被拉出那艘船，随后看到奴仆们用链条将货物绑在货车上，移向船尾。那些集装箱一模一样——一块块暗淡的金属，因长期使用而布满伤痕，坑坑洼洼，上面印着帝国天鹰和鲜艳的黄色警告符文。那里面可能装着任何东西。在这个距离上，卡莱布看不清钉在侧面的货物卷轴。

他饶有兴致地看着一支奴仆团队笨手笨脚地操作着，一个板条箱滑出了系泊具，下落了一米，随后一个人便牢牢地抓住了绳子，防止板条箱落到甲板上。莫基尔冲向那个工头，反手把他打趴在地。在嘈杂无比的着陆舱中，卡莱布听不清他说了什么，但那位死亡守卫语气中的愤怒显而易见。

那些板条箱被稳稳地运走了。卡莱布看着它们，犹豫不决。他的命令是监督装备转移，没错，但加罗同样也需要关于风暴鸟货物性质的信息。卡莱布确信，后者才是更重要的命令。

因此，侍卫保持着距离，穿行于艾森斯坦号，让集装箱车队始终保持在视线内，同时小心远离莫基尔的视线。板条箱车队在沿着护卫舰舰脊排列的维修龙门架下停了下来。在这宽阔钢铁隧道的两侧是舰船主武器炮组的装载设备和卸载机械。巨大开阔的炮膛沿着通道排列，准备接收高耸于上方的弹仓中的炮弹。那些板条箱被移到了靠近左舷火炮的中转区。卡莱布露出困惑的表情，他的目光跟随着一个巨大的火炮，透过装甲观察口，看向舰体外面。他看到外面是行星地表的暗淡反光，飘浮于黑暗之中。

工作组打开了一些板条箱，卡莱布移向前，以获得更好的视野，他溜到密封板的边缘，这个宽阔的紧急隔墙会在火炮开火或哑火时降下。当他认出那个监督奴仆工作的死亡守卫的高大宽厚体形时，卡莱布的惊愕感加深了。指挥官格鲁尔格位于最前列，光着头，神情专注，利落地挥着手，喊出命令，下达指示。离卡莱布最近的板条箱发出油腻的嘶嘶声，像礼物盒一样展开。里面有许多六边形框架，装着一打玻璃球。每一个直径至少一米，全都装满了令人作呕的浓厚的绿色化学液体。

每一个容器上都刷着一个由破碎的连锁环组成的黑色符号，卡莱布的双手本能地紧抓着他藏身处的栏杆。他进行了快速的心算，如果所有的板条箱都一样，那么格鲁尔格的货物中有超过一百枚这样的球体。事情变得复杂了——莫基尔的异常愤怒，指挥官亲临卸货区，舰员们移动容器时的极度小心。无论那玻璃舱里面装的是什么液体，那都是非常致命的。

卡莱布顿然醒悟，站起了身。突然间，一阵恐惧感向他袭来。侍卫转身逃跑，却撞上了一个拿着工具盘的机仆。这个活塞腿机械奴隶翻倒了，手中的工具盘飞了出去。那些飞出去的工具发出了刺耳的响声，吸引了格鲁尔格手下阿斯塔特的注意。卡莱布看见莫基尔开始向他的藏身处走来，侍卫逃入了更深的阴影中。

恐惧笼罩了卡莱布，就像是那层厚厚的舰用长袍。当他的眼睛适应黑暗后，他才意识到自己退进了一个没有其他出口的宽阔壁龛。这是个死胡同，止于舰体金属墙，悬于头顶的狭道他无法触及。他会被发现的。他会被发现，然后他们会知道他是谁，以及谁派他来的。这位仆人腿上的神经在抽搐。格鲁尔格会了结他的性命，他确信。他还记得坚韧号上指挥官的眼神，那种嫌恶的眼神。但死亡和他的惨痛失败相比不值一提。卡莱布·阿林会死去，并且同时辜负了他的主人和人类之主。

莫基尔斜眼看向那个机仆，继续向前走，朝着卡莱布的方向走来，一只手放在他的战斗刀刃的刀柄上。侍卫沉默地祈祷着："帝皇啊，人类之主，保佑我，保我安全，免遭您神圣意志的敌人——"

下一秒他便被猛地拽离地面，强壮的双手把他拉离了甲板。卡莱布挣扎着，面对着昏暗之中一副严肃的面孔。

"沃延？"他低语着。

那位药剂师将一根手指放在他的嘴唇上，紧紧地抓着卡莱布。侍卫低头看向狭道下方，看见莫基尔匆匆瞥了一眼下方的壁龛，随后哼了一声，回头迈向格鲁尔格。片刻后，沃延松开了他的手，将卡莱布放到脚手架上。

"大人？"这位仆人低语道，"您在这做什么？"

沃延低沉地说道："像你一样，我抱有怀疑。但不像你，我的隐秘技能十分出色。"

"感谢您救了我，长官。如果莫基尔发现了我——"

"那结果不会太好。"显然这位药剂师正深受困扰。

卡莱布看向装货机和那些玻璃球。

"那些球体是什么？"工作组正忙着从推进器制导的滑翔炸弹上分离弹头整流罩，将里面的炸药换成那些玻璃球。

沃延试着说话，但如鲠在喉，那种反感让他难以启齿。"那些是生命吞噬者容器，"他勉强说道，"那是一种人工设计的病毒株，有着绝对的致命性，只会在最极端的情况下部署，通常用于对付最邪恶的异形。"

沃延移开目光，卡莱布对这位战士的神态感到一丝寒意。如果连阿斯塔特都害怕这些东西……

"这是最高层次的灾难武器，世界杀手。只有最大型的主力舰军械库才被允许携带这种武器。"

"他们从坚韧号上带过来的？"卡莱布眨眨眼，"为什么，大人？为什么他们要装载这武器，并且朝行星射击？"

沃延向他投去冷酷的目光。"卡莱布，听我说。去找连长，告诉他我们所目睹的。尽快，小家伙。去吧，现在就去！"

于是卡莱布飞奔起来。

"这是什么？"德西乌斯听到了卡赖亚语气中的警觉，从全息显示器中抬起头，望向护卫舰舰桥。舰长正和那位通信官马斯讲话。"这个作战区域没有任何事先计划的活动。是不是部署模式有改变而没有通知我？"

"不是，"马斯说道，"没有任何有记录的变化，长官。然而，来自荷鲁斯之主号的这个信号很清楚。来自超越者号的一艘飞船进入了我们的范围，而它并未记录在任务飞行计划中。"

"超越者号是艾多伦的舰船，"森德克说道，"他是突然间渴望加入地表上的战斗兄弟了吗？"

"也许那里的荣誉气息实在难以抗拒。"德西乌斯说道。

加罗连长从大厅的另一端走了回来，跛行着，露出一丝苦相。"你确定？"他向那位通信官发出质问。

马斯点点头，挥舞着一个数据板，说道："非常确定，连长。一艘帝皇之子的雷鹰正穿过我们的交战区。"

"一个让自己被击落的好方法。"森德克喃喃道，德西乌斯跟着挖苦地点点头。这位阿斯塔特切换全息仪，显示出来自马斯报告的数据，他的双眼睁大了。不仅有一艘雷鹰在穿越艾森斯坦号的辖区，其身后还有一群渡鸦截击机，它们排列成了攻击三角阵型。

加罗朝沃特说道："似乎有麻烦了，设定一条拦截航线！"

德西乌斯看向他的指挥官，那位舱面军官正传达着加罗的命令。"大人，这是某种测试吗？我们先是离开了分配的执勤岗位，现在我们自己的飞船在没有授权的情况下就起飞了？"

"对此我没有答案。"

"连长！"森德克急切地喊道，"跟踪那艘雷鹰的战斗机……它们刚刚朝雷鹰开火了。"他语气中的震惊显而易见。

"一次警告射击。"卡赖亚表示。

沃特摇了摇头，说道："不。探测机探测到那艘飞船的外壳上有能量爆发。那艘运输船被击中了。"

熟悉的警笛声二度响起，马斯再次从壁龛中现身。"战斗连长加罗，我在通用通信频道中收到了一条明码信息。"

"快讲。"加罗下令。

"来自总指挥官艾多伦，超越者号星舰。信息如下：逃亡雷鹰正违抗战帅的命令，将之视为变节者。所有舰队依照命令立刻摧毁那艘船。"

"击落我们自己的飞船？"森德克显然对这个信息感到吃惊，"他失去理智了吗？"

"那艘雷鹰正在转向，"舱面军官报告，"他看到了我们的航路。确认，雷鹰正朝我们接近。"她抬头看向加罗，"他正处于激光炮射程内，大人。"

卡赖亚面无表情，舰桥鸦雀无声。"您的命令是什么，加罗连长？"

德西乌斯的指挥官朝他投去目光，随后转向马斯，问道："你能让我与那艘雷鹰建立舰对舰联系吗？"

"能，长官。"

"那就照办。"

"但是，大人，命令——"德西乌斯开口道。

加罗狠狠瞪了那位战士一眼。"艾多伦想下令就下令。但我不会在不知道原因的情况下朝一位阿斯塔特同胞开火。"战斗连长迈向隐蔽通信处，从马斯手中夺过手持通信器。"雷鹰即将与艾森斯坦号接触，"他厉声质问，"验证身份！"

干扰的噼啪声中传来焦虑的回答："内森尼尔？"德西乌斯看到加罗在认出那声音后面色苍白。"我是索尔。听到你的声音真好，兄弟！"

"索尔·塔维兹，"森德克低语道，"帝皇之子的连长。这不可能！他是一位荣誉之人！如果他成了叛徒，那整个银河都疯了！"

德西乌斯的目光难以从加罗那震惊的表情上移开。"也许是的。"许久之后，德西乌斯才意识到是自己说出了这句话。

第二篇

断弃誓言

第八章

永无回头

牺牲

临战誓言

托伦·森德克以自己那缜密的思维和克制的意志而自豪。对他而言，在效劳第十四军团和帝皇的过程中保持逻辑与专注是一种荣誉。他摒弃不合理以及他的一些兄弟所具有的轻率本性。拉尔常常就此取笑他，开玩笑说森德克将"坚忍"这个词推向了新的极端，而如今森德克想起了他这位死去的战友，他想拉尔会如何取笑他脸上这副神情，一副完全情绪化的惊讶神情。

他在片刻间便陷入了这种状态。叛逃的雷鹰，艾多伦的信号，要求消灭那艘船及其阿斯塔特高阶军官的疯狂命令……森德克摇了摇头，试图摆脱他的困惑。德西乌斯是对的吗，这是一个测试？某种奇怪的作战演习，为了评估艾森斯坦号指挥舰员的勇气？或者索尔·塔维兹真的叛逃了，而只有处决他才合适？如果像瓦杜斯·普拉尔这样的帝国总督都有可能忤逆帝皇，那么也许一位阿斯塔特也会如此。

加罗连长的手紧抓着通信麦克风，指关节发白，他急切地说道："索尔？以帝皇之名，怎么回事？那些战斗机是想击落你吗？"

森德克瞥向艾森斯坦号的全息仪。加罗的问题不言自明，护卫舰的传感器显示，渡鸦小队射出的光束火力击中了雷鹰的尾部。在他看着这一切的同时，那些猛禽似的截击机采取了攻击姿态。他们正整队实施最后一击。

他听到加罗朝着声控中喊道，要求一些解释，任何解释。"快点说，索尔。他们几乎要追上你了！"

塔维兹接下来的话让森德克内心一紧。"这是背叛！"帝皇之子的连长喊道，声音充满绝望，"这一切！我们遭到了背叛！舰队即将用病毒炸弹轰炸星球地表。"

顷刻间，舰桥上能听到通信喇叭的所有人都震惊得呆若木鸡。"什么？

"不！"沃特说道，摇了摇头。在其他甲板战位上的军官从指挥座上抬起头，难以相信。

"那不可能。"舰长开口道，谨慎地走上前。

德西乌斯神色紧张地说："他搞错了。我们的兄弟还在下面——"

他们的声音相互交叠，一片嘈杂，森德克只能听到加罗与塔维兹对话的只言片语。"我以性命起誓，绝没有向你撒谎。"那位连长呼喊道。森德克的指挥官垂下身子，仿佛那个人所声称事实的重担都压在了他的身上。森德克捕捉到了塔维兹最后的沮丧话语。"伊斯特凡Ⅲ上的每一个阿斯塔特都会死！"

他回头看向全息仪。塔维兹的性命将决定于瞬息之间。那艘雷鹰燃料泄漏，剧烈摇摆着，而渡鸦即将实施致命一击。

加罗连长猛地离开通信壁龛，冲过舰桥。"武器！"他喊道，"我需要激光炮控制，立刻！"

沃特的手指在她的控制台上飞舞。"近距离炮组已启用，长官，"她报告道，"沉思机正在计算射击方案。"那个女人眨眨眼，"长官，你要……把他击落吗？"

"给我手动控制。"加罗挥手让她离开控制面板，"如果要有人来扣动扳机，那会是我。"战斗连长紧抓着控制台的一侧，随后按下了激活符文。

"开火。"一个机仆报告道，语调平淡。

在艾森斯坦号的背部舰体上，一组高能激光炮一齐转动，追踪着雷鹰和渡鸦。火炮朝着虚空发射，顷刻间黑暗中便充斥着闪烁的能量风暴。一组平行协调的光束射出，击中了目标，撕碎了金属、陶钢和塑料构成的装甲机体。聚变芯核在夺目的闪光中爆炸，一团密集的放射性残骸以完美的球形散开，伴随着一道电磁辐射。

森德克眯起双眼，光芒射入舰桥的观察口，全息仪突然闪出一道噼啪作响、令人费解的静电球体。这位阿斯塔特看向加罗，连长从沃特的控制台走了下来，一瘸一拐地走回马斯的隐蔽通信战位。"加罗杀了他。"托伦的声音几乎难以听清，"血誓哪，他杀了塔维兹。"

德西乌斯看向他，脸上的矛盾情绪显而易见。"那是命令。"

"那是艾多伦的命令！"森德克厉声说道，他惯常的平静消失了，"你看到连长臂甲上刻的那只鹰了吗？塔维兹也有个类似的，哈库尔告诉过我！加罗和塔维兹是荣誉兄弟！他不可能就如此冷血地谋害他！"

"但如果塔维兹反了……"

战斗连长猛地把通信官马斯推出隐蔽通信处。加罗的装甲身躯俯身于壁龛中，他猛地挥手拉下了入口的隔音幕，把自己和舰桥隔绝开来。

森德克听到沃特问卡赖亚："他在那里面做什么？"

"向艾多伦报告。"舰长表示。

森德克倾身向前，脸几乎碰到了全息仪立方体的边缘。闪烁的彩色能量风暴让其难以观察。爆炸的能量在星球上层大气中发生反射，扰乱舰船的传感器达数分钟。

"托伦，"德西乌斯开口说道，"不论战斗连长与塔维兹有何种情感纽带，那都不能高于职责。艾多伦是一位总指挥官，他的级别高于加罗。"

"不。"森德克摇摇头，操作着全息仪投影台的控制器，回放时间索引记录，"我拒绝接受他会做这样的事。你和我一样了解他，索伦。'规矩正直的加罗'，人们这样叫他。他是阿斯塔特军团的高贵象征！你能想象我们的指挥官仅凭一个帝皇之子的念头就同意杀害一位战斗兄弟吗？"

"那外面发生了什么？"德西乌斯质问道，"你看到那艘雷鹰爆炸了！"

"我看到了爆炸，"森德克反驳道。他摆弄着控制器，随后让全息仪再次以慢速回放那场简短的交战。显示器表明，艾森斯坦号转向开火，几道霹雳飞向另外几个飞船，随后便是猛烈的余波。这位阿斯塔特缓缓点头。"他根本没有瞄准雷鹰。那几道射击定是击中了领头的渡鸦。其他的截击机保持着紧密阵型。爆炸冲击波将它们全数吞没。"

"那么，塔维兹在哪？"

森德克指向甲板。"他正在接近伊斯特凡Ⅲ的大气层。我保证他正利用传感器干扰逃离。"

德西乌斯警向四周，确保护卫舰的其他舰员没有听到他们的讨论，问道："所以塔维兹逃脱了，而五位驾驶员则被杀了？"

"他们只是奴仆舰员，不是阿斯塔特。恐怕艾多伦都不会为他们的损失流泪。"森德克看向隐蔽通信处，"他不是在跟超越者号通话。"他说道，怀着阴郁的确信。

"如果你是对的，那么我们刚刚目睹了我们的指挥官违背上级的直接命令。这是玩忽职守，会遭到严重的惩罚！"德西乌斯皱起眉，"你知道我对弗格瑞姆的纨绔子弟没什么好感，但如果战帅知道了这件事，那会令我们所有人都蒙上污点，整个死亡守卫！"

森德克面露苦相。"你怎能这么快就竖明旗帜了？我们的连长做事绝不会违背良心！如果他这么做了，那么我确信他有可靠的动机。在你开始惋惜你的名声之前，难道不该至少了解下发生了什么吗？"

德西乌斯的眼神闪着怒火。"好吧，兄弟。我该问问他，现在就问。"

在森德克能阻止他前，德西乌斯绕过了全息仪，迅速迈向隐蔽通信处，拉起隔音幕帘。在他拉开幕帘的时候，两位阿斯塔特都听到了战斗连长朝着通信器所说的话。

"泰拉赐你好运。"他说道。回答他的只有静电声。

加罗自通信台中抬起头，迎接他们的目光。那副空洞绝望的面容直刺德西乌斯内心。即便他曾看到过连长在伊斯特凡末星陨落后的康复昏睡状态，他也没有此时此刻看起来那么空虚痛苦。

"大人？"他问道，"怎么回事？"

"风暴即将来临，索伦。"战斗连长的声音冷漠无情。

加罗耗费了巨大的力气才使自己走出隐蔽通信处，塔维兹的揭示在他的脑海中翻腾，如同某种奇怪的弊疾，侵蚀着他的意志和肌肉力量。塔维兹的话……其中意义骇人听闻。他迈着沉重的步伐，无视艾森斯坦号舰员们意味深长的目光，以及从马斯眼中散发出的不信任，那位通信官再次回到了他的壁龛。

加罗回头朝马斯下达了一道命令。"联系超越者号。告诉他们那个逃兵已被消灭，爆炸也摧毁了追击的飞船。没有幸存者。"

"事实果真如此吗？"德西乌斯用责备的语气问道。

"塔维兹给我……给我们带来了一个警告。你们都听到了他在通信中所说的。"

"大人，我所听到的只是某些关于背叛和病毒炸弹的胡乱叫喊。仅凭那些话您就违抗了命令？"

森德克和他的兄弟走向船舱后方，本能地压低了声音。

"如果塔维兹这么说，那就并非虚假。"加罗语气温和地断言。

德西乌斯冷笑道："恕我直言，连长，我不了解那个人，而我不认为仅凭道听途说就足以无视直接命令——"

加罗突然间怒不可遏，他抓住德西乌斯的颈甲，拉得他失去平衡。"我了解索尔·塔维兹，你这小崽子，而他的话比艾多伦的可信千倍！"他把自己的臂甲伸到德西乌斯面前，"你看到这蚀刻了吗？这标志便是我所需要的保证！等你和我一样历经年长日久的鏖战，你就会明白，有些东西胜过你主子的命令！"他在愤怒中松开了德西乌斯，拳头紧握。

森德克面色苍白，震惊不已。"如果他说的是真的，如果舰队中有舰船准备朝着星球扔下病毒弹头，那意味着对我们数千同胞的大屠杀。"他摇了摇头，"看在誓言的分上，我们不需要牺牲自己人来抹平圣歌城。荷鲁斯怎么会允许这种事发生？这毫无道理！"

"没错，"德西乌斯恢复了镇静，"战帅这么做有什么合理的缘由吗？"

加罗想要开口讲话，第一次想要真切大声地向他的战斗兄弟说出那个词，却发现自己做不到。那纯粹的憎恶，他思绪中撕扯回荡的虚空，令他麻木。背叛，他无法说出这个词，无法挤出他的咽喉。荷鲁斯，伟大的荷鲁斯，卓越俊逸的战帅，做出这种事……这想法令他虚弱不已。而这个领悟伴随着又一道揭示。如果荷鲁斯准备了这场背叛，那么他不会是一个人，此般行径太过宏大，意义深远，即便是战帅也难以独自完成。没错，荷鲁斯的兄弟们也会参与其中：安格隆，永远准备着走上任何能给他带来流血杀戮的道路；弗格瑞姆，坚信自己比所有人都要优越完美；还有死亡之主人与战帅秘密勾结。

"莫塔瑞恩……"加罗再次看到了那双琥珀色的眼睛，想起了原体的提问和背后的意图。"对我的兄弟荷鲁斯而言，在全体阿斯塔特之间保持团结十分重要。"原体曾如此说道，"我们必须目标统一，否则我们将落败。"

莫塔瑞恩所暗指的目标就是此般奸诈行为？加罗转过身，将手掌根按在他的前额上，努力抑制住内心的矛盾。他看到一个慌乱发抖的人冲进了舰桥舱门，满脸恐惧。"卡莱布？"

那位侍卫颤抖着鞠了一躬。"大人，您必须赶快过来！沃延兄弟和我……在舰船的炮架，我们发现了……"他气喘吁吁，"格鲁尔格和他的手下正在装填主炮……装填的是生命吞噬者球体！"

"病毒炸弹。"森德克说道，语气冰冷漠然。

"是的，大人。我亲眼所见。"

加罗压下内心的焦虑，振作起来。"带我去。"

沃延旁观着，十分惊骇。装卸工们身后每出现一个新球体，他的惊惧感就加深一分。作为一位训练有素的药剂师，了解不同的生物战剂的样式和病理乃是他的职责，而他也了解生命吞噬者。他希望并非如此。他的脑海中闪现出一段记忆，那是在他跟随生物贤者进行高级训练的一天，彼时导师们在死刑犯身上就不同毒素对未受保护的肉体的影响进行了活体实验。他曾在一道不可穿透的强化玻璃后看到过一滴贪婪的病毒所造成的伤害，看着那病毒吞噬那个惨叫的异端。而在这里，在那些球体中，有着大量的浓厚的绿色传播媒介，每一杯都充满着无数微生物杀手。他估计单单艾森斯坦号上的弹头便足以抹除一座大型城市。

指挥官格鲁尔格在装货机和他的手下之间小心行走着，毫无畏惧，亲自指挥着武备过程。沃延意识到格鲁尔格在负责这项工作，为这行径打上他那乖戾骄傲的印记。

检修龙门架上传来的轻微脚步声吸引了他的注意，他转过身。怒容满面的加罗和森德克一起抵达，卡莱布则在后面喘息着。

战斗连长开门见山地说道："这是真的吗？"

"是的。"沃延指出，"看那儿。那球体上的符号不会错。这是腐化毒物，大人，这武器甚至连帝皇都不愿使用。"他摇了摇头，"为什么格鲁尔格要这么做？他疯了吗？"

加罗的眼神冷酷无情。"这不是疯狂，兄弟。这是背叛。"

"不，"沃延坚称，自从他让卡莱布逃离时起，他便绝望地试图为这现状找到合理的解释，"也许，让我跟格鲁尔格谈谈，我便能了解真相。我可以作为结社兄弟和他商谈。他会听的——"

连长摇摇头，说道："他不会的。记住，这只会有一种结局。"加罗站起身，走出龙门架的阴影，他从容缓步地走下坡道，进入装载舱的主区。他俯身走过悬着的防爆门边缘，高声喊道："伊格纳提乌斯·格鲁尔格！过来解释下！"

连长的声音传遍炮架上的高大宽阔走廊。

沃延和其他人谨慎地跟随着，药剂师看到格鲁尔格面对新来者时表情僵硬了。

"加罗，"他冷笑道，"你最好带上你的人转身离开。这里发生的一切不关你们的事。"在他周围，工作的工头和第二连的阿斯塔特都静立在原地。

加罗的手放在了自由剑的剑柄上，答道："那不可能。"

格鲁尔格点点头，嘴角浮现一丝愉悦的笑容。显然他也预料到了。

"回答我，"加罗命令道，"以帝皇之名，你要回答我！"

指挥官面露怪相。"帝皇，"他的语气满是嘲讽，"他现在在哪？此时此刻，他的名字有何分量？"

"亵渎者！"卡莱布低声啐道。

"我们为何要对他负责？"格鲁尔格咆哮着，"他抛弃了我们！在我们最需要他的时候，他跑掉了，丢下了我们，逃回了你那珍贵的泰拉！自那天起，他干了什么，嗯？"指挥官摊开双手，囊括了他的手下，"他将我们与生俱来的权利出卖给了一帮蠢货和政客组成的议会，吸纳了一帮根本不懂艰难困苦和战争洗礼的平民，让他们接替我们成了高官显贵和立法者！帝皇？他无权掌控我们！"

沃延眨了眨眼，对这赤裸裸的反叛宣言感到吃惊，当他听到第二连的人纷纷发出愤怒的赞同声时，他倒抽了一口气。

"只有战帅和死亡之主才能统领我们！"格鲁尔格继续说道，"我们在此的所作所为，都是荷鲁斯和莫塔瑞恩的旨意！"

加罗向前几步，拇指弹开自由剑的剑柄，一截剑刃露出剑鞘，威胁道："你和你的手下得退下，停止这疯狂行径。"

格鲁尔格轻声笑道："你们只有三个阿斯塔特和一个侍卫。我有我的一整支指挥小队，以及一些海军舰员。你可没什么胜算。"

"我拥有正义，"加罗说道，"而这是我最后一次要求你。"

指挥官端详着战斗连长。"那么，很好。来吧。"他仰起头，露出赤裸的喉咙，"杀了我吧，如你所愿。"加罗犹豫了，格鲁尔格粗哑的笑声划过紧张的空气。"你做不到！我能从你的眼睛中看到。夺取另一个阿斯塔特的性命，这想法令你惊惧！"他移开目光，"这就是你为何看不清，加罗。在那刻板的外表下，你是软弱的。你太害怕做必要之事。"

加罗的铠甲手紧握着剑柄,但却似乎粘在了剑鞘上一般,不愿拔出。该死的格鲁尔格,但加罗某种程度上知道那个自吹自擂的家伙是对的。片刻间,那个约伽尔灵能者的话再次在他的脑海中响起,压迫着他的意志。"死亡守卫,对于你的正义如此自信,却又如此害怕看到你的精神出现裂痕。"

他倒抽了口气,格鲁尔格看到了他的犹豫。突然间指挥官从他的腰带中抽出一把短粗的爆矢手枪,喊叫着。加罗看到格鲁尔格拔枪,自由剑跃入手中,金属闪烁。瞬息万变间,大厅中响起了枪声、喊叫声和金属的碰撞声。

"小心开火!"格鲁尔格吼道,另一只手拔出战斗匕首。

加罗意识到沃延和森德克都进入了战斗姿态,卡莱布则躲开了火力线。他想起了留在舰桥上的德西乌斯。要是那位年轻人在这里,那他的近战技艺将会有用武之地。格鲁尔格没有撒谎。他们的胜算的确不大,但火炮甲板上杂乱无章的机器设备和不稳定弹头球体的存在让众人的行动和交战十分困难。若是在开阔的战场上,这场战斗已经结束了。

但这里不是。加罗冲上前,朝着指挥官前进,但指挥官的两个手下挡住了他的路,两人都装备着重型战斗锤。加罗移动迅速,用利剑挡开了来自左侧的一击,再向右一拳打中了第二个敌手,令其踉跄蹒跚。加罗转过身,用自由剑劈开了一把铁锤的锤柄,在持锤者的盔甲躯干上留下剑痕,令其后退。接着,加罗再次击中了第二个人,这次用的是剑刃的沉重圆头。那个阿斯塔特倒下了,脸庞血肉模糊。

这不是内森尼尔第一次在战斗中让他的战斗兄弟流血。他常常在训练笼中与活生生的对手战至僵局,但那总是在克制的情形下,从未有致命的意图。他在内心咒骂格鲁尔格逼迫他陷入此般境地。在他视线边缘,他看到沃延和森德克正各自为战。加罗感觉到背后出现了另一个攻击者,他迅速移开,一把分形钢刀擦过他的肩甲。战斗连长下意识作出反应,反转自由剑,自腋窝下向后刺去。那把剑刺穿了他的攻击者,他转身抽了出来。加罗内心一紧,看着中剑者砰的一声倒在甲板上。一位死亡守卫死了,死在他的手上。

骚动的舰员涌向卡莱布,将他踢倒在地上,拳脚相加。他们既没有勇气也不愚蠢,不会去和阿斯塔特较量,所以他们一齐冲向了次佳目标。这位侍卫怒斥他们与格鲁尔格为伍,而非加罗,但他只是在白费力气。这帮饭桶只是看哪个连长有数量优势便向谁效忠。卡莱布奋力拼搏,但这是场盲目疯狂的打斗,撕皮扯发。

他感觉到尖锐的手指甲在撕扯他的短袍,掐着他的脖子。有人紧拉着他的项圈,他感到了一阵愤怒。卡莱布用头撞向他的袭击者,咒骂着,内心燃起新的怒火。

一块金属物出现在他面前,敲打他的太阳穴。卡莱布躲开打击,抓住了那个东西。他闻到了枪油的味道。那是一把实弹手枪。侍卫推开那个试图抓住他的人,夺过那把小型武器。他开枪射击,发出一阵爆裂声,有人在尖叫。卡莱布逃离了那群暴徒,站起身,仍紧握着那火热的金属块。他的手指轻易地找到了扳机,紧紧扣下,他射向另一个冲到他面前的人,正中眉心。这把枪是他的救星,来自神的赐礼。

他踉跄着,大口喘着气。卡莱布眨眨眼,看到面前一位身着绿边白甲的死亡守卫连长。那位阿斯塔特正小心翼翼地用爆矢手枪瞄向混战者。侍卫本能地看向他的目标。

加罗对于迫近的致命一击毫无察觉,他正与另一位战士近身鏖战着。

不!他不能死!这想法像火一样在这位奴仆的脑海中燃烧。我不会允许。帝皇选中了他!卡莱布举起那把小枪,高声祈祷着:"神啊,引导吾手。"

他开火了。那发子弹在格鲁尔格扣下扳机的那一刻前飞了出去。手枪的实弹口径很小,仅仅只是在那把爆矢手枪的金属框架上划了个口子,但那足以偏转指挥官的瞄准。格鲁尔格手枪中射出的那发爆矢弹打偏了,击中了加罗脑袋旁的一根大梁,弹开了。

格鲁尔格以超乎自然的速度作出反应,转身将他的战斗匕首扔向侍卫。那把阿斯塔特刀刃深埋入卡莱布的胸膛,将他打飞,撞在火炮舱的一个控制台上。这一切只发生于片刻间,从实弹枪开火仅仅过去了一秒。

卡莱布的嘴巴、喉咙和肺中满是鲜血,房间中传来一道新的声音,一道碎裂的巨响,如同鸡蛋破裂、冰块裂开、玻璃粉碎。卡莱布透过他那模糊的视野看到一条黑色的细薄雾线从一个弹头球体中流出,嘶嘶作响,散发出剧毒毒素。

"球体！"沃延叫喊着，从激战的人群中踢开一条路。格鲁尔格那发偏转的爆矢子弹擦过了一个球体，那脆弱的玻璃球开始泛起裂痕。"走开！"他拉住森德克的胳膊，将他拉向后方。

黑色的气体缓缓形成恶毒的阴霾，如同一群蚊子一般嗡嗡作响。靠近迷雾的工头已经开始呕吐，抓挠着他们暴露的皮肤。片刻间，那迷雾便会扩散到整个火炮舱。

加罗的目光扫视房间，发现卡莱布正直直地盯着他，嘴角流出红色的泡沫。"大人！"他呐喊着，鲜血在喉咙中冒泡，"您怀有使命！这是帝皇的旨意！"那位侍卫靠在控制台上，喘着气，"他之手普照我等！帝皇保佑！"加罗伸手做出保护姿态，卡莱布跃向前，用他最后一丝力气按下了紧急开关。

警笛大鸣，上方钢铁天花板中的巨大齿轮开始脱离，一道道厚重的铁墙开始朝着甲板中的密封井降下。加罗扑向降下的金属刀片，重重落地，滚向沃延和森德克蹲伏的另一个隔舱。格鲁尔格的一个手下，那个叫莫基尔的战士，朝着加罗扑去，抓住了他的脚跟。莫基尔落地的距离较近，只有上半身躯跨过了密封井。

加罗胸腔中的心脏猛烈跳动着，与那道厚门里拳头击打的声音相呼应。他那条强化腿散发出虚幻的疼痛感。

"防爆屏障。"森德克喘息着。他努力咽了咽口水。

沃延点点头。"他救了我们的命。这道舱门能够抵挡那毒物。那小家伙献出了自己的生命，拯救了我们，还有这条船。"

金属门上的敲击声越发柔弱，直到最终一切都平息了。加罗站起身，走向屏障，手掌放在上面。那感觉如鲜血般温暖，也许是源自里面的腐尸发生的剧毒化学反应。他试着不去想那里面发生的惨烈屠杀。他试着摆脱这思绪，但失败了。

卡莱布的话在他的脑海中回荡着。如今显而易见的是，他在康复昏睡状态的迷思中所听到的关于帝皇和神的声音一定是卡莱布的。如今，这位忠诚的仆人献出了自己的生命，以换取他主人的性命。

"我怀有使命，"加罗咕哝着，"什么使命？"

"长官？"森德克走向他，高声呼喊，盖过警笛的高鸣声，"您说什么？"

生命吞噬者病毒释放于艾森斯坦号上

他转身离开屏障。"清理那间船舱！告诉卡赖亚将那里面的空气排出太空！生命吞噬者反应会扩散到每一个容器球中，并且会释放整个弹头，但没有大气它便无法存活。我要它离开这艘船！"

沃延点点头。"那里面的尸体呢，连长？他们会腐烂并——"

"别管他们，"加罗厉声说道，摆脱内心的阴暗情绪，"我们必须迅速行动，除非我们也想和他们一块死去。"加罗皱起眉，将自由剑插入鞘中，"木已成舟，无可挽回。"

像坚韧号一样，艾森斯坦号的舰背上也有自己的观象台，位置就在护卫舰指挥塔的前方。然而，这里并不大，几位高大宽厚的阿斯塔特挤进来后，这本就不开阔的房间显得更小了。德西乌斯面露苦相，舱门打开了，另外两位死亡守卫走了进来。药剂师沃延迈入房间，森德克在他的身侧，两人脸上的表情令他感到犹豫。德西乌斯看向哈库尔士官及其小队所站的位置，他看到老安杜斯和新来者一样情绪阴郁。

"梅里克，怎么回事？"这位老兵质问道，"我突然被命令放下一切到这上面来，不得告诉任何人……我还听到了遥远的警笛声，以及那帮饭桶谣传说有枪声和爆炸。"

"没有爆炸。"森德克阴沉地说道。

"连长在哪？"德西乌斯问道。

"他很快就会来，"沃延回答道，"他去接其他人了。"

德西乌斯对于这含糊的回答并不满意。"我在舰桥时，火炮甲板发出了火警。舰舯一整个隔舱被封闭。根据控制机仆报告，有四个武器炮架失去了作用。然后我听到你在通信中呼叫紧急减压。"他指向药剂师，"先是结社，然后是塔维兹，现在又是这？我要一个解释！"

"连长会给你解释的。"沃延回嘴道。

"索尔·塔维兹？"哈库尔插嘴问道，"他怎么了？我最后一次听闻他是在超越者号上。"

"现在他正在圣歌城，如果他在下去的路上没被烧掉的话，"森德克阴沉地说道，"他打破了规矩，偷了一艘雷鹰前往伊斯特凡Ⅲ地表。总指挥官艾多伦下令将他击落。"

"这太荒唐了。你肯定搞错了。"哈库尔的怀疑显而易见。

德西乌斯摇摇头。"我们都在场。我们听到了命令,但加罗违抗了命令。他让塔维兹逃脱了。"这位年轻的阿斯塔特仍对之前发生的事耿耿于怀,他的忠诚令他与自己指挥官的行动背道而驰,"这是反叛。"

"的确。"加罗的声音从舱门传来,他走了进来,身后跟着卡赖亚舰长和舱面军官沃特。加罗点点头,那位女人关上了他们身后的密封门,唯有此时德西乌斯才注意到那个侍卫并不在其中。

战斗连长走到房间中央,将一个折起的布包放在观象台的控制台上。他用沉重审慎的目光扫过每个人。德西乌斯感觉加罗并不愿继续说出积压在他嘴边的话。最终,加罗叹了口气,朝着自己点点头,仿佛是做出了一个抉择。"待我们离开这个房间时,我们都会成为反叛者,"他开口道,"我们兄弟的枪炮将会对准我们。我会要求你们做出可疑的事情,但现在已经没有别的路了。别无选择。我们可能是唯一能够携带这条警告的灵魂。"

"什么警告,大人?"哈库尔的一个手下问道,愁容满面。

"反叛的警告。"加罗看向德西乌斯。

卡赖亚清了清嗓子。不像他的副指挥,舰长似乎并未因身边有如此多的死亡守卫而感到不适。"尊敬的战斗连长,恕我直言,这是我的船,而在我们进行下一步行动之前,我需要您解释下船上发生了什么。"

"的确,理应如此。"加罗点点头。他低头看向自己的铠甲手,深吸了一口气。在严肃沉稳的语气中,德西乌斯的指挥官讲述了他与格鲁尔格对峙的事件。当他谈及病毒炸弹时,众人震惊不已,而当加罗继续讲述指挥官忤逆帝皇的宣言,以及火炮甲板混战的骇人后果时,众人陷入了阴郁的沉默。德西乌斯感到他的脑海充斥着这些事件所蕴含的深远意义。他脚下的地板仿佛化作了泥潭,将他拖入混乱与无序。

"生命吞噬者……不会扩散吗?"沃特脸色惨白。

"它得到了及时控制。病毒株会很快烧掉。"森德克摇摇头。

"我建议那个船舱接下来六个小时都不要打开,"沃延补充道,"确保万无一失。弹头在排气口打开后会无害地消散于太空中,但休眠的病毒单位也许会残留在死尸上。"

"我们自己人。"哈库尔摇摇头,"我几乎难以相信。我知道格鲁尔格是个自吹自擂、追求荣耀的人，但这……为什么他会做出如此出格的事情？"这位老兵看向加罗，他的眼中流露出近乎稚拙的恳求，"大人？"

加罗想要对格鲁尔格的行为做出解释。像沃延一样，他的内心希望这一切也许只是某个奇怪的梦境，或是某种短暂的疯狂控制了他的对手，但在他看到伊格纳提乌斯的眼神的那一刻，他知道事实并非如此。格鲁尔格从不会支持一项他认为会有失败风险的事业。对于加罗而言，那位死亡守卫脸上的坚定与自信便决定了真相所在。格鲁尔格便是塔维兹警告的证明，事实犹如插入爆矢枪的弹匣一样确凿无疑。

一切看似琐碎的事情，那场简短的私下谈话，片刻的怀疑，关于恶兆的阴郁情绪，坚韧号和复仇之魂号上的氛围，过去这些天来困扰内森尼尔的每一个因素都渐渐填补出了一幅完整的图景。

"索尔·塔维兹，我的荣誉兄弟和朋友，为我带来了一个预警。他冒着丢掉性命的危险，逃离了帝皇之子的舰船，前往下方的星球，以便告诉下面的同胞即将来临的病毒攻击。因此，艾多伦试图在他成功之前杀了他。"加罗再次点点头，说道，"我选择不遵守那道命令。因此，此时此刻索尔正在伊斯特凡Ⅲ上，无疑正在集结阿斯塔特军团的人，在袭击开始前寻找掩护。我完全相信他所告诉我的信息，正如我与你们之间的纽带那样强大。"他伸出一只手，敲了敲哈库尔的肩膀，随后开始绕着房间走。加罗与每个人四目相对，将自己眼中的真相施加给他人。"这便是可怕的真相。格鲁尔格和艾多伦并非两个追求个人目的的出格灵魂，而是一场即将展开的背叛之战中的士兵。他们的所作所为并非自行其是，而是在战帅本人的命令下行事。"他无视了这个宣告所引发的阵阵喘息声，"荷鲁斯实施了这一切，并且得到了安格隆、弗格瑞姆，还有我所难以启齿的——我们的主公莫塔瑞恩的支持。"

整个房间中，卡赖亚几乎要倒在观察椅上。他正努力理解加罗的话。沃特站在他身旁，面容扭曲，仿佛得了某种身体疾病。"为什么？"舰长问道，"泰拉在上，要是我能明白这其中的逻辑和真相的话，为什么他要这么做？荷鲁斯背叛帝皇能得到什么？"

"一切。"德西乌斯低语着。

沃延悲伤地点点头。"结社内有一些关于战帅的二手或是三手谣言。谈论着帝皇有多遥远，以及对泰拉议会指令的不满。自从荷鲁斯在戴文受伤痊愈之后，关于这些事情的语调就越发紧张。"

"背叛的刃尖，在隐秘之中闪着光。"森德克说道。

加罗继续说道："荷鲁斯亲自选择了突击圣歌城的所有单位。他只挑选了他所认为的不会追随他旗帜的人。轰炸将会为他除去公开叛乱的唯一障碍。"

"如果是这样的话，"德西乌斯质问道，"那么为什么我们没有下去？您对于帝皇和泰拉的坚定忠诚几乎不是个秘密，长官！"

加罗露出一丝冷酷的微笑，敲了敲他的腿甲。"如果伊斯特凡末星上的战争歌者没把这块钢铁强加于我的话，我确信我们将随同特米特尔和他的部队一起突击圣歌城，完全不知道一把剑已经悬于我们的脖子之上，但事态的转变对我们有利，而我们必须抓住机会。"

"塔维兹的逃离一定会被发现，"沃特说道，"等战帅意识到你的所作所为，艾森斯坦号将会面临整支舰队的炮火。"

"对此我毫不怀疑，"加罗表示同意，"我们最多只有几个小时。"

"您有何提议？"森德克问道，"这艘护卫舰只是一艘船。我们不可能通过拦截轰炸或是与战帅交战来协助地面部队。"

加罗摇了摇头。"如果索尔成功了，那么我们不需要阻止轰炸。如果他没有……"他艰难地咽了口水，"那我们对那些人也无能为力。"

"你计划逃离。"德西乌斯是第一个领悟到的。

"注意你的语气！"哈库尔厉声说道。

德西乌斯无视了那位老兵，继续说："你想要我们逃走。"

"我们别无选择。如果我们留下，我们会被毁灭，但如果我们能把这艘船开出星系，那么我们仍有机会阻止这场背叛。我们必须完成索尔·塔维兹所开启的任务。我们必须把这场背叛的警告带给泰拉和帝皇。"他看向那位黑色皮肤的舰长，"卡赖亚舰长，艾森斯坦号能够前往太阳系，或是离帝国中心更近的恒星吗？"

卡赖亚缓缓地摇了摇头，说道："在其他日子，我会说能，但今天，我无法确定。"

"亚空间最近几周越发混乱，满是风暴和湍流，"沃特插嘴道，"星际航行已变得非常困难。如果我们现在尝试迁移，那我们的导航者几乎什么也看不见。"

"但你仍然能够实施跃迁，"哈库尔指出，"我们仍然能够离开，即便我们盲目地进入亚空间。"

卡赖亚哼声道："这艘船将会被抛入以太潮流中！我们也许会发现自己远离星图数光年……可能会在任何地方！"

"任何地方，除了这里，"加罗一锤定音，"我要求进行准备。巴里克，拉塞尔。"他用冷酷的目光盯着他们，第一次叫出他们的名字，"对此你们是否反对？"

两位海军军官交换了眼神，而加罗明白他们会支持他。"不会，"舰长说道，"我的船上许多人都是忠实的泰拉人，他们不会畏缩，但有的人会有所阻碍。我想我的舰员中也有人会追随荷鲁斯。"

"还有个问题，格鲁尔格手下的其他阿斯塔特还在船上，"森德克补充道，"他们很快便会提出问题。"

加罗看向哈库尔，命令道："哈库尔，带上你所需要的武器，确保舰船安全。运用任何所需的武力，明白吗？"

众人陷入片刻的沉寂，加罗的命令所意味的现实逐渐清晰。随后那位老兵敬了个礼，说道："遵命，大人。"

加罗俯身于控制台，解开他带来的那个布包。里面是一打薄薄的纸片，由一只强有力的手在上面迅速地写下了密密麻麻的字。战斗连长给观象台中的每一个人都递去了一个，包括卡赖亚和沃特。

那个女人看着那张羊皮纸，皱眉问道："这是什么？"

"临战誓言，"德西乌斯说道，"我们会对此立下我们的职责誓言。"

加罗开口准备讲话，但舱门传来的哐当声止住了他的嘴。那位通信官跌跌撞撞地一头冲入观象台，停下步子，面对他所打断的这场秘密集会，他张大了嘴巴。

"马斯！"卡赖亚吼道，"看在泰拉的分上，伙计！进门前先敲门！"

"抱歉，长官，"这位通信员气喘吁吁，"但传来的这条优先信号只有指挥官格鲁尔格才能过目。他并没有回应——"

卡赖亚从马斯手中抓过数据板，扫了一眼，面色苍白。他大声地读了出来。"这是来自终焉号的泰丰。信息如下：自由开火，轰炸即将开始。准许消灭行动的一切阻碍。"

所有的眼睛都转向了加罗。这条信息的潜台词很清楚。泰丰正赋予格鲁尔格杀死加罗及其手下的权力。他拿起纸片。"那么,宣誓吧,"他低沉地说道,吸了一口气,"你们是否接受你们在此战中的职责?你们是否愿意献身自我,将警告安全带到泰拉,不论何等力量与我们作对?你们是否立誓效忠第十四军团以及帝皇?"连长抽出自由剑,剑尖向下。

哈库尔第一个将他的手置于剑刃上。"就此问题及此武器,我宣誓。"阿斯塔特们一个接一个效仿,德西乌斯是最后一个。随后卡赖亚和沃特也立下了誓言,而马斯则目瞪口呆地看着。

在他们一个接一个离开房间时,德西乌斯抓住了他的指挥官的手臂。"誓言很不错,"他说道,"但谁来作为见证人呢?"

加罗指向星辰,说:"帝皇。"

第九章

祈祷

死亡之雨

逃亡者

　　他在军营舱中，孤身一人。哈库尔和其他人正在舰船各处执行他的命令，将艾森斯坦号完全控制。加罗感觉自己听到了远方传来的爆矢枪开火的微弱回音，他抿住嘴唇。格鲁尔格只有少数几个手下仍在舰上逃窜。和第七连一样，已故指挥官的第二连中大部分人四散于舰队各处，这里只有少部分小队能阻止加罗的计划。卡赖亚自愿接受临战誓言的行为让加罗建立了对舰长的信任，而他通过舰长控制了舰桥军官。加罗毫不怀疑舰艇士兵中会有不满者，但当阿斯塔特下令时，他们会迅速接受，如果拒绝，那他们将命不久矣。

　　按理说加罗应该在外亲自履行确保舰船安全的职责，但他内心翻江倒海，让他难以专注。加罗需要片刻的独处，集中于已然开启的一系列事件。

　　他一遍又一遍回想着他曾在死亡守卫大军中并肩作战的兄弟，疑惑他们是如何以及为何会背离帝皇。他的大部分兄弟是优秀且值得尊敬的人，加罗以为自己了解他们的内心，但如今他却对这种确信抱有怀疑。他的可怕领悟并非在于他的同胞准备忤逆帝皇之令，选择背叛，而是他们大多数人仅仅只是武器。在命令下达时他们不会犹豫，即便那些命令超乎理解。

　　阿斯塔特生来便是服从，而非质问，意识到荷鲁斯会为了他那愤懑的目标而玩弄这坚定的忠诚，加罗心生厌恶。他曾短暂地考虑过将艾森斯坦号的所有通信发射机打开至最大功率，向整个第63号舰队广播背叛的真相。他相信，外面还有高尚之人，像战帅自己军团的洛肯和托迦顿，以及吞世者的瓦伦这样的战士……只要他能联系到他们，就能拯救他们的性命，但这么做意味着葬送这艘护卫舰上所有人的性命。

　　他们保持沉默的每一分钟都是在为加罗计划带着警告逃离争取时间。像洛肯和其他人那样的同胞将会在这场梦魇中找寻自己的道路。这条信息远比少数阿斯塔特的性命更重要。加罗只希望待到他的任务完成,他还能再次见到他们,不论是在逃亡的终点泰拉,还是在这里——身后带着一支报复舰队。眼下,那些人得靠自己了,加罗和他的战士们亦是如此。

战斗连长走向卡莱布为他腾出的武备壁龛,看见了那个安置于架子上的鹰饰胸甲。那盔甲锃亮完美,仿佛是来自于博物馆,而非一周前才经历过战火洗礼。他把手放在冰冷的陶钢上,对侍卫的死感到无比遗憾。"你死得其所,卡莱布·阿林,"他自言自语着,"你荣耀了死亡守卫和七连。"加罗希望他能够为这个人的记忆留下某种悼念形式。他想要在巴巴鲁斯的纪念之墙上刻下这位奴仆的名字,给予他赞颂,仿佛他是一位成熟的战斗兄弟,但那不太可能,至少现在不能。在伊斯特凡事件之后,加罗怀疑他再也无法见到死亡守卫家园世界的阴沉天空。卡莱布的灵魂将会因他主人的敬意而平静满足。

加罗噘起嘴。"我竟还在这里思考灵魂,在空旷的房间里自言自语。"他摇了摇头,"我怎么了?"

在胸甲旁,一把爆矢枪躺在叠起的绿布上,像那件盔甲一样,这把枪也是一尘不染,刚出炉于军团工匠之手。加罗脱下拳套,手指抚过细长的裂口。这把武器蚀刻着深深的高哥特文字,枪身上列着战斗荣誉和作战记录。暗绿色的墨水在各处留下了许多名字,每一个名字都属于一位曾携带着这把枪步入战场,并随之殒命的战斗兄弟。加罗的武器遗失在了伊斯特凡末星,被战争歌者那凶暴的声波攻击所摧毁,所残留的只有破碎脆弱的金属。这把爆矢枪将会成为他的新武器,他带着苦乐参半的自豪感拿起这把枪,举起展示。一个新的名字在枪身上闪烁着——派尔·拉尔。"感谢你,兄弟,"加罗低语道,"我会以你的名字奋勇杀敌。"

拉尔的装备得到了抢救,这正是阿斯塔特的行事作风,对于第十四军团而言,任何遗留的能够使用的装备都会得到抢救。阿斯塔特借此能在同胞牺牲后长存他们的记忆。加罗的目光落到了一个编织粗糙的布袋上,遗落在壁龛的角落。他蹲下身,捡起那个袋子。

那是卡莱布的财物。他叹了口气。每一位阿斯塔特逝去时,总会有一位兄弟去收拾照料他所遗留的微薄财物,但对于一个区区侍卫而言并没有这样的规矩。对于卡莱布的逝去,加罗感到一种陌生的悲痛感。这并非他见证拉尔或是其他几百位兄弟战死时的那种狂怒。只是现在随着卡莱布的离世,加罗才意识到自己有多重视这个小伙计，他是参谋，是仆人，是战友。有那么一刻，连长想把这个包扔进最近的喷射道，一了百了，但那样太不光彩了。相反，加罗那巨大沉重的双手轻抚着卡莱布的财物：多功能刀刃、军械工具、几件衣服、一个爆矢子弹做的小装饰物……

他在手中翻转着那个物件，把它举在灯光下。一个精雕细琢的帝皇正看着他，慷慨仁慈，全知全能。他将这个圣像放入腰袋中。旁边还有一个破损的带子捆扎着的卷角纸张。撕裂的地方粘着胶带。有些页面的纸张类型并不相同，有些是手写的，有些则是粗糙的油印，字词因上百次的复印而污渍斑斑、模糊不清。加罗看到了一些对他而言没什么意义的粗略插图，不过他仍然能辨别出一些元素，帝皇和泰拉的图腾出现了一遍又一遍。"圣言录，"他大声读道，"这就是你保守的秘密吗，卡莱布？"

加罗知道这个教派。他们都是些普罗大众，尽管有着帝国真理世俗之光的普照，他们却信仰人类帝皇。尽管帝皇公开反对此般信仰，他却还是在灌输奉献与忠诚精神。

是的，加罗现在明白了，他意识到卡莱布与帝皇教的联系一直都酝酿于表面之下。在这发现之光中，百余微不足道的话语和行为顿时有了新的含义。卡莱布曾在火炮甲板上谴责格鲁尔格针对帝皇讲出亵渎之语，而在那之前，在加罗处于昏迷康复的迷思之中时，他也曾听到卡莱布的祈祷，乞求保佑。"你怀有使命，"他淡淡地吟咏着，侍卫的临终遗言再次回响，"这是帝皇的旨意。他之手普照我等。帝皇……帝皇保佑。"

他知道自己不该更进一步，这违背了他所奉献一生的帝国真理教条，但内森尼尔·加罗仍继续阅读着，翻过破旧的页面，咀嚼着小册子上的话语。

尽管他不会公开显露，但过去的几个小时已震慑了他的心魂。他一直认为自己乃是帝皇手中的利刃，是人类颤抖之手上的未发之箭，随时准备射入人类之敌的心脏，但他现在是什么呢？所有的利刃都已钝化，箭矢断裂。

加罗信念的基石正在他的脚下化作流沙。他的精神实在难以承受！他的兄弟，他的战主，他的战帅，全都与他为敌；他的剑刃上流着死亡守卫的鲜血，而未来还会有更多；凶兆之幕笼罩于他的思绪边缘；盲目之星的预兆，死亡异形孩童那自鸣得意的预言，以及卡莱布的临死乞求。

"我受不了了！"加罗喊道，跪下了身，手里紧抓住那些纸张。这份信仰的恐怖污染如同令他灵魂枯萎的毒药。数个世纪的服役以来，这位阿斯塔特从未如此彻彻底底地感到脆弱绝望，而在那一刻，他知道自己唯有向一个人伸出手。

"帮帮我，"他呐喊道，向黑暗乞求着，"我迷失了。"加罗的手不由自主地做出了天鹰的形状，手掌平放在胸前。

在他的脑海中，加罗感觉到内心有什么东西释放开来，一股能量之潮突然间倾泻而出。对此他难以形容，而在那昏暗的壁龛中，他感觉到一个幽灵的声音划过他的心灵边缘。一个哭泣的女子，面色苍白，小巧清秀，强大又脆弱，她正在呼唤加罗："拯救我们，内森尼尔。"——那是他梦中的声音。

加罗高声呐喊，向后趔趄着，努力恢复平衡。那话语如此清晰，如此接近，仿佛她就身处房间之中，站在加罗耳边。这位死亡守卫恢复了镇定，气喘吁吁，他站起了身。他感觉到空气中有种古怪油腻的味道，但他注意到时已渐渐消散。那道对他思绪的打击，就像是约伽尔人侵入他脑海中一样，但有所不同。那份亲密感令他惊愕，然而却不像异形的心灵感应那样令人不适。加罗颤抖地呼吸着。那一刻来得快去得也快，像蒸汽一般消失了。

他仍盯着手里的那捆纸张，这时德西乌斯冲进了房间，那位年轻人的脸上写满了愤怒。

索伦·德西乌斯看到他的指挥官把一叠纸塞进了腰袋中，转过了身，仿佛他并未准备好迎上这位阿斯塔特的目光。"德西乌斯，"加罗勉强说道，"汇报。"

"遭遇到了抵抗，"德西乌斯咆哮着，"我……我们解决掉了格鲁尔格的其余手下。他们试图前往着陆舱，但被击退了，我们遭受了一些伤亡。"德西乌斯面露苦相，"那是场屠杀。"

加罗看向他，说道："他们也会这么对我们，如果我们给他们机会的话。不然你觉得若不是为了在那一刻来临时终结我的指挥，泰丰为何会把我和格鲁尔格两个人一起安排到这艘船上？"

德西乌斯想要愤怒地说出他翻腾在脑海中的回答，说也许事实的确如此，但也许只有加罗在目标名单上。他愤怒地盯着甲板。最令他感到恼怒的是他没有选择！他的命运如今与战斗连长绑在了一起，不论发生什么。没错，如果德西乌斯有机会的话，也许他也会选择这条道路，但事实是，他根本没法反对！

"有话直说，小伙子。"他的指挥官注意到了他脸上的情绪。

"我能说什么呢？"德西乌斯激烈地驳斥。

"真话。如果不在此时此刻，那么也许你永远也没有机会说了，"加罗回答道，语气平静，"我要你说心里话，索伦。"

德西乌斯停顿良久，试着表达出他的怨恨。"我在那里干掉了三个自己人，"他说道，猛地朝走廊和舰船外扭过头，"既非异形，也非突变体，而是死亡守卫，我的阿斯塔特兄弟！"

"那些人自他们选择荷鲁斯的道路而非帝皇时的那一刻起便不再是我们的兄弟。"加罗叹了口气，"我对此也怀有同样的痛苦，索伦，比你了解的更甚，他们成为了叛徒——"

"叛徒？"德西乌斯骤然骂道，"您是谁，能做此决定，战斗连长加罗？您有何权力做出这样的决定，长官？您既非战帅，也非原体，甚至都不是第一连长！然而您却为我们所有人做了这个选择！"加罗无言地看着他。德西乌斯知道敢于以这样的语气与一位高级军官对话会遭到惩罚和斥责，但他仍然怒火中烧。"假如……假如我们才是叛徒呢，连长？荷鲁斯在了解到你的所作所为之后无疑会为我们贴上这样的标签。"

"你我都有目共睹，"他的指挥官平静地说道，"塔维兹，格鲁尔格，来自艾多伦和泰丰的杀戮命令……如果能有解开这一切、了结这一切的解释，我会倾力得知。"

德西乌斯向前一步，说道："还有种可能您没有考虑到。您扪心自问，大人，假如荷鲁斯是对的呢？"

他还没有说完，战斗警笛声便开始呼号。

"再说一遍！"特米特尔厉声说道，将那个拿着远程通信器的阿斯塔特拉了过来。

由于死亡守卫突击部队和伊斯特凡防御者之间持续的炮火轰鸣声，他很难听清那个人说的话。审判日号的火神爆矢枪发出又一轮猛烈的齐射，在他们的头顶呼啸而过，掩盖了一切声音，那台泰坦继续缓慢前行。

"大人，我收到了零星的信号！我很难听清楚！"

"只管告诉我你听到了什么，"特米特尔说道，蹲伏在一个破碎的混凝铁炮位后，毫不理会刺针子弹的呼啸声和猩红激光束的噼啪声。

"仍然联络不上轨道部队，"那位死亡守卫继续说道，"我拦截到一条发往荷鲁斯之子拉寇斯特小队的信息，来自帝皇之子的卢修斯。"

"卢修斯？他说了什么？"

"非常混乱，长官，但我明确听到了一个词'生物武器'。"

特米特尔眯起双眼。"你确定吗？任务简报中并未指出伊斯特凡人拥有那种武器。毕竟，这是他们的圣城。他们为何会部署那样的——"

特米特尔突然止住口，抬起头。交叠的战斗声对他而言已然成为背景噪音，子弹和炮弹持续呼啸，但突然间有什么东西变了。

是泰坦。审判日号离特米特尔蹲伏的地方只有几百米，他已经迅速适应了泰坦每一步所引起的地震，并期待着那种韵律，但那巨大的人形机器现在已静止不动，伫立于原地，仿佛一座庞大的钢铁城堡，它的关节正发出嘶嘶声和滴答声。迫击炮弹飞驰而过，无害地落在审判日号的躯体上，其机组则毫无反应。泰坦那强大的火炮仍然指向敌军防线，但已然沉寂。

"以泰拉之名，那蠢货在干吗？"特米特尔咆哮着，"唤醒泰坦！联络图奈特机长，让他解释下！"

第四连连长用他的光学仪扫描那台机器的外壳。没有任何可见的损害足以让泰坦关闭，特米特尔也看不到任何可能的原因让它停下。他的视线扫过机体上的入口舱门，它们全都紧闭着。特米特尔搜寻着机体厚重装甲上的能量排放口。通常那里会喷出耗尽的冷却气体，但它们都已经封闭了。他恍然大悟，不寒而栗。

"我无法联系上审判日号，"另一个人说道，"他们为何不回答？他们肯定能听到我们！"

"生物武器。"特米特尔伸手检查他脖子上的密封，一阵惊惧感传遍全身。连长回过头，目光移向泰坦的大铁肩后的黄色天空。他看到天空中闪着光，一条条白色的蒸汽尾迹划过上层大气。那场面激起了他的行动。"跨小队通信，快！"他喊道，"所有死亡守卫脱离战斗，寻找掩体！生物战警告！前往西边的地堡群。"

那位阿斯塔特朝着通信器传达命令，同时特米特尔和他已离开了他们那薄弱的掩体。

特米特尔看到无畏机甲休伦·法尔转过了身。"乌利斯·特米特尔！"那位尊贵战士的合成机械音洪亮刺耳，"谁干的？"

"没时间了，老朋友，"他边跑边说，"只管带人进去，快！"随着他迈出的每一步，特米特尔的内心对于正在发生之事所蕴含的意义都感到震惊不已。炸弹正在落下，而只有一个人能够发射它们。

加罗和德西乌斯及时走上了俯瞰军营的窗户走廊坡道，目睹了战帅舰队的舰船朝着伊斯特凡Ⅲ开火。无数条银线，速度快到肉眼难以看清，在位于圣歌城上方低锚地的艾森斯坦号和其他小型船只周围划过。尽管它们显得模糊不清，但加罗不需要看清也知道那是什么：阿特拉级重型弹头，改造用于天对地打击，机仆制导的导弹，多重打击钻地弹药。似乎只有艾森斯坦号的火炮保持着沉寂，似乎第63号舰队的每一艘主力舰都参与了这场暴行。这些炸弹如同杀戮铁雨，高速坠落，转向并覆盖位于星球各处的预定目标点。从这可怕的上帝之眼视角观看这场屠戮，主大陆上圣歌城所在的遥远灰白斑点清晰可见。

加罗在万分惊惧中目睹荷鲁斯的背叛兵戈闪烁着红光，射入大气层，落向他的战斗兄弟们。在他身旁，德西乌斯露出古怪又丑陋的痴迷面容，他正竭力领会这场毁灭的庞大规模。

特米特尔和休伦·法尔正站在地堡钢门前的浅脊上，朝着他们的同胞呼喊着，让他们快跑，不要回头。特米特尔感到一阵恐惧，并非为自己，而是为他的手下。他们完美无瑕地响应了他的指令，有序地撤退，沿着已经清除的堑壕线脱离敌军。有数百人已经进入了地堡，将自己封闭在里面，躲避即将来袭的轰炸，但他知道还有许多人无法活着抵达大门。特米特尔再次抬头看向惨淡的天空，内心挣扎无比。谁背叛了我们？他问自己，回想着那位年长无畏机甲的问题。为什么，以泰拉之名，为什么？

"乌利斯！"那位老战士吼道，迈到他身旁，"进去！我们只剩几秒钟了！"

"不！"他反驳道，"我的人先进！"

"白痴！"休伦·法尔咆哮着，将礼仪抛到脑后，"我会留下！没有什么能打破我的外皮。你快进去！"他用他那巨大的操纵爪推挤着特米特尔，"快进去，你这该死的！"

乌利斯·特米特尔向后踉跄了一步，但他的目光仍盯着天空。"不！"他说道，与此同时一道道耀眼的光芒将天空化作煞白。

高空中，第一波病毒弹头接连引爆，空爆冲击波迅速释放出一道毁灭黑雨。这些病毒单位拥有超快的突变率和几何指数级的增长率，吞噬着空中的天然细菌。那薄薄的死亡黑云朝着圣歌城席卷而来，与此同时第二波也落了下来。这些炮弹并未爆炸，而是击中地面，在城市区域、开阔田野和堑壕线上爆炸，释放出毁灭的雾潮。

生命吞噬者的效果正如它的名字一般。其分子一接触到有机体，便迅速扩散，腐烂死亡。圣歌城，每一个活物，每个人类、动物、植物以及微生物有机体都会被病毒撕裂。它在片刻间便能跨越物种的界限，毁灭这颗星球的生命。伊斯特凡人和阿斯塔特皆在惨叫声中死去。

特米特尔看到战士们向他跑来，尚未倒下便已死去。他知道自己已经逗留得太久了，他奋力高呼："关上门。关上！"地堡里的人们依照他的吩咐关上了门，与此同时他已经尝到了嘴中的鲜血，感觉到皮肤开始损伤刺痛。那道金属门砰地关上了，密封压缩发出一阵嘶嘶声，将他锁在了外面。特米特尔希望他们够快。幸运的话，那里面不会有任何病毒进去。他在倒地前试着踉跄了两步，他腿中的肌肉痛苦不已。

"我告诉你快跑，你这蠢货。"休伦·法尔抓住了他。

连长最终以痛苦又轻蔑的姿势脱下了头盔。现在戴头盔已经没有作用了，病毒已经毫不费力地进入了呼吸格栅和他的肺。他的手来回抚摸着无畏机甲的金属侧面，发现了一股黑色液体流。即便身处痛苦之中，特米特尔也明白。这位老战士的陶钢壳上有个小小的裂缝，虽然并不足以减缓他在战场上的行动，但已经足够让病毒进入无畏机甲的外壳内，蹂躏其中的残余肉体。"你……撒了谎。"

"这是老兵的特权，"休伦·法尔回答道，"那么，我们一同赴死，如何？"他问道，他抱紧特米特尔的身躯，迅速离开地堡。

特米特尔使尽全力点了点头。他现在已经瞎了，他能感觉到他的眼睛组织在燃烧，他的脑袋在枯萎，嘴唇和舌头的软肉在溶解。

休伦·法尔的系统正处于关闭边缘,他踉跄着走到安全距离,停下步伐。"这场死亡,"他的合成音十分刺耳,"这场死亡属于我们。我们做此选择。我们抗拒你的胜利。"

随着一道强烈的神经脉冲,无畏机甲中那位战士的精神解开了压缩聚变发电机的主控,让其超载。顷刻间,圣歌城外的破碎平原上闪起一颗微小的星星,标志着两条生命陨落于凶暴的旋涡之中。

黑暗绽放于那个将死的世界,加罗转过身,怒视着他的手下,吼道:"现在你相信了吗?一个星球的生命在你眼前被清洗,你有足够的证据来证明这场疯狂了吗?"

德西乌斯在敬畏中低语着:"这……这实在令人难以置信。此般毁灭的力量……"

加罗感到重心不稳,他伸出一只手,按住走廊厚厚的强化玻璃窗。"这还没有结束。这场杀戮完结之前,还有一击。"

"但这病毒,它正吞噬整个星球……所有生命,所有地方!战帅还能施以什么破坏?"

加罗的语气疲惫又空洞。"如此多的死者,如此快的速度,生命吞噬者很快便会燃烧殆尽,但它留下的大量尸骸会腐烂。"他面色阴沉,"这些……遗体会变成气态的腐败物。想象一下,索伦,一整个世界化作一个巨大的尸骨堂,整个大气都弥漫着新近死亡的臭气。"

舰队中的舰船正在移动,阵形分开,让一艘船得以进入预定的射击位置。那是战帅的旗舰复仇之魂号,形似剑刃,光彩夺目。

"当然了,"加罗苦涩地说道,"荷鲁斯。他来亲自施以致命一击。我本该料到如此。"加罗想要闭上眼睛,移开目光,但他目光所及之处都是那些被他抛弃在下方的人的面孔。他看到了特米特尔和塔维兹,想象着他们在这场袭击中死去,他希望,甚至祈祷他们能活过第一波。"现在他们必须活过最后一击。"

复仇之魂号停了下来,庄严宏伟,威胁十足,它开始转向,将舰艏指向伊斯特凡Ⅲ。寂静之中,位于战舰舰部、沿着舰体侧面排列的双联光矛炮闪出一道光。那道夺目的火焰霹雳接触到了星球的大气层,一股新的颜色在黑云之中绽放开来:火焰风暴的灼热橘色。

"一根火柴,"德西乌斯吸了口气,"腐烂尸体散发出的气体被点燃了。火焰将会让整个世界燃烧。"

"皆出自于荷鲁斯之手。"加罗说道,按压下心中的厌恶。

他们驻足于此,仿佛过了好几个小时,看着火焰跨越大陆,夷平城市,与此同时战帅的旗舰则环绕其上,宛若伊斯特凡Ⅲ毁灭的孤身裁决者。两位阿斯塔特见证着这场遥远的屠戮,时间消逝而去。

最终,一道响亮的铃声在护卫舰的舰内通信网中响起,传遍整个房间,打破了寂静。"加罗连长前往舰桥。"那是卡赖亚的声音,低沉单调,"我们有麻烦了。"

内森尼尔最终从窗前转过身,离开了。德西乌斯逗留了片刻,他的双眼闪闪发光,随后他也转过了身,跑步跟上他的指挥官。

巴里克·卡赖亚无法直视舰桥的前方观察窗。下方星球的缓慢死亡令他倍感厌恶,这场暴行实在违天悖人。他可不会宣誓效忠参与此般骇人行为。他扫视大厅,发现马斯正在通信壁龛中怒视着他,仍然紧抓着舰长给他的消息纸条。卡赖亚走向那位低级军官,努力维持着他对外的权威面具。"搞定了吗?"他质问道。

"我……"马斯面露苦相,"我已按照您的命令发送了信号,长官。"

那位年轻人脸上的不快显而易见,但卡赖亚并不太在乎马斯对广播这公然的谎言所流露出的不情愿。舰长从他手中夺过那张纸条,撕碎了它。那条发往终焉号的信息拥有沃特精心伪造的格鲁尔格的指挥符文。他希望能模仿阿斯塔特的言语方式,因此那条信息的措辞简明扼要,卡赖亚告知第一连长泰丰,艾森斯坦号遭遇了武器故障,无法朝伊斯特凡Ⅲ开火。这是个糟糕的诡计,就像他那张字迹潦草的纸条一样绵薄,但这会为他们争取时间。

"你的所作所为会让你丢掉军阶,"马斯嘶声道,闷闷不乐,"你正处于忤逆战帅命令、公开哗变的边缘!"

"搞清楚用词,小伙子,"卡赖亚回嘴道,"哗变是指士兵接管了一艘船。当舰长这么做的时候,这叫失职行为。"

"不管你怎么叫,这是错误的!"

"错误?"卡赖亚骤然间怒火中烧,他揪住马斯的后颈,把他拖离壁龛,走过舰桥,"你想看看错误吗,小伙子?看看吧!"他强迫那位通信官的脸面向观察窗和那遥远的屠杀。他冷淡地推搡着马斯。"滚回你那该死的战位,让你的想法烂在肚子里!"

沃特来到他身旁。"抱歉,长官!另一艘船,我已确认,它正处于拦截航线。"

"进入火炮射程了吗?"

她点点头。"我已经自行获取了射击方案,不过之前的伎俩这次不会有用了。如果我们击杀它,那么整个舰队都会看到。"

舰桥舱门滑开了,第七连指挥官和他的一位手下走了进来,他眼神空洞。"舰长,"加罗严肃地说道,"有什么紧急事件吗?"

"的确。拉塞尔,给他看。"卡赖亚点点头。

沃特操作着全息仪的控制器,显示出护卫舰周边的近距空间球。一个红色的箭头正朝着舰船稳速移动。"又一艘雷鹰,"她解释道,"正处于拦截航线。"

"塔维兹?"那位叫德西乌斯的阿斯塔特问道,"他是否一直都在轨道上,或是从地面返回了?"

拉塞尔摇摇头,说道:"不是,这艘船的识别代码不一样。它的代号为9D。隶属于荷鲁斯之子,部署于复仇之魂号。"

"他知道了,"那位通信官说道,"荷鲁斯知道这里发生了什么。他前来——"

"闭嘴,马斯!"卡赖亚厉声说道。

"他可能是对的。"德西乌斯说道。

加罗忽视了全息仪,走向观察窗,用自己的双眼搜寻那艘运输船。片刻后他指了出来。"那里,我看到了。"

"连长,你的命令是什么?"舰长不安地挪动身子,对于事件的再次重复感到怪异不宁。一切便是如此开始的,一艘孤独的雷鹰,搭载着塔维兹和他的警告。

某种卡赖亚难以辨别的情绪浮现于加罗的脸庞,仿佛拨云见日一般。随后加罗转过身,走向通信面板。他毫无预兆地抓起通信接收器,开始讲话。"雷鹰炮艇,认证身份。"加罗瞥向沃特,目光告诉她做好准备。

一道有着浓厚科索尼亚口音的低沉声音自扬声器中吼出:"我的名字是亚克顿·克鲁兹,前任荷鲁斯之子。"

"前任?"加罗重复道。

"是的,前任。"

德西乌斯朝他的指挥官点点头,说道:"我认识这个人,长官,一位过时的老兵,荷鲁斯麾下的第三连长。他们叫他'耳旁风'。"

加罗无言地记下这一点。"解释清楚,"他质问道。卡赖亚发现自己双手紧握,指关节因紧张而发白。

即便通信频道满是嘶嘶声,他也听到了那位老兵接下来话语中的痛楚。"我不再是那支军团的一员了。我无法坐视战帅的所作所为。"

战斗连长拿开通信器,擦了擦自己的脸。

"这可能是个骗局,"沃特坚称,"那艘运输船可能满载着来自荷鲁斯舰船的阿斯塔特!"

"让他们来吧,"德西乌斯咆哮着,"面对这般诡计,我更想要来场坦率的战斗。"

"也可能是个炸弹……"

"不。"加罗的声音引起了沉默,"她在船上。他没有撒谎。"

她?卡赖亚皱起眉头。他在说谁?

"那艘船上有逃亡者,我确定。打开着陆舱,准备接泊那艘雷鹰。"他下令道。

那艘结实的飞船不太稳定地驶入控制架,推进器熄火。随着刺耳的嘶嘶声,甲板机仆操控操作臂,将雷鹰带向前,带到加罗及其手下不到一天前抵达时的那个格栅。哈库尔和他的小队已将他们的复合爆矢枪上膛瞄准,但加罗拒绝抽出武器。他看到沃延和其他人小心谨慎地看着他,脸上露出显而易见的疑问。他意识到,他们觉得他这么做简直疯了。如果加罗身处他们的位置,他也会这么想。

加罗并未责备他们,他们并不像他一样看清了事态。即便连加罗自己也难以说清楚内心的冲动。他有所知晓。就是这样。尽管他无法解释,但他带着绝对的确信,知道面前的这艘船上携带的货物和他倾尽自身所要传达的警告一样宝贵。那场梦……全都始于那场梦。

雷鹰的前舱门喷出气体,张开了,四个人走下了飞船。为首的是一位身着荷鲁斯之子动力盔甲、满脸皱纹的年迈战士。他的走姿所散发出的高傲,加罗曾在其他百余科索尼亚阿斯塔特身上看到过,但他却是一副悲伤的表情,宛若一位饱经沧桑的士兵。他的身上有新近战斗的痕迹，新的伤口仍布着新鲜的凝血，但他并未在意。

"你就是加罗，"他说道，"年轻的加维尔曾提到过你一两次。他说你是个好人。"

"而你就是亚克顿·克鲁兹。我想说幸会，连长，但事实并非如此。"

克鲁兹沉重地点点头。"是啊。"他犹豫片刻，随后与加罗四目相对，"那么，我想你是想要这个。"这位老战士递出他的爆矢枪，其他阿斯塔特对这个动作骤然紧张。"拿去吧，小伙子。如果你打算了结我们，那么就用它吧，如若这就是结局的话。我们无法继续逃亡了。"

加罗拿过枪，递给森德克。"我会让它得到清理，并归还给你，"他说道，"恐怕我在未来的时刻需要每一个有能力的人。"连长走上前，向克鲁兹伸出手，"我有一项任务，将荷鲁斯背叛的警告带向泰拉和帝皇。你会加入我吗？"

"我会的，"克鲁兹说道，握住了加罗的手，"我就此宣誓服从你的任务。恐怕我能从第三连中提供的只有一位影月苍狼，且年事已高。"

"影月苍狼？"德西乌斯复述着，"你的军团——"

那位老战士的眼睛闪烁着愤怒。"我不再是一名荷鲁斯之子了，好好记住，小伙子。"

加罗露出一丝浅笑，说道："的确如此，克鲁兹连长。我欢迎你加入星舰艾森斯坦号的混编连队。我的数量不足一百位战斗兄弟。"

"足够了，如若命运能善待人的话。"

加罗看见克鲁兹的伤口，问道："你需要医疗兵吗？"

那位影月苍狼挥挥手，对此毫不在意，他转身示意穿梭机上的其他乘客。"是我疏忽。洛肯要求我保护这些人的安全，因此我将他们带至此地。你也应该欢迎他们。"

内森尼尔低头看向一位年事已高的男人，立刻认出了他。"你，我认识你。"

那位老人穿着高阶宣讲者的长袍，如今已显得有些陈旧，但他那不安的表情下仍散发出尊贵的气质。他挤出一丝浅笑。"劳烦战斗连长，我是凯瑞尔·辛德曼，帝国真理的首席宣讲者。"他嘴中流出的话语仿佛死记硬背，但他的简便回答随之改变了，"或者说，至少我曾经是的。恐怕最近的这些日子，我正面临转变的时刻。"

"我们全都如此,"加罗表示同意,他沉思片刻,"我想起来了,我在复仇之魂号上见过你,在穿过着陆舱时。你正前往某处,似乎很不安。"

"啊,是的,"辛德曼向身后另外两位乘客投去目光,"我实在自负,竟希望你是通过我的演讲认识我的,不过这不重要了。"他镇静了下来。显然逃离荷鲁斯的舰船让这个人受了不少创伤。辛德曼谨慎地将一只手放在内森尼尔的臂甲上,说道:"感谢你给予我们庇护,加罗连长。请让我介绍下我的同伴。梅萨蒂·欧丽顿女士,帝皇的一位纪实作者⋯⋯"

"一位记述者?"内森尼尔饶有兴致地看着她,这位女子皮肤乌黑,头上戴着编织粗糙的旅行兜帽。她的头颅十分奇特,脖子后伸出的后脑比正常人都要长,并且像玻璃一样闪着光。加罗立刻想起了约伽尔族的灵能者,但那个异形孩童是一个丑陋混杂的突变体,而这位纪实作者尽管身处困境之中,却依然秀美玲珑,十分优雅。加罗盯着她,点点头。"女士,原谅我,我此前从未见过一位记述者。"她与加罗所期待的迥然不同。欧丽顿仿佛是玻璃做的,他怕接触她会把她打碎。

"你让我想起了洛肯,"她脱口而出,这突然似乎令她感到惊讶,"你们有着同样的眼睛。"

加罗再次点点头。"感谢信任。如果洛肯连长希望保护你们的安全,那么我也一样。别害怕。"

辛德曼看到了欧丽顿的脆弱,便温柔地引导这位记述者走到一旁。"还有一位逃亡者,连长——"

内森尼尔看到了最后一个人,他的喉咙哽住了。那是一位身着简朴长袍的女子。加罗眨眨眼,不确定他所看见的是真的还是某种奇怪的幻象。"你——"他勉强说道。尽管他们未曾谋面,但加罗认识她。他曾感觉过她那落在加罗脸上的眼泪的盐味,以及她在加罗身处康复昏睡中时那幽灵般的声音,并且在军营中再次出现过。

"我的名字是悠弗拉迪·奇勒,"她说道。那女子把她的手平放在加罗的胸甲上,露出温暖的笑容。"拯救我们,内森尼尔·加罗。"

"我会的,"他在恍惚中说道,迷失在奇勒那沉稳闪烁的目光中许久。他努力摆脱那种感觉,示意他的手下退下。加罗吸了口气,向沃延示意。"带这些平民前往内部甲板,在那里他们会更安全。确保他们健康,然后向我报告。"

克鲁兹停在他身边，问道："你有行动计划吗，小伙子？"

"我们杀出一条路，"哈库尔在他走近时说道，"杀过去，然后进入亚空间。"

"啊，直截了当。不愧是死亡守卫的作风。"

"我常常听说你的军团也是这样。"哈库尔看向这位影月苍狼。

这位老阿斯塔特点点头。"的确如此。你我兄弟会之间的心境十分一致。"他看向内森尼尔，"那么，准备战斗？"

加罗看着奇勒和其他人离开，他的思绪充满矛盾。"准备战斗。"他回答道。

第十章

终焉号
突破重围
进入旋涡

　　伊斯特凡Ⅲ在下方旋转着，第63号远征舰队的舰船也随之移动，跟随着行星从白昼的稀薄日光转入黄昏的深沉黑暗。舰船保持着星球同步轨道，舰群以松散的阵形紧紧环绕着整个世界。随着夜幕降临，城市依旧在燃烧，火焰风暴的路径清晰可见，巨大的紫光在阴云中沉浮闪烁。星球大气中到处是灰烬和烟雾，天空都化作了一片化学雾霾。很快，气候将开始改变，随着来自伊斯特凡恒星的温暖不再，气候会变得寒冷。如果星球上还有任何植物或是动物群残存的话，那这将会成为他们的死刑，但伊斯特凡Ⅲ上任何已进化的生命都已化作灰烬尘埃。

　　舰队继续观察着，传感器在地面搜寻任何可能幸存于病毒轰炸的迹象，由于其他船的注意力正在别处，艾森斯坦号得以缓慢移出编队。卡赖亚和他的舰员让护卫舰上升到高锚地，隐藏于其他战舰群中，现在他们已经在不引起怀疑的情况下走得足够远了。如果艾森斯坦号要逃离伊斯特凡星系的话，那它是无法秘密行动的。

　　卡赖亚舰长注视着全息仪，透过闪光的符号，他看着加罗、影月苍狼克鲁兹以及其他死亡守卫战士。卡赖亚的左手指是机械强化物，那是源于几年前的一场意外，他手中的一把等离子手枪发生了过载。他的手指里面是精细的电路板以及其他一些东西，让他能够操纵全息仪中的虚拟模型，看起来仿佛是实物一般。全息仪展现出伊斯特凡星系的基本形态，并扭曲展示出第三颗行星周围近轨道空间的细节。卡赖亚指着一个高悬于恒星系黄道面上方的艺术化十字。"利用舰船的沉思机组，沃特为我们计算出了最短距离航线。如果我们能够抵达这个点，那我们便能超越c极限，并得以实施亚空间迁移。"

"海军术语从来不是我的强项，"克鲁兹咕哝着，"照顾一下老战犬，以士兵能够理解的方式为我解释下。"

"我们仍处于太阳的重力影响中时无法进入亚空间，"森德克迅速说道，指着伊斯特凡的恒星，"那便是舰长提及的临界点。"

卡赖亚点点头，对一位前线阿斯塔特拥有基本的航天学知识感到略微惊讶。"没错，太阳能量的覆盖区干扰着亚空间跃迁。我们必须离开它，抵达跃迁点，才能安全地进入亚空间。"

"这个距离很长，"加罗若有所思，"我们以最大速度抵达那里也得航行数光秒，而引擎全速开启将会点亮一把火炬，向荷鲁斯展示出我们的航向。"

克鲁兹靠着全息仪。"周围都是主力舰。只需几艘将光矛射向我们，我们便完蛋了。不知怎的，我觉得战帅不会放任我们安全离开，嗯？"

"我们的虚空盾正处于最大功率，"卡赖亚继续说道，"我们能承受几次直接打击，并且我们拥有机动性。"

德西乌斯发出毫无幽默的笑声，嘲讽道："看到我们的好舰长对于自己的舰船和舰员充满信心，我真是备受鼓舞，我不得不说，只有蠢货才会认为我们胜算很大！"

"我并未否认这点，"舰长驳斥道，"考虑到现状，我认为我们的存活概率为十分之一，这只是乐观的估计。"

沃特谨慎地说道："此时此刻，艾森斯坦号正接近舰队阵型的末尾。我自作主张通知了舰队司令部我们的三号聚变发电机遭遇了故障。根据海军标准流程，在这种情况下的舰船将从主编队中后退，以防止发生连锁故障或在核心内爆时伤及其他船只。"

"这谎言能让我们坚持多久？"加罗问道。

"直到我们启动主引擎的那一刻。"那女人回答道。

克鲁兹发出啧啧声。"我们无法依靠这艘小船杀出一条路，我们也难以逃跑。我们也许能够下潜，但你们觉得我们能走多远，在那些怪物……"他指向他们侧面的大型战舰，"在那些怪物咬向我们的脖颈之前？"

"不够远。"森德克阴沉地说道。

卡赖亚用他的金属手指轻敲控制台。"艾森斯坦号确实缺乏抵达跃迁点而不受任何追击的速度。前提是，如果我们遵循最直接的航线。"他画出一条直线，连接舰船的轨道位置和那个十字图标。舰长拉出航线指示器，将其拉向另一个方向。"沃特提出了一个替代方案。这并非没有风险，但如果我们成功，我们便能够逃离战帅的炮火。"

加罗研究着这条新航线，对这大胆的计划露出微笑。"我同意。就这么定了。"

"十分冒险的行动，"德西乌斯反驳道，"但我必须标示出一个大阻碍。"这位阿斯塔特倾身指出漂浮于左舷的一艘大型舰船，"那条航线会使我们直接穿过这条船的交战区。"

"泰丰的指挥舰，"加罗说道，"终焉号。"

卡拉斯·泰丰用他裸露的手指抚摸着人屠毒镰的利刃，锋利的刀刃划过坚硬的皮肤，划出依稀可见的阿斯塔特暗色血迹。他的内心十分矛盾。一方面，他对周遭展开的事件感到欢欣鼓舞，期待着即将发生的大事。另一方面，泰丰感到了解放，如果阿斯塔特能了解这种东西的话，他培育隐藏着自己的秘密智慧，经年累月，很快他便能公开自由地运用那智慧，这是一种冷酷的愉悦感。他所知道的那些事物，他曾在同胞艾瑞巴斯向他展示的书籍中读到的那些文字……那位怀言者牧师为卡拉斯·泰丰带来的启迪永远地改变了他。但泰丰也十分愤怒。噢，他知道自己的主子莫塔瑞恩正缓慢走向与他相同的道路，多亏了荷鲁斯的指引，但原体和战帅两人都才刚刚走上那条道路。泰丰、艾瑞巴斯还有其他人……他们才是真正受到启迪的人，这令他感到恼怒，他不得不扮演忠实的第一连长的角色，而事实上，他的知识远胜他人。

时机即将来临，泰丰向自己承诺，很快，他便会摆脱莫塔瑞恩的阴影，自立门户。借助黑暗力量的恩泽，泰丰将会在全世界战栗之前成为先驱者。坐在他的指挥王座上，这位死亡守卫的目光扫过终焉号的舰桥，将辛勤效劳的仆人和阿斯塔特尽收眼底。他们效忠于他，这令他满怀信心。

泰丰由此想到了格鲁尔格。他皱起眉，摸了摸自己的黑色胡茬。自从他向伊格纳提乌斯发去除掉加罗并加入伊斯特凡Ⅲ攻击的指令后的几个小时里，那位好自夸的指挥官罕见地十分安静。如今轰炸已经结束，荷鲁斯的计划正处于停歇时刻，他也有时间来思考。

格鲁尔格并非是个会对胜利保持沉默的人，而泰丰知道伊格纳提乌斯不会放过讲述他如何杀掉内森尼尔·加罗的机会。指挥官对于战斗连长的强烈不满在数年间已化作彻底的仇恨，格鲁尔格已将加罗当作他每次坏脾气和愤懑的发泄目标。泰丰不知道这种敌意缘何而来，他也不在乎。寻找并利用弱点是泰丰的天性。这种对立已成为格鲁尔格自我驱动的因素，而泰丰将对此充分利用。利用格鲁尔格内心中的仇恨让他成为军犬十分容易，而通过格鲁尔格，第一连长也同样能够接触第十四军团内部的隐秘结社，并引导他们。

他朝着一位战团奴仆示意，说道："你，检查下通信日志。艾森斯坦号护卫舰有传来任何机械呼叫吗？"

那个奴仆片刻间便返回，报告道："连长大人，我们发现了一条发往舰队司令部的信号，有一条关于武器故障的信息，然后是另一条，提到舰船动力系统的持续问题。前者拥有指挥官格鲁尔格的授权。"

"没别的了？"

"没有，大人。"那位奴仆低下头。

泰丰站起身，将他的战镰放在舰桥王座上，问道："艾森斯坦号现在在哪？"

"正处于一条跃迁航线，连长，"一位舱面军官回答道，"左舷高象限。"

"他要去哪？"泰丰渐露不满，"通信！呼叫艾森斯坦号，给我声音通信。我要和格鲁尔格讲话，快。"

马斯仔细倾听着耳机中的尖细声音，终焉号上的对方以单调冷漠的语调精确地重复着泰丰连长的命令。他手里紧紧握着通信接收器，微微颤抖。马斯冒险瞥了一眼卡赖亚、沃特和其他阿斯塔特。他们全都在交谈，看着护卫舰沿着舱面军官设置的路线前进。

马斯舔了舔嘴唇，紧张感让他感到口渴。他仍然难以完全理解发展至今的一系列事件。他最近才被分派到艾森斯坦号，而在他眼中，这一切都还不够快。

他在武装运输船和星系艇上坚持服役多年，最终荣获晋升，加入了真正的远征舰队，尽管死亡守卫的功绩并不像其他军团那样令人向往，声名远播，但这也是马斯野心的一步。他垂涎指挥权，过去的每一天他都在畅想，自己未来将会成为提林·马斯舰长，端坐于一艘巡洋舰的王座上，掌管一艘舰船，如同他自己的私人王国。

如今，这一切都将面临瓦解的危险。曾令他倍感兴奋的岗位已变成了他脖子上的重负。先是这位专横的加罗掌管了指挥权，让他们步入歧途，如今连卡赖亚本人都在遵循这蠢货的疯狂命令！如果他的所见所闻是真的话，那这位死亡守卫已经杀害了几个自己人，让另一个反叛者逃脱了毁灭，并恣意摧毁了一打战斗机！马斯感觉自己仿佛是满屋子的瞎子中唯一一个看得清的人。

他看向舰桥四周，找寻其他军官脸上的任何一丝表情，任何和他有着同样感觉的表情，然而并没有。卡赖亚和他那傲慢的大副玩弄着他们所有人！这实在难以置信。舰长忤逆了荷鲁斯本人的命令，而随后沃特又利用她那伪造的信号使事态更加复杂。马斯曾试着和卡赖亚理论，而他得到了什么？批评和激烈的斥责！

他摇了摇头。这位通信官对他面前展开的海盗行为感到肮脏。他们曾向舰队立誓，而荷鲁斯乃是舰队之首。战帅下达的命令令人厌恶又如何？一位好舰长不该质问，而应尽忠效劳！但如今在卡赖亚叛变后，提林·马斯永远也无法效劳了。要是他幸存下来，马斯将会与舰长成为一丘之貉，被贴上不忠的标签，定会被处决。

这位年轻人盯着通信单元。他得步步为营。他已经打破了协议，悄悄瘫痪了广播电路，如此舰桥便不会收到发来信号的警报，除非他愿意如此。单单这样的行为就会遭受鞭刑，但马斯认为这是必要的。显然他只能信任自己，这意味着他一人肩负着警告舰队艾森斯坦号正酝酿着反叛的责任。他将通信器举至嘴边，退入通信壁龛中。不可否认的是，马斯很害怕，但在他开始小心翼翼地低语时，一种使命感和力量传遍全身。待到他成功，他将会荣获荷鲁斯的感谢。也许在叛乱被镇压后，如果艾森斯坦号没有被杀鸡儆猴摧毁的话，那么他甚至可能向战帅请求指挥这艘船，以此作为他的回报。

"再说一遍！"泰丰质问道。他耸立于通信台的战团奴仆面前，他那宽厚的盔甲形体阴暗慑人。

那位奴仆低下头。"大人，信息来自一位声称是艾森斯坦号通信官的人。他说格鲁尔格失踪了，而那艘船的指挥舰员反叛了。他声称这是背叛，长官。"

第一连长缓缓退后，脑海中并不讨喜的碎片拼接成型。"那个好斗的白痴辜负了我！他将我们的意图暴露给了加罗。"泰丰转身向舰员吼出命令，"全员战备！启动引擎和舰艏光矛！给我艾森斯坦号的拦截航线，快！"

"连长，那位通信官，"奴仆说道，"我该怎么跟他说？"

泰丰露出冷酷的笑容。"向他送去我的感谢和战帅的同情。然后给我接通复仇之魂号的马罗格斯特。"

节奏起伏的警笛声自前指挥台响起，加罗看到卡赖亚的脸庞上闪过一丝短暂的恐惧。沃特已经进入战位，将控制线按入键盘。

"报告！"舰长说道。

沃特面色苍白。"传感机仆显示终焉号的引擎组发出了明显的热量，长官。此外，舰艏结构上部署光矛炮组的位置有读数变化。"

"他知道了，"克鲁兹厉声说道，"亚空间诅咒，泰丰知道了！"

"是的，"加罗同意，面向卡赖亚，"是时候了。下达命令。"

这位海军军官深咽了口水，向沃特点了点头。"你听到战斗连长的话了。全员就战斗岗位，解除引擎锁定，进入最大战斗速度。"他朝着一位低级水兵示意，"下去警告尊敬的塞韦纳亚准备跃迁。我要他做好离开的准备。"卡赖亚看到加罗露出疑惑的表情。"塞韦纳亚，导航者，"他解释道，指向甲板，"下方两层处，每天都在无灵刺激球中冥思。我保证他完全不知道这上面发生了什么。瞧，他只是为跃迁的那一刻而活。"

加罗对此表示认可，问道："亚空间波涛汹涌。你认为他会违背你的命令拒绝进入吗？"

"噢，他肯定不会的，"卡赖亚说道，"但我害怕的是，他能否撑过跃迁。"

沃特插入谈话。"火炮炮组怎么办，长官？"她问道，声音充满紧张。

卡赖亚摇摇头。"让它们做好准备，但我要目前所有可用的能量都提供给虚空盾和引擎组。我们需要的是力量和速度，而非火力。"

"是，长官，全速前进。"她回答道，并开始执行命令。

加罗感到靴底传来一阵微弱的颤动，护卫舰的甲板随着突然的加速而震颤着。引擎组传来鸣笛声，艾森斯坦号突然从缓慢的漂浮航向转为战斗全速前进。

"终焉号正离开其轨道位置，"森德克说道，自图像屏幕转发器上阅读着数据，"正在转向，火炮移向我们的方位。"

"有其他船只效仿吗?"加罗问道。

"我没看到,大人,"他回答道,"只有泰丰。"

"加罗连长,"沃特叫道,"我们没有战舰性能的记录。泰丰拥有怎样的配置?"

"长官,我能来解释下吗?"森德克插嘴道,"终焉号是一艘独特的船只,并非源于标准建造模板的设计,它装甲厚重,但因此行动迟缓,转向也很笨重。"

卡赖亚点点头。"我们可以利用这点。"

"的确,但它的前部武器十分强大。泰丰安装有一组舰艏光矛,还有很多能打击侧面和前方的炮塔。如果他与我们并舷,那我们就完蛋了。"他阴沉地总结道。

"那么我们必须让这只巨兽远离我们,"舰长说道,"注意反应堆温度!"

"他怎么猜到的?"德西乌斯朝着他的指挥官咆哮着,"这是个巧合吗?也许他只是将船开到另一个轨道?"

"他知道了,"加罗重复着森德克的话,"这是不可避免的。"

"但怎么知道的?"这位年轻的阿斯塔特质问道,"他是个先知?从以太中发掘出了你的意图?"

加罗的目光警向通信壁龛,与蜷缩在那的那个人四目相对,那人脸色惨白,满头大汗。"没那么神秘,"战斗连长说道,在那位海军军官的表情上读到了真相。他快速迈过舰桥,将马斯拽了起来。那位通信官似乎在哭泣。"你,"加罗咆哮道,目光冰冷,"你警告了泰丰。"

加罗抓着马斯,悬在空中,马斯突然朝着加罗拳脚相加,虚弱地敲打着加罗的动力盔甲。"叛徒混蛋!"他叫喊着,"你们都是同谋!你的奸诈害了我们所有人!"

"蠢货!"卡赖亚回嘴道,"这些人是帝皇的战士。你才是叛徒,你这自大的白痴!"

"我向舰队宣誓效忠。我效力于战帅荷鲁斯!"马斯吼道,开始流泪,"直至死亡!"

"是的。"加罗表示赞同,杀死了通信官。

杀戮之后,沉寂片刻,沃特的声音便响彻舰桥:"光矛发射,左舷后象限!我们正遭受攻击!"

舰员们的脸庞纷纷移开观察窗，一道眩目的白光束划过护卫舰舰艏。这一发没有命中，但光矛的能量光环边缘擦过了外部舰体，噼啪作响。舰桥上几个战位闪烁爆裂，能量反流正传遍控制系统。

"我觉得他想要我们停船。"克鲁兹嘀咕着。

"真是彬彬有礼的请求，"森德克说道，"我们会用排出的废气作为回答。"

"注意！"加罗厉声说道，离开他刚刚处决的那个人，"警告哈库尔和其他人，为冲击和减压做好准备！我要那些平民活着——"

下一发命中了。

终焉号正处于其射程边缘，此时发射的光矛火力是最弱的，然而平行能量束仍足以对艾森斯坦号这样吨位的舰船造成严重的伤害。那一道道霹雳洞穿了虚空盾，令其闪烁不定。它们以斜角扫过舰背，撕开了甲板，扯下了安装于左舷的几个炮塔。

一阵阵气体和火焰喷涌又消散。一连串的电涌传遍护卫舰的走廊，炸毁继电器，引发大火。一场二次爆炸点燃了存储于第三层的呼吸气体罐，将整个隔舱化作了短暂凶猛的火焰风暴。

在那里站岗的几个加罗的手下率先丧命，他们肺中的空气化作火焰。回燃传遍全身，烧灼着住舱和艾森斯坦号小型星语团的私室。安全舱面关闭了，但损害已经造成，随着空气燃烧殆尽，整个房间都化作死寂的虚空，充斥着焦黑的金属和残躯尸骸。

这次撞击中的部分能量转化为了动能，让舰船发生晃动侧倾，但卡赖亚的军官们都久经沙场，并未让舰船偏离航线。终焉号向他们冲来，那艘巨大战列舰的致命体格填满了整个后部图像屏幕。

"解释下，泰丰，"马罗格斯特怒吼道，通信链接噼啪作响，"我需要个解释，为何你认为应当让我从这最重要的行动期间抽出身来？"

第一连长面露怪相，很高兴他不必与战帅的侍从面对面相见。那位荷鲁斯之子和这位死亡守卫之间并没有太大的尊敬可言，这是数年前一次事件的遗留问题，他们在关于战场礼仪的问题上存在很大分歧。泰丰并不喜欢马罗格斯特那漫不经心的举止和他那难以抑制的傲慢。在泰丰看来，马罗格斯特的绰号"扭曲者"实在是太准确不过的形容了。"原谅我,侍从,"他回答道,"但我认为通知你很重要,你们原体的大计划正处于危难关头!"

"别考验我的耐心,死亡守卫!要我唤来你的原体,让他在通信中斥责你吗?你的舰船离开了编队。你在做什么?"

"试着清除一个眼中钉。我已收到警告,我的一位战斗兄弟,不幸的保守派加罗连长,掌控了一艘叫艾森斯坦号的护卫舰,现在正试图逃离伊斯特凡星系。"他向后靠在指挥王座上,"这足够引起你的注意吗,或者我该直接向荷鲁斯说明?"

"加罗?"马罗格斯特重复道,"据我了解,莫塔瑞恩已经处理了他。"

泰丰哼声道:"死亡之主太过仁慈。加罗本应在伊斯特凡末星之战后死于他的伤势。然而莫塔瑞恩希望策反他,如今我们也许会为这般蠢行付出代价。"

马罗格斯特沉默了片刻。泰丰的脑海中能够想象他那不快的面容。"他现在在哪?"

"我正在追击艾森斯坦号。我会尽我所能摧毁那艘船。"

侍从嗤之以鼻。"加罗觉得他能去哪?亚空间中的风暴每一刻都在加剧。像那样一艘小船不可能在亚空间中经受这样的旅程。他会被撕碎的!"

"也许吧,"泰丰承认,"但我想要万无一失。"

"我在数据板上看到你的航线了,"马罗格斯特说道,"以你那笨重的母舰,你永远也追不上他的,他已经离你太远了。"

"我不需要追上他,马罗格斯特。我只需要击伤他。"

"那么就这么办吧,泰丰,"马罗格斯特回答道,"如果我被迫告知荷鲁斯,他计划的消息被传了出去,那不久之后,你就会感受到他的不悦!"

第一连长做出一个割喉的手势,通信仆从切断了连接。他从指挥王座上瞥向终焉号舰长的位置,舰长正低头等候着。

那人开口说道:"泰丰大人,艾森斯坦号已经改变了它的航线。它正全速驶向伊斯特凡Ⅲ的卫星白月。"

"前往新方位,"泰丰厉声说道,再一次站起身,"匹配艾森斯坦号的航线,给我射击方案。"

舰长踌躇着说道:"大人,那个卫星的重力井——"

"这不是请求。"他怒吼道。

"还跟着我们。"沃特看着图像屏幕上的距离矢量,"方位改变确认。终焉号正在追踪,没有其他船追击的迹象。"

"的确如此,"卡赖亚说道,"继续之字形前进。别轻易让泰丰的炮手获得射击角度。"

加罗就站在舰长身后,越过他的头看向观察窗外。他看着伊斯特凡Ⅲ最大卫星那荒凉的白色地表逐渐变大,坑洞和山脉在毫无空气的地表上逐渐显形。对于一位未经训练的观察者而言,护卫舰似乎正处于撞击航线上。"跟我说实话。"加罗小声说,只有卡赖亚能听到他,"沃特的计算出错的概率有多少?"

这位黑色皮肤的男人瞥向加罗,说道:"她非常优秀,连长。她之所以没有一艘属于自己的船,唯一的原因是她与舰队高层之间有些问题。我对她有信心。"

加罗看向那颗卫星。"我的信心在于星舰舰体的强度和重力的力量。"他回答道,但即便他这么说,听起来也空洞无力。

卡赖亚好奇地看着加罗。也许他感觉到了连长的不安。"宇宙浩瀚无垠,长官。人能在许多地方找到信心。"

"开始第一次航向修正,"舱面军官喊道,"准备紧急机动。"

"标记,"一个机仆用单调的语气说道,"实施机动。"

护卫舰的甲板开始晃荡,加罗感到胃中在翻江倒海。所有可用的能量都导入了引擎,舰船的重力补偿器难以跟进,他感到这次转向与惯常的明显不同。加罗一只手紧握着一根支柱,重心放到他的肉腿上。

"敌舰舰艏发出热量,"森德克警告道,他在传感器操作台上自觉协助着舰桥舰员,"发射!火力来袭,多道光矛霹雳!"

"全力转向!"卡赖亚喊道。他说了一些话,但随着协调能量束击中艾森斯坦号艉部,他的声音被淹没了,舰船仿佛在浪潮顶端一般被抛向前方。补偿器再次减缓,加罗伸出手臂抓住舰长,防止他落向一个控制台。战斗连长感觉到卡赖亚的手腕脱臼了。

"三号引擎的能量级正在下降!"沃特喊道,"九号和七号甲板冷却剂泄漏!"

卡赖亚恢复了过来，朝加罗点点头。"增加其他喷口的推力进行补偿！我们不能让敌人取得任何优势！"

舰船震颤着，一台机器因振动而处于运行的极限。森德克在他的战位上呼喊道："我们正进入白月的重力井，连长，正在加速。"

卡赖亚倒抽了一口气，将他的强化手扭转到位。"啊，无路可回了，加罗，"他说道，"现在我们来看看拉塞尔是否如我所说的那样优秀。"

"如果她的计算偏离了几度，那我们将会化作一道新的坑洞和一堆破碎的金属片。"德西乌斯阴沉地说道。

那颗卫星填满了整个前方观察窗。"有点信心。"加罗回答道。

"大人，我们已被卫星的引力所捕获，"泰丰的舰长报告道，"我们的速度正在增加。我恭敬地建议我们尝试规避，并——"

"如果我们现在脱离接触，那么艾森斯坦号便会逃脱，"第一连长平淡地说道，"这艘船的能量足够脱离引力，不是吗？等我下令时你再实施。"

"依您的命令。"

泰丰怒视着火炮军官，吼道："你！我的击杀呢？我要那艘护卫舰毁灭！快去做！"

"大人，那艘船十分敏捷，我们的火炮大都是固定的炮位。"

"只要结果，不要借口！"泰丰愤怒驳斥，"履行你的职责，否则我就另请高明！"

巨大的图像屏幕位于指挥王座的上方，泰丰看着艾森斯坦号散发出的烟气流和残骸，露出了冷酷的微笑。

拉塞尔·沃特眨眨眼，让汗水流出她的眼睛，她的双手按在控制台平整的面板上。自白月地表反射而来的白色星光照亮了舰桥那光秃秃的边缘和坚硬的线条。这是葬礼之光，全无生命力，仿佛在吸收着她的能量。她打了个寒战。此时此刻，这艘护卫舰上所有人的性命都掌握在她的手上，押在了一串数字上，那是她在伊斯特凡Ⅲ消亡于她眼前时匆忙计算出来的。她不敢再去看那些数字，唯恐发现自己犯下了某种可怕的错误。最好是不知道，最好是将最初驱使她选择此般大胆航线的信心系于脆弱的细线上。如果沃特算错了的话，那她不会在悔恨中活着。

这个理论很合理,对此她很确定。这颗密实的白月满是铁元素,它的重力已经包裹住了艾森斯坦号,将其拖向卫星那崎岖的地表。如果她不加干预的话,那么这艘船将撞向卫星,正如那位阴沉的死亡守卫所说,这艘护卫舰将会成为一个墓碑。

沃特的计划是建立于轨道数学和引力物理学之上的,这套学识可追溯至人类初次踏入太空,彼时推力和燃料仍被视如珍宝。在三十一千年,随着蛮力引擎能将星舰推向任何地方,这样的知识已不太需要,但今天这拯救了他们的性命。

拉塞尔警向肩后,看到巴里克和那位死亡守卫战斗连长二人正看着她。她本以为会看到评判威严的目光,但两人眼中只有静默的信心。他们相信她能履行承诺。她向他们点头回应,继续她的工作。

警笛声警告着新一轮火力来袭。她将之赶出脑海,专注于面前复杂的轨迹规划和航行路线。这不容有失。随着艾森斯坦号坠向那颗小行星,引擎将会变换,将她引过白月的引力面,利用卫星的能量让护卫舰进行弹射飞行,并将舰船加速到亚光速,射向跃迁点。终焉号将永远无法追上他们。

随着护卫舰进入弹射飞行的最后航线,飞船的震颤加深了。"准备航向修正,"沃特的叫喊声盖过了隆隆声,"标记!"

一条条火焰自艾森斯坦号的左舷喷出,自主配平控制让舰船猛地转离卫星。舰艏突然转向,仿佛被无形之手扭曲,一股蛮力让舰船轴线发生了改变。卫星引力和舰船生成的人工重力之间产生了极度的张力。舰体破裂扭曲,和人一样大的铆钉断裂破碎。导管因受压超限而破裂,喷出毒雾。艾森斯坦号已超越了极限,如同受到重创的动物一般号叫着,但它转过了身,一分一厘,艰难无比,它进入了能驱使护卫舰离开伊斯特凡Ⅲ的小型轨道空间走廊。

"泰丰!"舰长喊道,将礼节抛在了一边,大胆直呼第一连长的名字,"我们必须规避!我们无法遵循那艘护卫舰的航线,我们会被拉向卫星的!我们的质量太大了——"

这位死亡守卫在盛怒之下突然反手将这位海军军官打倒在甲板上。"那就规避！"他啐道，"但亚空间诅咒，我要在它跑掉之前把所有东西都砸向那艘该死的船！"

其余舰员匆忙实施着他的命令，抛下了那位呜咽不已的舰长。泰丰拿起他的人屠毒镰，紧紧握着，怒火中烧。他咒骂着加罗，看着艾森斯坦号逃离他的掌心。

终焉号使出了全力，战舰的引擎散发出噼啪作响的红色光环，那声音宛若鲨鱼咬断小鱼。飞船呻吟着，引擎的巨大推力将舰船拉出了白月的重力井，利刃般的舰艏划过那艘护卫舰的路径。就在此时，泰丰的战列巡洋舰上的所有光矛炮一齐开火，一股力量撕开黑暗，飞向那艘逃离的舰船。

"火力来袭！"森德克吼道，"准备冲击！"

加罗刚听到森德克的话，骤然间他便飞离了甲板。这位死亡守卫翻滚过舰桥，在支柱上弹开，擦过天花板，随后能量冲击消散了，他撞向一个控制台。

内森尼尔摆脱掉眩晕感，爬起身。四处都冒着小火，机仆正努力为舰桥恢复些许秩序。他看到卡赖亚瘫在指挥王座上，沃特正在他身旁。那个女人头皮上有一道严重的伤口，但她似乎并未察觉到鲜血正沿着她的面颊流下来。加罗隐约听到亚克顿·克鲁兹用科索尼亚语咒骂着，爬下甲板。

"报告。"加罗命令道，强烈的金属烟雾弥漫在空中，在他口中有种辛辣的味道。

森德克在大厅另一边喊道："终焉号脱离了追击，但最后一波齐射把我们打得很惨。数层甲板暴露于太空。引擎反应堆很不稳定，引擎正处于临界关闭的边缘。"他停顿了一会，"弹射机动成功了，正处于跃迁点的拦截航线上。"

德西乌斯咕哝着，推开掉落的一段镶板，跨过一具水兵的尸体。"如果我们在抵达那里之前就炸了，那还有什么用？"

加罗无视了他，走到卡赖亚身旁。"他还活着吗？"

"我想只是昏过去了。"沃特点点头。

"我可以自己站起来。让开。"舰长挥挥手。

加罗并未理会此人的话，把他拉了起来。"德西乌斯，呼叫药剂师前来舰桥。"

卡赖亚摇摇头。"不，时候未到。我们还没结束，根本没有。"他蹒跚着向前，"拉塞尔，导航者情况如何？"

沃特在倾听通信耳机时退缩了一下。即便是在这个距离上，加罗也能听到金属扬声器中传来的呐喊声。"塞韦纳亚还活着，但他的副手正处于恐慌之中。他们在下面攀爬着墙壁。他们在对亚空间哭泣。我能听到他们大叫着黑暗和风暴。"

"如果他没死，那他仍能履行他的工作，"卡赖亚阴沉地说道，咬牙强忍着痛苦，"我们也都一样。"

"是的，"加罗说道，"下令舰员准备亚空间迁移。我们没有第二次机会了。"

"我们可能连第一次机会都没有。"德西乌斯低声咕哝着。

加罗转向他，面色冷酷。"兄弟，我已经受够了你的悲观言行！如果你除了抱怨没别的什么积极建议，那我会安排你下去加入损害管制队伍。"

"我所说的即我所见的，"德西乌斯回嘴道，"您说过您要我道出真相，连长！"

"我要你把你的意见烂在肚子里，直到我们离开，德西乌斯！"

内森尼尔以为这位年轻的阿斯塔特会让步，然而相反，德西乌斯走上前来，缓和自己的语气以免传得太远。"我不会。您为我们设置的航线就是自杀，长官，就像您把我们的咽喉暴露给泰丰的镰刀一样。"他指着沃特，"您听到那个女人说的了。导航者对于您所要求他实施的恐怖行为几乎难以保持理智。我知道您并非不清楚近来关于亚空间湍流的报告。有一打舰船在前往伊斯特凡的旅途上发生了偏离——"

"那只是流言蜚语。"克鲁兹厉声说道，走了过来。

"你确定吗？"德西乌斯逼问道，"他们说亚空间已经因风暴而变得黑暗，其中潜伏着怪异的事物！而现在我们身处一艘靠锈铁和希望凑合起来的船上，试图跳入那疯狂的海洋。"

加罗踌躇了。德西乌斯的话不无道理。他确实知道在进攻圣歌城之前舰队中的传言，有导航者和星语者在他们的心智接触亚空间时恐慌发作的孤立事件。亚空间的海洋一直都是一片混乱危险的领域，但正如报告所提到的，它正迅速变得难以通行。

"我们已经将自己和这艘船推到了合理的极限，"德西乌斯嘶声道，"如果我们接触亚空间，那这一步就走得太远了。我们无法盲目地驶入天界。"

加罗颈后皮肤感到刺痛。阿斯塔特与生俱来的危机感在心中响起，他转向舰桥的主舱门。那个女人奇勒正站在门口看着他，身上笼罩着薄薄的灰雾。战斗连长眨眨眼，有那么一刻，他害怕自己已经失去了理性，而奇勒则是某种转瞬即逝的幻象，但随后他意识到德西乌斯也看到了她。

奇勒在残骸之间穿行，直接来到了他的面前。"内森尼尔·加罗，我来此是因为我知道你需要帮助。你愿意接受吗？"

"你只是个记述者，"德西乌斯说道，但连他那咄咄逼人的气势也在奇勒那安静强大的存在面前消弭了，"你能提供什么帮助？"

"你会感到惊讶的。"克鲁兹喃喃着。

"这艘船正处于危急存亡的关头，"她继续说道，"而如果我们留在此地，那我们必死无疑。我们皆需投身于信仰，内森尼尔。"

"你所要求的是对幽灵的盲目信仰，"德西乌斯争论道，"你并不知道我们能否幸存！"

"我知道。"奇勒平静地回答，但她内心满怀的确信令阿斯塔特都有所迟疑。

沃特在前方控制台喊道："连长，舰船的盖勒力场并不稳定。也许我们应该中止亚空间跃迁。如果我们进入非物质领域，力场也许会完全失效，舰船将会毫无防护。"

"你只有一个选择，内森尼尔。"奇勒柔声说道。

"我们不会中止，舱面军官。"加罗看到德西乌斯的脸上流露出震惊，他开口道，"带我们进去。"

第十一章

混沌
幻象
复活者

艾森斯坦号在坠落。

亚空间之门打开了，参差不齐的伤口切开空间矩阵，将伤痕累累的护卫舰拉了进去。非现实的能量相互碰撞湮灭。在耀眼的辐射闪光中，舰船离开了现实空间。

一个心智未受改变的人不可能理解亚空间的本质。这个由原始的非物质所构成的翻腾海洋是精神层面的存在。这是观察者的心灵产物，是个变幻无穷、恣意妄为的领域。古地球曾经有一位哲学家如此警告：当你在凝视深渊时，要知道深渊也在凝视你。在非物质领域中的确如此。亚空间是所有生物的情感镜像，是激荡思维回响的海洋，是每一个隐藏欲望和破碎本我无序交织的黑暗沉积。若要用一个词来形容亚空间的本质，那就是混沌。

导航者和星语者比任何人都要清楚非物质领域，但即便是他们也明白，自己的知识只是这块疯狂海洋的浅显一角。向低等生物的有限心智描述亚空间并非易事。在有的人看来，这个领域仿佛是可尝可闻的，有的人则认为这是由数学定理和复杂方程所交织而成的分形背景。还有的人将其想象成歌曲，变幻的交响曲代表着诸多世界，突出的弦乐器代表着思维模式，巨大的铜号代表着太阳，木管乐器和定音鼓则代表着穿越光影的舰船。但亚空间的根本存在是无法理解的。亚空间变幻无穷。它毫无理性，喷云泄雾，有时如同贮水池一般平静，有时如同飓风一样狂暴无比。它如同神话怪兽美杜莎，能够杀死胆敢看向其中却又毫无防备的人。

受伤的星舰艾森斯坦号便一头扎入了这个领域，保护性盖勒力场的泡沫并不稳定，闪烁扭动，正试图疯狂撕入其中。

舰桥观察窗的防爆挡板关闭的那一刻，舰船便开始了跃迁。加罗对此充满感激。亚空间跃迁在他胸中产生的熟悉的晃动感让这位死亡守卫面露苦相。在亚空间地狱之光中最深最原始的地方，有些东西令他感到不安，而他很庆幸自己在护卫舰迁移时不会沐浴在那道光之中。

"我们穿过了，"沃特松了口气，"我们离开了！"

克鲁兹轻拍她的肩膀，除了舰长，舰员们都发出了粗哑的欢呼声，舰长则向加罗露出阴郁的表情。"我们不该这么快就庆贺荣耀，小伙子们，"他对自己的手下说道，但却面朝着那位死亡守卫，"眼下，我们只是用一种危险换取来了另一种。"

艾森斯坦号摇晃翻滚的姿态并未有缓和迹象。如果有什么区别的话，那就是穿越常规空间的平稳航行已成了遥远的记忆，而咯咯作响的浪涌起伏则成了常态。"我们要多久才能抵达安全处？"加罗问道。

卡赖亚深深叹了口气，他一直压抑着的疲惫感如同潮流一般涌了出来。"这是亚空间，长官，"他说道，仿佛这便能解释一切，"我们可能在一天内便能身处泰拉的夜幕中，也可能发现自己穿越银河来到了一百年之后。这些领域没有地图可言。我们只能坚持，让我们的导航者尽力引导我们。"

舰船震动着，一道呻吟声传遍舰桥。"这是艘顽强的老船，"卡赖亚阴郁地补充道，"它不会轻易完蛋的。"

加罗看到德西乌斯正专心倾听着他的头盔通信。"大人，"他呼喊到，此前分歧都已消散，"来自下层甲板哈库尔的信息。他说那里有……有入侵者登舰。"

内森尼尔的手摸向剑柄。"那怎么可能？我们并没有侦测到泰丰有发射任何飞船！"

"我不知道，长官，我只是在传达士官的话。"

加罗切换他颈甲上的通信链接，在通用频道中听到了断断续续的吼声。他听到了爆矢枪的刺耳咆哮，以及非人般的尖叫声。一瞬间他想起了战争歌者和她那怪异的歌声。

"下层响起警报，"沃特报告，"是塞韦纳亚的副手，位于导航密室。"

"哈库尔在那里。"德西乌斯补充道。

"德西乌斯，跟我来。森德克，你留在这里，"加罗说道，"告诉哈库尔我们正前往他的位置,并让所有人保持警戒。"

"是,长官。"森德克点头同意。

加罗转向那位老影月苍狼,说道:"克鲁兹连长,我想要你在此接替我的岗位,如果你愿意的话。"

亚克顿利落地敬了个礼。"这是你的船,小伙子。我会依照你的命令行事。我的经验也许对这些年轻人有些用处。"

加罗准备离开,发现奇勒仍在这里,站在他的面前。"你会接受考验。"她突然开口说道。

"对此,我从未怀疑。"加罗推开她。

安杜斯·哈库尔在他的一生中杀死过许多人。无数敌手倒在了他的枪口、他的剑刃和他的拳头下,那都是迅捷果断的死亡。在他效劳于第十四军团期间,这位老兵曾与兽人、灵族、约伽尔族和海科西族战斗过,他杀过野兽,也戮过人类,但他今日所对战的敌人是他从未见过的类型。

第一道警报来自塞韦纳亚的导航副手,她在密室门口尖叫着,哭泣不已,口齿不清。那个女人倒在了地上,四肢纤细,斗篷褶皱。她的手在抽搐,指着走廊的角落,仿佛她能看到那里有什么哈库尔和其他阿斯塔特看不到的东西。哈库尔走向她,皮肤感觉到一阵寒意,仿佛他走近了一个冷藏室。随后他看到了,就在自己的视线边缘,一道颜色怪异的闪光,如同黑暗中闪烁的萤火虫。那道光转瞬即逝,让他以为这只是自己的大脑幻觉,是压力和战斗疲惫的后遗症。

哈库尔还没有反应过来,第一个怪物便从烟雾中冒了出来,杀死了他面前的那位死亡守卫。哈库尔下意识开火了,他知道自己的战斗兄弟已无法挽回,便朝着那半透明的形体射出了三发子弹。那东西在尖叫声中死去了,但那声音化作一声号角,突然间,不同的新形体自墙壁和地板中现身。它们的臭气是如此强烈,令哈库尔感到恶心。那位副手已经跪倒在地,激烈呕吐着。

"血誓哪!"他的一位小队成员咒骂道,"腐败至死!"

实际情况糟糕百倍。那些怪物所现身的切口散发出瘟疫,恶臭味席卷走廊。臭气覆盖的地方,真菌和变色铁锈沿着钢铁甲板中的裂缝散开,但这仅仅只是恐怖病态的入侵者的前兆。

它们让哈库尔恶心到一定程度，他迅速发起了攻击，这些东西是如此令人厌恶，以至于它们的存在都令他反感不已。这些怪物形似人类，但仅仅只是在最基本的层次上。

他们杀死了许多怪物，但那些汩汩作响的怪物仍高声尖叫着，朝着死亡守卫疾行而来。哈库尔看到他们拿下了第二个兄弟，紧接着又是两个，而他正朝着它们倾泻子弹。

随后加罗出现在了走廊的另一端，还有德西乌斯和几个援军。怪物们被夹在了两队阿斯塔特之间，前进受阻，战斗连长则杀入敌阵。自由剑上下翻飞，闪闪发光。德西乌斯拿出一把喷火枪，用钷素射流燃烧那些怪物。哈库尔利用这场扰乱救回了那位副手，将她拉出战线。

她尖叫着，挣扎着，双手击打着哈库尔的胸甲。"眼睛和鲜血！"她哀号着，"但却是在疫病之中！"

加罗踩死了最后一个怪物，靴子刮擦着遗骸，面露怪相。"让她安静。"他厉声说道。

德西乌斯的手捂在头盔的呼吸格栅上。"以泰拉之名，这可真臭！"

哈库尔将那个女人交给他的一个手下，自己前去向战斗连长报告。加罗专注地倾听着。"消息从舰船各处传来，都是同样的情况：变异怪物显形，身后留下腐败。"

"是亚空间，"德西乌斯阴郁地说道，"我们全都知道那些故事，掠夺迷失或脆弱舰船的掠食者。"他朝着墙壁示意，"如果盖勒力场失效，那些东西就会淹没我们。"

"我相信卡赖亚舰长的舰员们能防止那样的情况发生，"加罗回答道，"与此同时，一旦发现这些不洁的秽物，我们便消灭它们。"

"不洁，不洁！"那位副手吟咏道，挣脱哈库尔的手下，"我看到了！在眼睛里面！"她狂乱地撕扯着自己的脸庞，"你也看到了！"

那个女人以狂暴的速度冲向加罗，在加罗挡开她前，那位副手已经将自己刺穿在了动力剑嘶嘶作响的剑刃上。

加罗猛地向后抽动，但已经太迟了。那位副手，效力于高阶导航者塞韦纳亚的一位第三阶导航者，紧贴在加罗身上，血淋淋的手指抓挠着他的躯体。"你看到了！"她喘息着，"很快，终结将至！万物都将凋零。"

终结将至。又一次，那个约伽尔孩童的话语如同将死猛禽一般飘过他的脑海，尖声下落。加罗感到血脉偾张，皮肤燥热，他的喉咙绷紧了，就像他与莫塔瑞恩喝下那杯毒酒一样。他颤抖不已，突然间难以开口。那女人扬起的脸庞变作了白纸，老迈破碎。她滑倒在地，脱离自由剑的剑尖，残尸遗骸变为灰烬，随后化作虚无。

"大人？"哈库尔的声音粗哑迟缓，仿佛是透过液体的回音。加罗转身面对他所信任的这位士官，却直往后退。哈库尔和其他人正缓慢腐烂，但他们似乎都没有意识到。他们那光辉的白色盔甲褪色为令人恶心的淡绿色，那是新近死亡的颜色。苍蝇飘浮在那些染疫阿斯塔特的畸形脑袋周围。加罗深感厌恶。战士们的畸形身体涌了过来，嘴中发出噼啪作响、含糊不清的话语。加罗看到他们肩上的死亡守卫骷髅星星消失了，取而代之的是三个黑色的圆形。他的注意力移开了。他看到了一个幽灵般的形体高耸在战士们身后，它太过高大，难以进入这狭窄的走廊，但他却站在加罗的面前，用骷髅般的手爪向他示意。

"莫塔瑞恩？"他问道。

原体的扭曲影像点点头，黑色的兜帽缓缓下沉，表示承认。加罗看到原体的盔甲已不再是闪烁的钢铁黄铜，而是腐蚀变色的老旧铜色，身上布满了脏兮兮的绷带和铁锈。死亡之主已然不再，取而代之的是一个纯粹腐化的怪物。

"来吧，内森尼尔。"那声音如同枯树间的风之低语，宛如墓冢的呼吸，"很快，我们都将接纳腐败之主。"

终结将至。这话语在他的脑海中回荡着，宛若钟鸣，加罗低头看向自己的双手。他的拳套已化作粉末，手指上的肉纷纷脱落，露出骨骼，又化作焦黑的细枝。"不！"他的喉咙中努力挤出抗拒之声，"这不可能！"

"大人？"哈库尔轻拍他的肩膀，脸上满是忧虑，"您还好吗？"

加罗眨眨眼，看到甲板上躺着那个死去的女人，她的尸体仍然完好。加罗看向四周。那恐怖的幻象消失了，像泡沫一样破裂。德西乌斯和其他人看着他，脸上露出明显的忧虑。

"您……似乎走神了片刻，连长。"哈库尔说道。

加罗将纷乱的情绪赶出脑海。"这还没有结束，"他强调，"更糟糕的即将来临。"

德西乌斯轻拍他的头盔，报告："长官，来自沃延的信号，在下层。火炮甲板出事了。"

据说，物质领域的万事万物都会在亚空间产生回音：人的情感，他们的愿望和杀戮欲，对改变的渴望，以及生死循环。帝国的逻辑学家和思想家们思考着非物界反复无常和深不可知的本质，拼命试图用辞藻的牢笼去概括那些只能体会却无法理解的事物。有的人大胆猜测，亚空间中也许有着某种生命，甚至可能拥有某种智能。还有的人——他们聚集于隐秘之处，小声敬畏地交谈着——甚至大胆提出，这些黑暗的力量也许比人类更加优越。

封闭火炮甲板有毒区域的防爆门尚未重新打开。护卫舰舰员们在逃离伊斯特凡时，注意力放在了更重要的事情上面，而清理死者则成了次要的考量。

生命吞噬者病毒早已消逝。尽管那些微生物强大又致命，但十分短命，而加罗连长迅速向虚空排出舱室空气的行动阻止了毒物发挥其完全作用。病毒离开了传播空气便无法生存，因此它消逝了，但与此同时，它所造成的毁灭遗留了下来。处于各种腐烂状态的尸骸四散在甲板上，阿斯塔特和普通人躺在他们倒下的地方，病菌侵蚀着他们的身体。

正是在这个状态下，那股接触发现了它们。生命流逝，而对生于变幻无穷的亚空间中的事物而言，扭曲重塑它们易如反掌。小心翼翼地放下标记，注入比人类的病毒还要毒的崭新进化体。死亡化作了新生，尽管其形态并不会令人类之眼感到愉悦。

在毫无空气的寂静中，冻僵在甲板上的结冰手指开始抽动，摆脱覆盖的冰霜。腐败的精华流动着，铁锈凝结在防爆门机械上，让它们变得脆弱不堪。那些受到恩泽的人再次行走起来，逃避了死亡，化作扭曲的存在。

艾森斯坦号有两条长长的大道连接着护卫舰的左舷和右舷，每隔几米就有一道细细的观察口，在锃亮的钢铁甲板上洒下一束束光。正是在这个地方，自左舷第九十七号舰体框架起十步左右，死亡守卫与死亡守卫短兵相接。

加罗从远处便看到了那些畸形怪物，以为这又是他们之前在导航密室遭遇的那些怪异的瘟疫怪物，但他迅速意识到它们的体积不太对劲，这些疫病怪物的身高与阿斯塔特相当。当它们走入光线中时，加罗的眼前所见令他停下了步伐，空着的手在震惊中捂住了自己的嘴巴。

"以帝皇之名，"哈库尔哽咽了，"这是什么恐怖之物？"

加罗感到血凝成冰。那位将死副手传出的可怕幻象似乎突然间在他眼前成了真，再现于这些变异肿胀的死亡守卫战士身上。沃延在走廊入口加入了加罗和其他人，而即便是这位见识过诸多疾病的药剂师，看到这些扭曲的人形怪物也感到了恶心。

加罗意识到之前的幻象是一个警告，是对他在此遭遇的短暂一瞥，以及失败可能产生的后果。

在那些畸形阿斯塔特的腿脚周围，是艾森斯坦号曾经的舰员，这些人并未遭到生命吞噬者的彻底毒噬。他们吼叫着，向前爬，攻击加罗的战士们。德西乌斯率先开火，死亡守卫们的爆矢枪和喷火枪也随之喷吐。

一团槁骨腐肉扑向甲板，它开口，一股恶臭气息扑鼻而来。"主人……"

加罗看到了那件长袍，以及它脖子周围的骷髅图章。"卡莱布？"加罗认出了它，感到退缩，他的侍卫被可怕的力量转变成了此般憎恶的生物，他对此感到恶心不已。加罗毫不犹豫地翻转手中的自由剑，斩下了那个怪物的首级。他衷心希望死第二次已经足矣。在那瞬间，加罗也希望自己的朋友能够原谅自己。

"注意，"他喊道，"这是佯攻！"

这些破碎的舰员怪物只是在为他们身后的突变阿斯塔特吸引火力。那些怪物冲进甲板大道，一个有着金属蹄脚的蹒跚形体自其不死兄弟间走上前来。它的身形同身着终结者盔甲的兄弟一样大，而随着加罗的目光落到它身上，那怪物似乎在逐渐变大。金属扭曲破裂，而在那仍然形似阿斯塔特盔甲的破碎陶钢顶上，是带着条痕的脖子，上面顶着个肥硕的头颅。怪物头上那双充血黏稠的眼睛转向加罗。它眨了眨眼。

"你觉得我们的新面貌漂亮吗，内森尼尔？"它发出令人作呕的声音，汩汩作响，"我有冒犯到你那脆弱的感官吗？"

"格鲁尔格。"加罗发出嘶声，道出那名字，如同诅咒，"你变成了什么？"

格鲁尔格怪物低头抽搐，一只角从他的眉毛中央伸了出来，闪着液体，与泰丰的带角头盔十分相似。"成为了强者，你这迂腐的蠢货，强者！第一连长是对的。这力量即将开花结果。"他再次震颤着。

加罗朝着甲板吐了口水,清掉喉咙中积聚的恶臭。格鲁尔格和他的病态群体周围的空气都满是疫病,比那异形瓶状船中的刺鼻大气还要糟糕,比百余死亡世界的毒素都要糟糕。"不论是什么力量复活了你,那都是徒劳无功的!我会杀死你无数次!"

那肿胀的怪物伸出一只扭曲的手,说道:"欢迎你来尝试,泰拉人。"

战斗连长冲入战斗,爆矢枪和利剑一齐划出死亡之弧,砍向那怪物。酣战中,加罗的思绪退入熟悉的操练格式,近战手法已因数千小时的战斗而深入骨髓。在这种状态下,他应该很容易摆脱对这些亚空间孽物所产生的恐惧,仅仅专注于战斗。然而,现实恰恰相反。

加罗目睹过病毒侵蚀这些人。仅仅数小时前他便在防爆门的另一侧听到过他们的将死尖叫,而如今他们站在他面前,转变成了某种疾病的活体化身,他们的畸形生命由他所无法理解的事物维系着。这是巫术吗?在帝皇的世俗宇宙中,这种东西存在吗?加罗用他坚信的真理和客观现实所小心构建的世界观,在过去的每时每刻都在崩塌,仿佛宇宙决定撕碎他所以为的真相,并向他展露其中的谎言。这位死亡守卫用尽全力平复内心的混乱,将他的思绪转到单纯的战斗上来。

一发爆矢弹擦过了身旁的沃延,在他的肩甲上洒下浓厚的液体。药剂师踉跄着躲过了一个骨制的古怪狼牙棒。那武器击中了一位低阶战士的喉咙,他抓挠着那癌化的伤口,就此殒命。加罗咆哮着,爆矢枪随之鸣响,一阵射击将那个杀手撂倒在地。战斗连长咒骂着,那个变异阿斯塔特颤抖着。爆矢枪本该当场了结它的性命。但加罗冲上前去,一剑斩下了那个叛徒的头颅,结果了它。

那些踉踉跄跄、满身污秽的怪物仍在走上前来,它们用躯体将加罗与战士们的战线分割包围,格鲁尔格则来回移动着,保持在近战范围之外。也许,加罗不该对难以杀死这些突变体感到惊讶。它们的行进效仿着第十四军团的战斗信条,顽强无情的前进构成了死亡守卫步兵教条的核心。毫无疑问,敌人在这方面十分相当,但加罗的手下只是阿斯塔特,尽管帝皇是他的见证人,他也并不了解敌人的本质。加罗只知道他的内心深怀着憎恶,而他必须消灭曾经的兄弟如今所变成的这些可憎扭曲之物。

德西乌斯与其他死亡守卫分开了，他正遭受着一群舰员组成的行尸走肉的围攻，护卫舰舰员们复活的尸骸抓挠着他，用股骨和头颅制成的棍棒击打着他。他的喷火器已经耗尽，手中的链锯剑格格不休，动力拳噼啪作响，他奋力厮杀着。

德西乌斯感到疑惑，是什么力量驱使着这些敌人？他知道科学无法让死尸再次复活，然而此地所发生的事正是证明，复活的死尸嘶嘶作响，向他抓来。复活者似乎沐浴在非物质界的光芒中，那道光来自大道厚重的强化玻璃窗外，以混乱的模式掠过它们浮肿苍白的肉体。这位死亡守卫的内心深处对这群瘟疫载体所展现出的恢复力和可怖潜能感到惊奇。它们是致命疾病的鲜活容器，是最纯粹却又最致命的武器宿主。

德西乌斯为他片刻的分心付出了代价，一阵痛苦感传遍他的动力拳。太迟了，他感觉到来自后方的打击，并试着将之偏转。格鲁尔格高大的躯体移动迅速，对于如此臃肿污秽之物而言实在是太快了。这位畸形战士的战斗匕首在空中划出一条淡淡的弧线；就像其所有者一样，曾经优良的阿斯塔特武器如今已化作腐败之物，明亮的月钢打造的分形刀刃转变成了锈铁构成的钝化匕首。

这道打击瞄准的是德西乌斯的肩膀，试图刺穿他的盔甲，将他的主心脏切为两半，但这位阿斯塔特移开了。德西乌斯成功躲开了这致命一击，但他的反应仍不足以让他躲开一记劈砍，他的陶钢甲被切开了。德西乌斯倒在地上，翻滚大叫着。痛苦沿着他的神经迸发，被匕首撕开的动力拳已经失效。

他双眼大睁，看到铁锈和腐蚀吞噬着受损的金属，如同腐败的延时图像。德西乌斯感到痛入骨髓，植入器官开始加倍努力阻止二次感染之潮，他浑身是汗。

是腐蚀！他已经能看到自己被瘟疫匕首划伤的皮肤肿胀起泡。德西乌斯的胃部翻江倒海，遍布格鲁尔格刀刃上的无形噬菌体开始在他体内积聚。他抑制住自己的胆汁，那个扭曲的死亡守卫耸立在他面前。

"没有人能超越熵而存在！"格鲁尔格啐道，"大毁灭者的印记将沾染万物！"

他的关节开始肿胀发炎，疼痛不已。德西乌斯以极大的努力举起他的链锯剑。那个臃肿的突变体向后退开，以防那位年轻的阿斯塔特劈砍他，但相反，德西乌斯用力砍向他肘关节下的手臂。随着一声充满恨意的尖叫，这位年轻的阿斯塔特斩断了自己的手臂，让瘟疫肆虐的肉体和破碎的金属拳套脱落开来。

他的视线模糊了，这位年轻人的身躯已经处于抵抗感染和伤势的极限，难以维持他的意识。德西乌斯眨动双眼，身体松弛，陷入休眠。

格鲁尔格嗤之以鼻，吐出一口酸性黏痰，随后再次将他的瘟疫匕首举在德西乌斯一动不动的躯体上。但重型爆矢弹射入了他的后背，让他在施以致命一击前便失去了平衡。

加罗的瞄准十分准确，格鲁尔格怪物跟跄着退向舰体墙壁，远离了德西乌斯。内森尼尔想要留意下那个男孩，确保他还活着，但他的老对手只是受了伤，在加罗看来，这些复活者痊愈的速度和他所造成伤害的速度一样快。在他周围，沃延、哈库尔和其他人都在各自为战。他将"为何"的问题赶出自己的脑海，而专注于"如何"的问题——我如何才能杀死他？

格鲁尔格转过身，发出一声咕噜咆哮，留下潮湿的绿色鲜血。加罗的老敌手一把抓向他，瘟疫匕首和癌化手指划过空中，却没能命中。加罗再次开火，却听到了爆矢枪射光的空洞咔嗒声。他毫不犹豫地扔下枪，双手紧握住自由剑。

"我知道这一刻会到来的，"那突变体发出咯咯声，"我不会失败。我对你的憎恨超越死亡！"

加罗报之以苦笑。"你一直都是一个自吹自擂的蠢货，伊格纳提乌斯。在战场上，你仍有所裨益，但现在，你就是一个可憎之物！你是阿斯塔特所抗拒的一切，是死亡守卫的对立面。"

格鲁尔格再次吐了口水，笨拙地冲了过来，满怀愤怒，加罗迅速避开。"内森尼尔！实在盲目！我是未来的先驱，而你只是个可怜鬼！"他用那手指扭曲的拳头击打着自己生锈的胸甲，"亚空间的接触才是前途。如果你没那么目光狭隘感情脆弱，那你就会明白！存在于外的力量，令你的帝皇都相形见绌！"格鲁尔格用他的匕首指向星舰外颤动的猩红光芒，"我们将会成为不死之身，永垂不朽！"

"不！"加罗说道，举起利剑。自由剑挥下，砍入格鲁尔格那鱼腹般的白肉肚。内森尼尔的剑刃接触到疫病肉体，令他惊恐的是，剑刃在沉入其内。

利剑并未刺穿柔韧的皮肤，相反它被包裹在面团似的泥沼中，仿佛沉入流沙一般。剑刃的能量闪烁熄灭。格鲁尔格发出低沉愉悦的声音，胀开他的桶状胸，将那把武器吸入他体内。"你毫无胜算，"他嘶声道，"唯有疫病和持久的痛苦。我会让这艘船成为尖声惊叫的肉体祭品——"

"够了！"加罗无法拔出他的剑。相反，他向前捅入。战斗连长倾尽全力，将利剑划下。随着一声愤怒的咆哮，他劈开了格鲁尔格，自由剑终于挣脱了出来。

艾森斯坦号的甲板在加罗脚下震颤着，刹那间，连长的注意力被护卫舰两侧涌起的翻腾闪电链吸引。

他听到了哈库尔的喊叫声："是盖勒力场！它正在失效！"

加罗毫不理会格鲁尔格的尖声大笑，在他们脑袋周围的浓郁空气中开始浮现闪烁的火光。他想起了导航密室出现的矮小瘟疫载体和圆形剃刀状的凶猛掠食者。如果它们前来壮大格鲁尔格和他的变异大军，那么形势将会不利于加罗。他能看到他们战斗正渐渐失利，对战事的准确预估刻在他的脑海中，正如在约伽尔族瓶状世界和此前的百余场战斗一样。在输掉这场战斗以前，他只有片刻的时间。

格鲁尔格看到了他脸上的表情，放声大笑。那位突变阿斯塔特朝着外面翻江倒海的地狱之光摊开双手，就像是一位心甘情愿的祈求者，沐浴在异域能量之中。在外面，将护卫舰与疯狂相分隔的人工力场薄膜正在瓦解。这股疫病侵袭已经削弱了力场，并且让格鲁尔格得以复活，让亚空间野兽得以突入，盖勒力场在异域辐射下渐渐瓦解，一层层脱落，宛若骨肉分离。

加罗在通信中大喊，决心孤注一掷。"克鲁兹！"他喊道，"听我说！带我们离开亚空间，紧急回归！快！"

在兵刃交锋声和嗡嗡干扰声中，他在背景中听到众人提高了嗓音，舰桥舰员对于他的要求感到震惊。那位影月苍狼依然警惕。"加罗，再说一遍？"

"离开非物质界！这些入侵者，亚空间定是在以某种方式维系着它们！如果我们留在这里，我们会失去这艘船！"

"我们无法回归！"沃特的声音充满惊慌，"我们并不知道我们在哪，我们可能会出现在一个恒星里面，或者是——"

"快去做！"这道命令如雷咆哮。

"是的,连长,"克鲁兹并未犹豫,"做好准备!"

"不,不,不!"格鲁尔格咚咚咚地踏过甲板,朝他走来,举起刀刃,"你不能夺走我的成果!我要看你死,加罗!我会比你活得更久!"

战斗连长举起剑刃,挡开格鲁尔格。"滚开,你这恶臭怪物!滚回你的地狱,闷死去吧!"

一阵耀眼的蓝白电光自强化窗口中传来,标志着亚空间门的打开,护卫舰落入那尖啸的巨口,回到现实空间。格鲁尔格及其怪物同类在痛苦和狂热中齐声吼叫,随后便消失了。

加罗目睹了这一切,而他仍然无法解释。他目睹着咆哮闪烁的幻影自一团肉身上脱离,仿佛是被卷入飓风中的叶子,刹那间,他同时看到了那个突变体以及伊格纳提乌斯·格鲁尔格曾经的人样,随后那尖啸着的形体便被拉走了。所有扭曲的死亡守卫的体内能量也随之一齐离开了舰体。灵魂,加罗告诉自己,他的脑海无法想出别的任何解释,除了这最为超自然、最不真实的概念。他们的灵魂被亚空间带走了。

这艘小小的护卫舰返回了现实中,身处一片黑暗且无人居住的星际空间,火焰和碎片拖曳于身后,粗暴的紧急回归和盖勒泡的瓦解产生了一波波辐射。这里看不见星星,附近也没有星球,唯有尘埃和虚空。

漫无目的,漂泊无依,艾森斯坦号在坠落。

第十二章

虚空
凡人的教会
迷失

"病者和伤者的气味,"沃延说道,阴郁恼怒,"弥漫着这艘船。"

加罗并未迎上他的目光,相反他漫步于艾森斯坦号的医务室内。这艘护卫舰的医务室接近爆满,金属板组成的简易隔墙将长长大厅分隔成了多个区域,防止任何交叉感染的机会。在大厅另一端,隔离病房隐藏于厚墙、磨砂玻璃和钢铁密封门后。加罗稳步走了过去,绕过医疗机仆和医生们。药剂师紧跟着他。

"遗体会被浇上液态钜素,并燃烧大半天,"沃特继续说道,"随后机仆会将它们扔进太空。保险起见,机仆随后会被哈库尔处决。"

遗体。他们用这个词来描述格鲁尔格及其手下所留下的疫病肉体。如此非人化的描述能令人相对轻松些。

面对那些尸骸曾经的模样,以及它们所变成的样子,加罗的手下对此般场面都没有做好准备。

沃延对此的反应尤为糟糕。他和加罗一样是一位战士,同时他也是一位立誓医师,于他而言,目睹死者复活并化身为翻腾疫病的熔炉令这位阿斯塔特深感忧虑,这种感受比他所承认的更甚。加罗透过他兜帽下的双眼看到了真相,也从中看到了自己的感受。

随着导航者的死去,他们现在已经抛了锚,随波逐流,战斗和追击时所产生的肾上腺素已经消退。取而代之的是对已经发生之事的评估,他们意识到这件事所蕴含的信息并不乐观。如果死亡并非终结,如果格鲁尔格身上发生的事是真实的,而非某种亚空间产生的幻觉……那么他们所有人是否都会落得这样的命运?想到这可能是荷鲁斯背叛契约中的某些要素,加罗感到寒意彻骨。

沃延再次开口说道:"森德克检查星图有何结果?"

加罗摇了摇头,觉得没有理由隐瞒真相。"那个女人,沃特,她一直在和森德克共同努力,但结果并不乐观。他们所能确定的是,舰船回归到了英仙座虚空区边缘外的某处现实空间,但这也只是基于一定知识的猜测。商船和侦察船都未曾深入过这个区域。"他深吸了口气。他们在这里停航多久了?数天,或是数周?在舰船内,一切都是一成不变的,烟气缭绕的暮光让人很难判断时间的流逝。

他们经过了一段墙,成群的冷冻舱悬挂在巨大的钢铁支柱上,沃延踌躇了。"针对导航者塞韦纳亚的尸检已经完成,我检查过了。"他指向一个冷冻舱。加罗能看到舱内的一张憔悴的灰色面容。"正如卡赖亚舰长所猜测的。这位导航者在交火中受了伤,但他死于亚空间紧急跃迁产生的灵能冲击。他的副手和奴仆皆失血而死。在他已经很虚弱的状态下,死亡是不可避免的。"

"还不如我把爆矢枪抵着他的脑袋扣下扳机,"加罗皱起眉,"我本应知道的。舰船上疯狂肆虐,我本应知道他活不过这场旅途。"沃延并未直接回应,加罗看向他。"我有什么选择?"他断然说道,"盖勒力场濒临崩溃。我们会被亚空间撕碎,或者湮灭于引擎爆炸。"

"你做了你认为正确的事。"沃延回答道,难以抑制住话语中的责备。

"先是德西乌斯质疑我,现在又是你?你会做出不同的选择?"

"我不是战斗连长,"这位阿斯塔特医师说道,"我只能观察我的指挥官所作选择的后果。我们的舰船漫无目的地漂流在未知空间,没有救援。星语者和导航者都死了,因此我们也无法呼救,也没有机会再次冒险进入亚空间。"他的双眼闪烁着克制的愤怒,"我们逃离了伊斯特凡的叛乱,却只会死在这里,我们的信息无人知晓,而战帅能够在他背叛的消息传到之前抵达泰拉。绝望游荡于这艘船的走廊中,长官,就像那些突变杀手一样真切!"

"我一如既往地感激你的坦诚,梅里克。"加罗承认,对于沃延胆敢说出如此近乎抗命的话,加罗克制着内心想要训斥他的冲动。他们继续前行。"跟我说说其他伤亡。"

"许多官兵都受了伤,有几个人死于……那场侵袭。"

"我们的战斗兄弟呢?"

沃延叹了口气。"在与那些怪物的战斗中倒下的人都死了,大人。除了德西乌斯，而即便如此他也处于濒死边缘。"药剂师朝着密封区点点头，"他体内的感染正试图淹没他，我已经尽我所能运用手下的各种药物和设备。我承认他的病超出了我的知识范围。"

"他的存活概率有多少？我不想要含糊其词。他会活下来吗？"

"我没法回答，大人。他正努力抗争，但他的力量最终会衰退，而他得的这个病我以前从未见闻过。它时时刻刻都在变化，模仿着不同的噬菌体，一点点消磨他的抵抗力。"沃延露出冷酷的目光，"您应该考虑给予他解脱。"

加罗眯起双眼。"一系列事件已经迫使我了结了太多同胞的性命！现在你要求我杀掉一个太过虚弱难以保护自己的人？"

"这是仁慈。"

"为了谁？"加罗质问道，"为了德西乌斯，还是你？我看到了你几乎难以掩藏的厌恶，沃延。你想要处理掉攻击我们的这些污秽的一切证据，嗯？对你而言这很容易，忽视掉其后果，以及和你那该死结社的任何联系！"

药剂师呆住了，被指挥官的爆发惊得哑口无言。

加罗看到了他的反应，立刻对自己说的话感到后悔。他移开目光，看到那位影月苍狼正走过来。"我很抱歉，梅里克，我说话出格了。我的挫折感压倒了我的理性——"

沃延掩盖住自己受伤的神态。"我得去履行职责了，大人，如蒙许可。"他走开了，克鲁兹则走了过来。

那位老阿斯塔特回头瞥了一眼。"我们以为自己已见多识广，然而总有一天宇宙会向我们展示这种傲慢有多愚蠢。"

"是啊。"加罗勉强说道。

克鲁兹点点头。"连长，我自作主张整理了一份伊斯特凡撤退之后的战斗序列，供你审查。"他递过一个数据板，"只有四十多位前线阿斯塔特以及二十多位老兵，包括我。五位战士在逃离时受了重伤，但若是需要仍能够战斗。这个数字不包括你和药剂师。"

"索伦·德西乌斯并没有在名单上。"

"他正处于昏迷中，不是吗？他是伤残人员，无法战斗。"

连长用他的拳头敲了敲自己的强化腿，面露蔑视。"有的人跟我说过同样的话，而我证明他错了！只要德西乌斯还活着，他就仍是我的一位战士。"加罗驳斥道，"你要把他加入名单，除非我让你去除。"

"悉听尊便。"克鲁兹说道。

加罗掂了掂手中的数据板。"七十个人，亚克顿。在伊斯特凡的数千阿斯塔特中，我们是仅存的，且远离战帅背叛行径的人。"他仍然很难大声说出这些话，并且他看到克鲁兹也很难接受这些话。

"会有其他人的，"那位影月苍狼坚称，"塔维兹，洛肯，瓦伦……他们全都是坚定的战士，对于此等叛乱不会坐视不管。"

"对此我并不怀疑，"这位死亡守卫回答道，"但每当我想到他们被抛弃，而我们则逃入了亚空间——"他失语了，声音绷紧。病毒轰炸的记忆仍然令人痛苦。"我在想有多少人赶在瘟疫和火焰风暴前抵达了避难所。要是我们能拯救一些人，营救更多的兄弟。"加罗想到了索尔·塔维兹和乌利斯·特米特尔，希望自己的朋友们能痛快地死去。

"这艘船的职责是充当信使，而非救生船。就我们所知，其他船也可能逃脱了，或者前去了地表。舰队很大，战帅不可能留意到每个地方。"

"也许吧，"加罗说道，"但我无法面对我在此的兄弟，也看不到那些被抛弃去面对荷鲁斯的兄弟。"他伫立着，手套按在隔离室厚重的强化玻璃上，端详着德西乌斯苍白的面容，那位年轻人正躺在一团维生设备和自动药剂装置中。"我感觉我在一天内老了几百岁。"他承认道。

克鲁兹发出干笑声，嗤之以鼻。"就这？要是和我活得一样久，你就会明白，重要的不是岁月，而是你走过的距离。"

加罗避开他战友的目光。"照这么算，我还是很老。"

"恕我直言，你还是个毛头小伙，战斗连长加罗。"

"你这么觉得，影月苍狼？"加罗回答道，"你忘记了我们所穿越的领域的本质。我敢保证，如果我们按照帝国历法对比我们的出生日期，我会和你一样老，兄弟，也许比你更老。"

"不可能。"那位阿斯塔特讥笑道。

"是吗？泰拉和科索尼亚的时间流逝不一样。在亚空间中，时间变得具有可塑性，无法预测。要是以我穿越那地狱领域的时间，或是在亚光速航行中处于冰冻睡眠假死状态的时间来看……我也许比不上你，但就年表而言，事情可能就有所不同了。"他看向德西乌斯，"我看到这位可怜又青涩的男孩，好奇他是否会活下来，目睹我所经历的荣耀，拥有如我一般的阅历。今天，我感到前所未有的疲惫。逝去的光阴和迟延的死期在拖拽着我。这份重压快要将我压垮。"

克鲁兹那饱经风霜的惯常神态消弭了片刻，这位老战士将一只手搭在加罗肩膀上。"兄弟，这是我们活着时皆要承受的重压，帝皇给予阿斯塔特以重任。我们必须为了人类和帝国的未来负重前行，为了帝皇保驾护航。今日，这份重担前所未有之重，而我们已目睹了那些无法坚持到底的人。他们选择……"他深吸一口气，"荷鲁斯选择抛弃这份重担，成为背弃誓言者，因此我们必须在没有他的情况下背负这重担。你必须背负这重担，内森尼尔。我们所背负的警告不能在此黑暗之中无人知晓。你必须做你该做的，警告泰拉。其他一切考量，我们的性命，我们兄弟的性命，与这项任务相比都是微不足道的。"

"是的，"加罗沉默片刻后说道，"你只是道出了我内心中的话语，但听到另一个人这么说令我倍感坚定。"

"耳旁风的话最终都听到了，嗯？可惜是在如此事态变化之后才发生。"

"我接受自己的命运，"这位死亡守卫指着印在他胸甲上的誓言纸，"然而我却并不理解。"

"无须理解，"克鲁兹引用那古老的格言，"只需服从。"

"不对，"加罗指出，"服从，盲目的服从，会让我们追随荷鲁斯的旗帜，忤逆帝皇。我想要理解为什么，亚克顿。为什么他要这么做，针对全人类的父亲？"

"这个问题一次又一次浮现。"这位影月苍狼的脸庞上闪过一丝阴影，"见鬼，内森尼尔。见鬼我没有看清这一切，还太过骄傲拒绝接受。"

"结社。"

"不只如此，"克鲁兹说道，"事后看来，彼时我所看到的琐碎之事意义并不大，同胞眼神和措辞的转变。如今，在现实之光下，它们突然间都显露出了不同的含义。"他沉思片刻，"扎弗耶·朱伯在 63-19 上的死，英特雷斯之焚……戴文，是在戴文上，事态开始转变，发展到危急关头。荷鲁斯倒下了，随后他又站了起来，被秘术所治愈。我那时就知道，即便我不敢深入探究。人们利用兄弟会的优良和开放本性，将之渐渐化为己用。曾经忠诚奉献的战士内心开始滋生暗影，我曾看着这些阿斯塔特从小崽子成长为优秀正直的兄弟。当我最终道出这些事情的时候，他们觉得我只是个老糊涂，除了战争故事和嘲讽对象外，我一无是处。"这位影月苍狼移开目光，"我的罪行，兄弟，我的罪行便是放任他们。我选择了轻松的道路。"

加罗摇摇头。"如果事实果真如此，那么你就不会在这里了。要说最近的事情教会了我什么，那就是我们所有人都有受到考验的那一刻。"在他这么说的时候，悠弗拉迪·奇勒再次浮现在他的脑海中，"那一刻才是真正评判我们的时刻，亚克顿。我们不能垮掉，老头，否则我们将万劫不复。"

克鲁兹轻声笑道。"奇怪，是我们选择那个词的吗？那个充满宗教色彩和神圣信条的词，是我们立誓效劳的世俗真理的对立面。"

"信念并非总是和宗教有关，"加罗说道，"信仰既属于神，也属于人。"

"你这么觉得？那么也许你该深入下层甲板，拜访下四十九层的空水库，与聚集在那里的人分享你的观点。"

加罗皱起眉头，疑惑道："我不明白你的意思。"

"据我了解，你的船上有个教会，连长，"亚克顿说道，"而信众每天都在增加。"

梅萨蒂敲了敲辛德曼的肩膀，辛德曼抬起头。他放下电子笔和数据板，看到梅萨蒂身旁有几个人跟着她，是两位身着工程部低级军官制服的人。

这位记述者踌躇了，其中一人开口说道："我们来见圣人。"

凯瑞尔瞥向简易小教堂。他看到悠弗拉迪在那里，一边谈话一边微笑。"当然，"他开口道，"你们可能得等等。"

"没事，"另一个人说道，"我们已经下班了。之前没能赶上……布道。"

这位宣讲者露出微笑。"能有几个志趣相投的人一起交流，这很难得。"他朝着那位黑皮肤的女人点点头，"梅萨蒂，你能把这几位年轻的先生们带上去吗？"他拍了拍自己的口袋，"我想我还有一个册子能给你们俩。"

"已经有了。"第一个开口的人说道。他向辛德曼展示出一个磨损的小册子，是某种老旧机器印刷的，十分粗糙。这不是他之前看过的小册子，不是复仇之魂号上传播的那种。看来圣言录在他抵达艾森斯坦号很久以前就已经流入这里了。

欧丽顿带着那两个人走了，凯瑞尔看着她离去。像他们所有人一样，直到现在欧丽顿才开始明白她眼前的这条道路。辛德曼知道她恪守着作为记述者的职责，但她储存于强化头颅记忆卷盘中的回忆并非伟大远征和荷鲁斯的荣耀故事。梅萨蒂轻易融入了纪实作者的角色，记录着他们的新兴信条。她现在所撰写的是悠弗拉迪·奇勒的故事，她将这些故事存储、编辑，汇成连贯完整的记述。凯瑞尔低头看着他的数据板，他正试图整理自己的思绪，并反省自我。他怎会想到自己会成为此般事业的一分子？在他周围，一个教会，一个信仰体系正逐渐成形，在战帅叛乱的阴影之下积聚信众和力量。命运怎会认为他，凯瑞尔·辛德曼，帝国真理的首席宣讲者，适合这样的新角色？然而如今他发现自己指导着奇勒的福音，将这些话语塑造得适合人们倾听，连梅萨蒂都站在他身旁，眨眼存储静态图像，记录下悠弗拉迪的所作所为。

  辛德曼已经不止一次地探究让他走到这一步的一系列事件，他思忖着，要是自己曾经的言谈思想都有所不同，事情将会怎样发展。毫无疑问的是，若不是依靠洛肯的战友克鲁兹救了他们的性命，他现在应该已经死了，死于荷鲁斯战斗母舰上的记述者大屠杀。他在看到轰炸伊斯特凡Ⅲ时所感觉到的恐惧回音再次在他身边回荡。死亡曾近在咫尺，然而悠弗拉迪却并未显露出忧惧。她知道他们会活下来，正如她能够引导他们来到这艘舰船并逃离一样。曾经，他反对关于神力以及与其交流的所谓圣人的概念。悠弗拉迪·奇勒用她凝重的威严一扫辛德曼的怀疑，令他质疑他曾毕生效力的代表坚定理性的世俗之光。

  在耳语山脉的那天之后，他们全都改变了，彼时朱伯转变成了某种辛德曼难以定义的事物。一个恶魔？最终，凯瑞尔无法找到其他任何解释。他失去了逻辑之光，他那宝贵的帝国真理出现了缺陷。随后恐怖再次袭来，这一次将会毁灭他们所有人。

  但他活了下来。他们活了下来，多亏了悠弗拉迪。辛德曼亲眼见证她凭借仅仅一个银色天鹰和她对人类帝皇的信仰便击败了一个亚空间滋生的怪物。那一天，他的否认随着那个可憎的怪物一同消逝了，这位宣讲者看到了真相，真正的真相。奇勒乃是帝皇意志的执行者。没有别的解释。在帝皇的伟岸之中——不，是在帝皇的神性之中——他赋予了这位摄像师一丝自己的力量。没错，他们全都改变了，但悠弗拉迪·奇勒是改变最为深刻的那一个。

  那个目中无人却又毫无目标的年轻女子已然不再，尽管她的照片曾名垂青史。如今的她已重获新生，并为他们所有人开辟了一条道路。凯瑞尔本应感到害怕的，害怕他们会在逃离荷鲁斯的背叛途中死去。看一眼奇勒，那些想法便无影无踪。他看着奇勒与那两位工程师交谈，时而微笑时而点头，一阵温暖传遍身心。这就是信仰，他意识到，这是多么令人陶醉的感觉！难怪他在远征期间遭遇的信徒抵抗都十分强烈，如果这就是他们的感觉的话。

如今，在圣言录中，凯瑞尔·辛德曼找到了同样的力量。他对帝国的忠诚和爱戴从未动摇。如今，如果可能的话，他感到自己对人类之主的忠心更加深刻。他已准备好为帝皇献身，不只是他的内心和精神，还有他的身体和灵魂。

他并非孤身一人。泰拉教——有时被叫作这个名字——正在壮大。工程师手中的小册子，梅萨蒂得以轻易找到这个废弃的水库，并建立起了他们的简易小教堂，这一切都表明圣言录存在于这艘船上。而如果这艘小而不起眼的护卫舰上都有圣言录的存在，那么也许其他地方也有，不只是隐藏于荷鲁斯的舰队中，也许更加遥远，在帝国各处的世界和舰船上。这个信仰正处于自我实现的顶点，它所需要的只是一个团结众人的偶像，一个活圣人。

悠弗拉迪做了个天鹰手势，两位工程师也跟着照做。他们到来时眼神中的空洞紧张情绪已经一扫而空，他们满怀使命感迈步离开，心中充满新的自信。

"帝皇保佑。"两人中年轻的那位说道，他在经过宣讲者时点头致谢。凯瑞尔回以谢意。那个姑娘给予了他们信仰，平息了他们的恐惧，就像其他许多人一样。来到这座破败小教堂的男男女女起初很少，但如今他们来得更加频繁，来听他讲话，或是仅仅与那位年轻的女子共处一室。辛德曼对奇勒福音的传播感到惊奇。

"凯瑞尔！"他转头看到梅萨蒂正匆忙朝他走来，她那无瑕的脸庞显露出极大的恐惧，"有人来了！"她低语声中的恐惧感令人回忆起复仇之魂号上的秘密传道，以及那些按战帅吩咐带着爆矢枪和棍棒前来消灭他们的人。"据看守报告，只有一个人：一个阿斯塔特。"

辛德曼站了起来。他能听到沉重的步伐声响彻水库维修门外的龙门架甲板，逐渐接近。"那个看守有看到武器吗？他有武装吗？"

"他们什么时候没有？"欧丽顿尖声叫道，"即便没有剑或是枪，他们什么时候没有武装？"

他的回答声被淹没了，舱门砰的一声打开了，回响声令周围所有声音陷入沉寂。一个身着白甲的高大身影弯腰走进隔舱，这位宣讲者看到了一个鹰头胸甲上的闪亮黄铜。辛德曼走上前，向这位死亡守卫略微鞠躬，努力克制住自己的惊恐。"加罗连长，欢迎。你是第一个来此的阿斯塔特。"

加罗低头看着这个瘦小的人。他瘦削紧张，宣讲者长袍中有几根棍棒，但他目光沉稳，声音也并未动摇。"辛德曼。"加罗说道，看向水库四周。这里很大，圆柱形的空间有大约两层甲板高，不同层的网格甲板龙门架以及管道和通风井网络伸入房间。长长的金属板从墙壁中伸出，充当着水桶装满时的折流装置，但如今房间空无一物，让这地方看起来像个老旧裸钢打造的伪教堂。维修甲板的货物架被排列成简易的座位，一个燃料箱则用作某种讲台。"你是这一切的缔造者？"

"我只是一个宣讲者。"那人回答道。

"你在这里做什么？"加罗质问道，愤怒与挫折的矛盾情绪在他内心涌起，"你希望实现什么？"

"这正是我对你提出的问题，内森尼尔。"那位摄像师，那位被人们称为圣人的女子，走入一束生物灯光中。

"奇勒，"他谨慎地说道，"你我该谈谈。"

她点点头，向他示意道："当然了。"

"你不得伤害她！"另一位记述者，克鲁兹称为梅萨蒂·欧丽顿的那位，对他厉声说道。她的话语半带威胁，半带绝望，面对她的冒失，加罗扬起了一只眼眉。

奇勒再次开口，她的声音传遍整个寂静的大厅。"内森尼尔之所以在这里，是因为他与我们都一样。我们都在寻求一条道路，也许我能帮助他找到他的道路。"

于是，圣人和战士来到了一个隐蔽的角落，面对面坐在灯光的边缘。

"你有疑问，"她开口道，为加罗和自己各倒了一杯水，"如果可以的话，我会解答。"

连长面露苦相，用双手捧起那小小的锡杯子，"这个教派忤逆了帝国的意志。你不应该把你的信仰带到这里来。"

"我不可能抛弃这信仰，正如你不可能抛弃你对你兄弟的忠诚一样，内森尼尔。"

加罗发出咕咚声，喝下一杯水，露出阴冷的笑容，说道："然而我的确这么做了，有的人会这么说。我逃离了战场，为了什么？荷鲁斯和我的原体会因此称我为逃兵。我将自己的立誓荣誉兄弟抛向了未知的命运，即便是在逃离途中，我也实施得十分糟糕。"

"我要你拯救我们，而你做到了。"奇勒温柔地看着他，"你将来也会做到。你是你军团名字的化身。你守卫我们，免遭死亡。你并没有失败。"

他想将奇勒的话语视作虚伪之辞，指责她讲着空洞的陈词滥调，但尽管如此，加罗却对她的赞美充满感激。他赶走这些想法，从他的腰袋中拿出卡莱布的纸张、那个黄铜圣像以及捆着它们的链条。"这些东西有何含义，姑娘？帝皇是反对伪神的力量，然而你的教义却称他为神。这怎能是正确的？"

"你回答了自己的问题，内森尼尔，"她回答道，"你说'伪神'，不是吗？真理，真正的帝国真理，是人类之主。"加罗嗤之以鼻。

奇勒靠在她的椅子上，她那欢欣沉稳的举止消失了。她变得挑衅和专注，抛弃了加罗所期待的圣人般平静。"我不相信你。我认为你很确定，但你太过遵循于自己的道路，以至于说出这想法都令你害怕。"

"我是阿斯塔特，"加罗低吼道，"我无所畏惧。"

"直到今天。"奇勒看着他，"你畏惧这真相，因为它非同小可，会永远地重塑你。"奇勒将一只手放在加罗的拳套上，"你所没能明白的是，你已经改变了。拖累你的精神的，只有你的思想。"她仔细地端详着加罗，"你相信什么？"

加罗毫不犹豫地回答道："我的兄弟，我的军团，我的帝皇，我的帝国，但其中有些东西我已经失去了。"

悠弗拉迪轻敲加罗的胸膛。"你的内心并未失去。"她踌躇了，"我知道你们阿斯塔特有两个心脏，但你明白我的意思。"

"我所见到的……"加罗的声音变弱了，"拨动着我理性的根基。我在质疑我曾以为的绝对正确。那个异形灵能孩童看透了我，用未来嘲讽我……格鲁尔格，已经死去，却又因某种可怕的感染而复生……而你，探入了我的临死睡眠。"他摇摇头，"我像这艘船一样漂泊无依。你说我拥有确信，但我却并未感觉到。我所见到的皆是通往毁灭的道路，怀疑的迷宫。"

奇勒叹了口气。"我知道你的感觉，内森尼尔。你觉得我想要这样吗？"

她拉了拉自己穿着的长袍，"我曾是个摄像师，还是挺好的一个。我拍下历史，仿佛那是刻意打造的。我的艺术闻名于数千个世界。你以为我想要感觉到神之手落到我的身上，以为我梦想有一天成为一个先知？我们的身份是由命运决定的，正如我们在这场旅途中所做的事情一样。"奇勒露出一丝浅笑，"我羡慕你，加罗连长。你拥有我所没有的。"

"那是什么？"

"职责。你知道你该做什么。你能找到清晰的视野，以及你能领会的任务，并努力将之实现。而我呢，每一天我的使命都是全新的、不同的挑战，始终努力找寻正确的道路。我所能确定的便是我拥有抱负，但我还没法看清其形态。"

"你怀有使命。"这位阿斯塔特喃喃着。

"我们都是，"奇勒认同道，"我们全都是。"随后她伸出手，触摸加罗的脸颊，她的手指触碰到加罗那粗糙、带疤的脸庞，令加罗的神经感到刺激。"自从你将这艘船带离亚空间的侵袭，一些舰员已经在这里祈祷奇迹拯救我们。他们问我为什么我不加入他们对帝皇的呼唤，我告诉他们并不需要。我告诉他们：'他已经拯救了我们。我们只需等待他的战士找到途径。'"

"那就是我吗？帝皇的圣意化身？"

她再次露出微笑，并再次流露出加罗曾在军营中孤身感觉到的强大情感。"亲爱的内森尼尔，你何时有成为别的事物？"

"状态报告。"克鲁兹下令道，迎上控制台上森德克的目光。

那位死亡守卫朝着这位影月苍狼点点头，举止间透露出不少疲惫。"没有改变。"他回答道，目光投向舰桥四周，看看有没有军官要补充别的什么。卡赖亚迎上他的目光，沉默地摇了摇头。鉴于他们目前身处虚空中，舰长的许多舰员，包括那个女人沃特，都被暂时性地投入了休眠，让永远清醒的阿斯塔特掌控舰桥，而普通人则享受片刻的歇息。"机械呼叫信号继续在短程通信中循环播放，即便乐观估计，它们在至少一千年内都不会有任何人类听到。"

那位老战士眉头紧锁，问道："你还有什么建设性的意见补充吗？"

森德克点点头。"为了后代着想，我已经开始绘制这片空间区域的地图。如果这艘船能在未来某个时期得以找回，这些数据对那些找到这艘船的人来讲也许有用。"

克鲁兹发出轻蔑的声音："你们死亡守卫都这么悲观吗？我们还没死呢。"

"我更倾向于认为自己是个现实主义者。"森德克感到被激怒。

舰桥舱门滑开了，药剂师沃延走了进来，两人都转过了身。森德克仍然觉得自己难以宽恕沃延与结社的联系，他移开了目光。这位阿斯塔特意识到，克鲁兹注意到了两位战斗兄弟之间的片刻紧张，他面露疑惑，但保持着沉默。

"战斗连长在哪？"沃延问道。

"下层甲板，"克鲁兹回答道，"我在指挥驾船。你可以跟我说，孩子。"

"如您所愿，第三连长。我已经完成了对舰船仓库和可消耗补给品的调查。如果我们在生活层面开始定量配给，据我估计，艾森斯坦号的舰员只有五个月加十多天的可用资源。"

卡赖亚走上前，冒昧地提出建议："我们能把一些非必要舰员投入休眠吗？"

沃延点点头，答道："这是可能的选项，但这艘船上的设施只能将生存期间延长一个月，也许两个月。我也同时检查了其他紧急措施选项，比如选择性赐死，但结果没什么不同。"

舰长神色愤懑地说道："我们不会挑选任何人来进行处决，如果那是你的想法的话！"

"在虚空中亚光速航行七个月，"森德克说道，与此同时舰桥舱门再次打开了，"而荷鲁斯仍逍遥在外，泰拉却毫不知情。"

加罗走了进来，他的步伐坚定有力。"我不会允许。我们已经走得太远，不能再坐以待毙。我们必须行动。"他朝着卡赖亚点点头，"舰长，通知引擎室舰员，将亚空间发动机充满能量。"

"连长，除非下面那个唱圣歌的圣人长了第三只眼出来，并计划引导我们回去，否则我们不可能实施星际航行！"沃延的态度变得尖刻生硬，"我们没有导航者，长官！如果我们进入亚空间，我们会永远迷失，上次袭击我们的那些东西将会拥有无止境的时间撕碎我们！"

"我从没说过我们要返回亚空间，"加罗冷静地回答道，"卡赖亚，引擎组达到最大功率需要多久？"

那位军官审视着他的控制台。"只需片刻，大人。"他踌躇了，"长官，您的药剂师是对的。我不明白重新运行引擎的理由所在。"

加罗并未回答这暗含的疑问。"我要亚光速推进器听我指令,做好全军用功率的点火准备。呼叫舰船进入全员戒备,准备激活虚空盾。"

警笛声响起,沃延朝着舰桥四周示意。"现在又是推进器和护盾?这是某种演习吗,内森尼尔?用无事找事的活动来让舰员分心,还是那个先知姑娘告诉你一场袭击正在迫近?"

"注意你的语气,"加罗说道,"我的仁慈是有限度的。"

"推进器听您指令,"卡赖亚报告道,"护盾已准备启动。"

"待命。"战斗连长下令道。

在舰桥的另一边,克鲁兹摸了摸自己的下巴,说道:"我们能了解下这场行动的意义所在吗,小伙子?我承认我和这位医生一样盲目。"

卡赖亚抬起头,报告道:"亚空间引擎达到全能量功率。电池组已满溢,大人。您想要我怎么做?"

"清空引擎组舱室,启动亚空间发动机的释放装置。待我下令时,你要关闭引擎控制,抛弃引擎组,随后升起护盾,启动亚光速推进器。"

克鲁兹冷笑道:"你真是大胆又疯狂!"

"抛弃亚空间引擎?"森德克目瞪口呆,"有着里面的那些能量,它们会像超新星一样爆炸!"

加罗严肃地点头说道:"一道亚空间爆闪信号。爆炸会回荡在非物质界以及现实空间。它会充当一百秒差距内任何舰船的信标。"

"不!"沃延的叫声传过舰桥,"看在泰拉的分上,不!这一步走得太远了,连长!这是判了死刑!"

加罗向他投去冷酷的目光。"睁开你的双眼,梅里克!自从我们违抗战帅以来,我们所做的一切都是死刑,然而我们仍然幸存了下来!在这场逃亡让我们付出这么多代价之后,我不会现在就放弃!"他伸出手,搭在药剂师的肩膀上,"相信我,兄弟。我们会从中得到解救。"

"不,"沃延再次说道,电光火石间,这位死亡守卫老兵拔出了他的爆矢手枪,指着加罗的眉心,"我不会让你这么做。你会杀死我们所有人,我们所付出的牺牲将徒劳无功!"他的声音充满恐惧,"让卡赖亚取消那些命令,否则我就地射杀你!"

森德克和克鲁兹伸向他们的武器，但加罗吼出一道命令："你们都不许动！这是我和梅里克之间的事情，这由我们来决定。"他与药剂师四目相对。"卡赖亚舰长，"战斗连长说道，"你要在六十秒内执行我的指令。立刻！"

"是——是的，长官，"那位军官结结巴巴地说道。和舰桥上的所有人一样，他完全清楚加罗实施行动的危险之处。那位老兵是对的。如果艾森斯坦号的推进器没能将护卫舰推离到距亚空间爆闪的爆炸范围外的话，那就意味着舰船的毁灭。

沃延的拇指按下了手枪的击锤，说道："连长，请别考验我！我会遵循你的任何命令，但不是这个！你让那个女人影响了你的思想。"

加罗面对黑洞洞的枪口从未动摇。在如此近的距离上，一发子弹足以将这位死亡守卫没有保护的脑袋化作一团血雾。"梅里克，你杀不杀死我都无所谓。这一切仍然会发生，这艘船仍然会得到营救，我们的警告仍然能传递给帝皇。我不会看到，但我知道这会发生，也算是死得其所。我拥有信仰，兄弟。你拥有什么？"

"三十秒，"克鲁兹报告道，"释放栓已启动。控制电路已关闭。正在超载。"

"这是你逼我的，"沃延呐喊道，"死亡、死亡，愈来愈多的死亡，同室操戈……你怎能确定我们不会像格鲁尔格和他的手下一样被腐化？我们会成为他们那样！憎恶之物！"

加罗伸出手，说道："我们不会的。我的心中毫无怀疑。"

"你怎么知道？"那位阿斯塔特喊道，手枪有所动摇。

加罗小心地伸出手，把枪拿开。"帝皇保佑。"他简单说道。

"零。"那位影月苍狼宣告道。

第十三章

寂静的守望
无所畏惧
发现

寂静的太空中,护卫舰舰艉腹部的数百个炸药引爆了,将舰体板抛向虚空。星舰那厚重的圆柱体星际发动机顺利启动,驶入黑暗,导管断裂,喷射出冷却液体,弯曲的电缆闪着电火花。能量积聚形成的噼啪作响的球体旋转着,在被抛弃的亚空间引擎中呐喊着。通常引导用于撕开非物质界大门的能量无处释放,如今这股能量翻江倒海,愈来愈快,逐渐增至临界质量。

艾森斯坦号在一束束闪烁的聚变火光中跃开,抛下它所释放的那些部件。亚空间引擎产生的收缩引力输出将漂浮的组件吸引到一起,它们劈出一道道耀眼的蓝白色闪电,盲目抽打着护卫舰的舰部。护卫舰的虚空盾在发光,但仍然坚挺着。真正的考验将在几秒后到来。

引擎核心开始融化变形,内部的能量增长到极大的量级,使其能自行实现反应,从亚空间维度和现实真空之间的差别状态中吸取能量。自那物质与能量交织的臃肿团块中散发出一片片奇特的圆形辐射,在整个光谱中都可看见。很快,亚空间发动机便撕开了非物质界的疯狂领域,从中喷涌而出的能量十分强大,十分迅速。

反应向内崩塌,被抛弃的舰体板、金属渣、尘埃乃至一粒粒自由漂浮的氢分子周围的空间开始折叠,利用最后的绝望挣扎来为自己提供能量。

如果一双眼睛能见到如此反常之物,或是瞥见平常难以见到的景象,一位观察者也许会瞥见一个尖叫着的带爪野兽正从内爆核心中向外凝视,但随后爆炸传来了。

亚空间发动机的灾难性毁灭产生了一圈辐射,如同将死的太阳一般点亮了空间,并跨越维度的屏障。在天界中,它化作高声尖叫、死蓝闪光、原始的恐慌情绪以及百万个其他事物。在现实空间中,这是一波噼啪作响的能量释放，以凶暴又致命的力量击中了逃离的艾森斯坦号，令其翻滚起来。

在天界的暗影之中，紊乱的冲击波击中了一个强化精神的超自然感官。这股强烈的输入流在顷刻间的强大过载中阻断了其他所有思想视界。它击中了依附于那精神的疯狂风暴，将其撕碎炸裂。那精神在冲击中天旋地转，在流逝的湍急逆流中永无止境地挣扎。随后那道闪光便消失了，消散了，只留下其诞生时的回音。曾经这里遍布风暴和迷雾，如今却清澈明朗。

那精神扭转着，目光投向非物质界的荒野，找到了源头。那道冲击波如同夜晚的一道闪电照亮了黑暗，让亚空间的熔融地形变得可见，在其他理解手段都失败时赋予其稳固性。突然间，隐藏的路径变得清晰可见。道路骤然开朗，跨越无垠的距离，那道冲击效应诞生的中心在燃烧。

那个精神开始小心翼翼地计算前往那里的路线，每一道沉思都满怀好奇。

加罗放下电子笔，目光扫过数据板玻璃平面上的文字。他深呼一口气，一团白雾飘浮而出，消散于观象台寒冷稀薄的空气中。房间里的一切都覆盖着一层薄薄的白霜，钢铁支柱和宽大的窗户上也覆着一块块白色。在亚空间爆闪的冲击波中，自匆忙逃离伊斯特凡星系时起便饱受压力的几个能量机械已经完全失效，护卫舰的好几层甲板已经失去了维生系统。卡赖亚已关闭了航行舰桥，并将指挥舰员转移到了次级控制平台，令上层甲板陷入一片死寂黑暗。艾森斯坦号正一刻刻成为一个冰冻坟墓。

"连长，"克鲁兹走到他眼前，星辰的暗淡光芒透过结霜的强化玻璃照在他身上，"你召唤我？"

加罗把数据板递给他看。"我要你看看这个。"内森尼尔摘下他的拳套，将他左手食指上的指挥官图章按入数据板外壳上的传感器板。设备发出声音，识别出穿戴者独特的指环图案和基因编码。他将数据板递给那位影月苍狼，那位老战士犹豫了片刻，阅读着上面书写的内容。

"一段年表？"

"也许更准确地说，这是遗愿遗言。我已经记录下了在我们逃离舰队之前这里发生的所有重要事件，以及之后的所有事情。我们应该为我们的同胞留下证明，即便我们无法活着传递它。"

克鲁兹嗤之以鼻，效仿着加罗的动作，用他的图章触碰并关闭了数据板目录。"为最坏的情况做打算。先是那个男孩森德克，现在又是你？死亡守卫恰如其名，生来阴郁，是吗？"

加罗拿回数据板，将其锁在一个装甲盒中。"我只希望考虑到每种可能性。这个容器能经受爆炸和真空，即便这艘船遭到毁灭。"

"所以舰桥上说的那些话？你对药剂师的宣言，都只是做做样子，连长？你告诉我们你知道我们会幸存，但背地里你却在做着准备，以防我们不会幸存？"

"我没有撒谎，如果这是你的意思的话，"加罗咆哮道，"是的，我相信我们会见到泰拉，但做到细致周密并没有坏处。这正是死亡守卫的行事作风。"

"然而你却暗地里做着这些事，而且只有一个影月苍狼在场？也许是因为你不想动摇你在他人心中点燃的信仰？"

加罗移开目光。"岁月并未消磨你的洞察力，亚克顿。你是对的。"

"我明白。在这样的时期，人所能依靠的便是信念。在……伊斯特凡之前，我们也许还能对军团、对原体怀有信仰。如今，我们必须在任何可能的地方找寻信仰。"

"我们对帝皇信仰始终如一，"加罗说道，望向星辰，"对此，我毫不怀疑。"

克鲁兹点点头。"是的，我想是这样。你让我们成了信徒，内森尼尔。此外，你的那个年表实在是白费力气。"

"怎么说？"

"那个故事只讲了一半。"

加罗布满疤痕的脸庞露出一丝浅笑。"的确。我好奇它会怎样结束。"他迈出几步，薄薄的冰霜在他的靴子底下吱嘎作响。

"你的圣人没告诉你吗？"克鲁兹问道，语气中暗含挖苦责难。

"她不是我的圣人，"加罗驳斥道，"奇勒……她看到了幻象。"

"可能确实如此。的确有许多舰员似乎很认同这一点。在下层甲板出席她布道的人越来越多了。据可靠消息，宣讲者辛德曼将他们的简易教堂移到了军械库甲板中的一个更大的隔舱，以便更好地容纳他们。"

加罗思忖着说道："离舰体内部空间更近。那里更暖和，更安全。"

"有人看到有阿斯塔特出席，连长。看起来你与那个女人的交谈让她的主张得以拥有合法性。"

"你不赞同。"加罗看着他。

"偶像崇拜不是帝国的作风。"

"我没有看到偶像，亚克顿，只是一些在为帝皇的效劳中怀有使命的人，正如你我一样。"

"使命，"这位影月苍狼重复着这个词，"那就是这一切的归宿，是吗？在过去，我们能轻易地找到使命。使命总是会传达给我们，从帝皇到原体再到阿斯塔特。如今一系列事件迫使我们独自寻找使命，而我们四分五裂。荷鲁斯在巫术中找到了他的，而我们……我们在神性中找到了我们的。"他干笑道，"我从没想到自己会活着看到这样的事情。"

"若是你多年的智慧能让你找到另一条路，那就告诉我，"加罗坚定地说道，"这条路是目前向我敞开的唯一一条。"

克鲁兹低下头。"我不敢，战斗连长。我向你献上了我的忠诚，我会严格遵循你的命令。"

"即便你并不赞同？在舰桥上时，我看到了你眼中的责备。"

"你并未惩罚药剂师的行为。"克鲁兹摇摇头，"这样针对一个高级军官的违规行为理应受到惩罚。他朝你拔出了武器，加罗，只因愤怒！"

"是因恐惧，"加罗纠正道，"他让自己的情感压倒了理智片刻。他已受到自己行为的惩罚。我不会因此再让人受罚。"

"你的战士们对此表示质疑，"那位阿斯塔特强调，"他们现在视其为仁慈，但有的人也许会认为这是软弱的迹象。"

加罗移开目光。"那就让他们质疑吧。沃延兄弟是我们所拥有的最好的药剂师。我需要他。德西乌斯需要他。"

"啊，"那位影月苍狼点点头，"我明白了。你想要那个年轻人活下来。"

"我想要的是，不再有兄弟丧命于这般疯狂！"加罗生硬地说道，"军团的其他人也许陷入了不忠或是死亡，但这些人不会！我的人不会！"他的呼吸在周围泛起云雾，"记住我的话，亚克顿·克鲁兹。我不会让死亡守卫成为腐败和背叛的标语！"

那位老战士低头看着自己的动力盔甲，上面仍然涂着荷鲁斯之子改变后的涂装，他的话语满是真诚的悲痛。"祝你好运，同胞，"他低声说道，"于我而言，恐怕没有机会了。"

艾森斯坦号其他区域的能量都发送给了医院，以确保医务室保持运作。加罗意识到沃延已经开始将伤势最严重的病人转移到了舰船的核心深处。战斗连长在穿过医务室时并未看到那位阿斯塔特医师，他感到心安。尽管他告诉克鲁兹自己不会惩罚沃延，但加罗仍对沃延在舰桥上的行为感到心痛，他不想在短时间内再遇到沃延。眼下那位药剂师最好离他远点。

加罗绕过一个只能依靠机械呼吸机吸气的受伤军官，然后停在了隔离房的玻璃舱前。加罗小心地拿起他的头盔——头盔上的维修痕迹仍然可见，尚未处理的污渍仍未涂上色——并将之安在盔甲的颈圈上。在检查完每个关节和排放口的密封之后，他将战斗服闭锁，防止任何可能的外部疫病进入战甲。加罗走过隔离房气闸组，进入了密封室。一个医疗机仆正缓慢谨慎地照料着德西乌斯。连长注意到那个机械奴隶的肉体部件已经因感染而发灰。不论格鲁尔格往那个年轻人的伤口中注入了何种毒素，沃延的报告显示，已经有两个机仆因缓慢暴露于那种毒素而死亡。这证明了阿斯塔特生命的强大，否则德西乌斯已经死了十数次了。

加罗身着盔甲会很安全，隔离室严密的净化系统会防止任何污染伴随他出来。他确定感染的概率仍然存在，但他会冒着这个风险。他必须亲眼看看那个小伙子。

索伦·德西乌斯躺在恢复架上，脱掉了他的动力盔甲，一堆金属探测器和医疗注射器组成的网状覆盖物包裹着他。格鲁尔格的瘟疫匕首切开的伤口已化作了一团脓疱，鲜活的肉体行将坏死。他的伤口无法缝合，鲜血在架子下积聚。医师去除了德西乌斯的部分皮肤，将输送管和机械肢直接插入神经中。一团薄薄的钢针插在躯干厚厚的黑色甲壳皮上。德西乌斯的嘴唇流下细细的白色口水，一根管子伸入他的鼻孔输送空气，发出带有韵律的机械咔嗒声。

这位阿斯塔特苍颜白发，面如死灰。加罗若是在战场上看见这样一具躯体，他会将之扔到柴堆上燃烧。一瞬间，内森尼尔发现自己的手靠近了自由剑的剑柄，沃延的话回荡在他的脑海中。您应该考虑让他解脱。

"那样的话，我对克鲁兹所说的话就成了谎言，"他大声说道，"这场战斗是我们现在所拥有的一切了。这场斗争塑造了我们，兄弟。"

"兄弟……"

那声音是如此微弱，以至于加罗一开始以为是他的想象，但随后他低下头，看到了一丝动静，德西乌斯的眼睛睁开了一条缝。"索伦？你能听见我吗，孩子？"

"我能……听见你。"德西乌斯口中满是黏液，"我听见，连长……在我体内……鲜血中的雷鸣。"

突然间，加罗的剑似乎沉重了十倍。"索伦，你想要什么？"

德西乌斯眨眨眼，即便是最轻微的动作对他而言似乎也痛苦万分。"答案，大人。"他喘了口气，"您为什么要拯救我们？"

加罗感到诧异。"我必须这么做，"他脱口而出，"你是我的战斗兄弟！我不能让你死去。"

"这是条……更好的路吗？"这位受伤的战士低语着，"同室操戈，永无止境……我们看到了，连长。如果这……如果这就是未来，那么也许……"

"你想要我们拥抱死亡？"加罗摇摇头，"我知道你痛苦万分，兄弟，但你决不能屈服！我们决不能认输！"他把手放在德西乌斯的胸膛上，"唯有死亡方是职责的终结，索伦，而唯有帝皇才能给予我们死亡。"

"帝皇……"他的话语如同微弱的回音，"被抛弃……我们被抛弃了，大人，迷失、遗忘。那个怪物格鲁尔格没有撒谎……我们孑然一身。"

"我拒绝接受！"加罗开始吼道，"我们会得到拯救的，兄弟，我们会的！你必须怀有信仰！"

德西乌斯发出咳嗽声，鼻子中的管子汩汩作响，红绿色的液体被吸入废物处理箱。"我所拥有的只有痛苦，痛苦和失落……"他那充血的双眼直直地盯着加罗。"我们迷失了，连长。我们不知自己身处何时何地……亚空间在玩弄我们，将我们抛向虚空。"

"会有人找到我们的。"加罗的话似乎很是空洞。

"谁呢，大人？假如……假如我们在天界中失去的时间并非几个小时……而是几千年呢？这个警告……毫无价值！"他再次咳嗽，身体紧绷，"我们也许晚了一万年……而我们的银河系因混沌而燃烧……"说话的努力耗尽了这位阿斯塔特的精力，他沉入架子中，那呆滞的机仆嘎吱嘎吱地走到他身边，张开由注射器和刃片组成的手指。

加罗看着德西乌斯的眼皮耷拉着闭上了，这位年轻人再次失去了意识。战斗连长驻足良久，随后转向气闸，开始了清洗战甲上残留污染的费力过程。

待加罗走出隔离室的外舱门,他看到森德克正穿过医务室朝他冲来,满脸紧张。

"连长!我没能联系上你,还担心出了什么事!"

加罗用拇指指了指隔离室厚厚的墙壁。"里面的保护场是电磁充能的。通信信号无法穿透。"他感觉到森德克语气中的惊慌,皱起眉,"什么事情如此急切?"

"长官,艾森斯坦号的传感器网在亚空间爆闪冲击和与泰丰交战期间遭受了严重损伤,我们只能发挥部分功用——"

"说重点。"加罗厉声说道。

森德克吸了口气,说道:"有船,连长。我们在不到四光分的距离上侦测到多个亚空间门反应。它们看起来正驶入拦截方位。"

加罗应该感到欣喜的。他应该想到救援的,但相反,加罗阴郁的心境让他只能想到最糟糕的预测和恐怖之景。"有多少艘船?质量和吨位呢?"

"传感器只能给出最模糊的估计,是一支舰队,长官,很大一支。"

"荷鲁斯?"加罗吸了口气,"他可能跟踪我们吗?"

"不知。舰船的外部通信收发器无法运作,因此我们无法搜寻任何识别信标。"森德克踌躇了,"他们可能是任何人,也许是盟友,也许是正前去加入战帅叛乱的舰船,甚至是异形。"

"而我们却束手无策,盲目无力。"加罗陷入沉默,衡量着他的选择,"如果我们无法知道这些新来者的面目,那么我们必须刺激他们显露面目。他们一定是被爆闪吸引而来。任何称职的指挥官都会派遣一支跳帮队前来调查。我们会让他们登舰,然后再对之采取措施。"

"就他们接近的速度来看,我们没多少时间准备。"森德克指出。

"的确,"加罗点点头,"给所有会使用武器的舰员分发武器,让其他所有人前往核心层。找个能保护他们地方。我要阿斯塔特部署于每个进入点,准备击退跳帮者,但所有人不得发动敌对攻击,除非有我本人的命令。"

"军械室将会是最佳位置,"森德克思索着,"那里防护森严。许多舰员已经在那里了,和那……那位女子在一起。"

加罗噘起嘴。"身处新教堂中的庇护所。似乎很贴切。"他拿起爆矢枪,"那么，快！我们必须准备以同样的气势迎接我们的救星或是杀手。"

它们如同狼群包围受伤的猎物一样涌向护卫舰，观察分析艾森斯坦号的状况。传感器和监听器面对着这艘漂流的战舰，博识的大脑试图分析导致当前形势的一系列事件。

诸多舰船将一组组做好战备的光矛炮指向艾森斯坦号的目标轮廓，它们的体形令这艘帝国护卫舰相形见绌，它们计算着射击方案，预热火炮，准备摧毁那艘护卫舰。只需一轮齐射，即便不是全功率，也足以完全摧毁艾森斯坦号。只需一道命令，按下按钮，扣动扳机。

舰队缓缓移动着。其中一些人建议立刻摧毁这艘废弃船，他们担心其产生的那道爆闪只是将他们引来的一个诱饵。即便是一艘小小的护卫舰，只要恰当地武装改造，也能成为一个飞行炸弹，足以摧毁一艘战列巡洋舰。有些人则更加好奇。在如此远离已知空间边缘的地方，怎么会发现一艘人类舰船？是什么驱使船上的人放弃了他们的引擎，而徒劳地期待救援？是什么样的敌人在其装甲舰体上留下了损伤？

最终，这支战争舰队的舰船如同掠食者一般分开了，让其中最大的一艘面对艾森斯坦号。如果那艘护卫舰是战列舰狼群中的一只狐狸，那么面对这艘巨船，它就是巨人面前的虫豸。这位巨人的质量甚至超越了一些卫星。它如同一位神祇紧握的拳头，由黑色的小行星岩雕刻而成，又仿佛一只表面布满弹坑、点缀着宽大塔楼的镍铁巨兽。

自远处看，那艘船如同一个杖头，金丝黑铁。自近处看，它仿佛一座遍布尖塔和台架的城市，万千窗棂闪闪发光，暗藏的武器足以毁灭大陆。在这个巨人的周围是宛如尖牙的船埠，裹挟着像艾森斯坦号这样的船，随着这个巨人逐渐飘近，其强大质量产生的引力轻拽着那艘护卫舰，改变着它的航线。自主武器无人机如同蜂群般部署，围绕着那艘漂浮的舰船。它们一齐打开强大的探照灯，照亮了那具残躯，让那艘护卫舰固定在黑暗的虚空，沐浴在夺目的白色光束中。

在那舰艏的绿色平面上，艾森斯坦号的舰名仍然清晰可见，闪闪发光。在里面，一小群灵魂正等候着他们的命运。

哈库尔走出走廊，肩上厚厚的枪带挂着一把装弹上膛的复合爆矢枪。"最外围的甲板现在已经清空，连长，"他告诉加罗，"沃特已经将空气重新导入存储罐和这下面。舰船上只有不到三分之一地方有维生系统，但我们仍可以呼吸。"

"很好。"加罗认可了士官的报告，"大甲板的人都撤离了？"

这位老兵点点头。"是的，大人。我让他们在那里逗留了尽可能久，但我现在已经让他们撤回来了。我让他们透过舷窗暗中观察。由于占卜系统已无法运作，我想有目视观察总比没有观察好。"

"思维很敏锐。他们看到了什么？"

哈库尔不安地动了动，当他面对指挥官没有确定的回答时，他总会这样。加罗了解这熟悉的举动。安杜斯·哈库尔对于自己能为战斗兄弟们提供准确的情报而感到自豪，他并不喜欢模糊的事实。"长官，外面有许多船，似乎是帝国的型号。"

内森尼尔噘起嘴，说道："在伊斯特凡之后，这样的信息只会让我更加警惕。还有什么？"

"那支舰队围绕着一个大型构造体，无疑有一个星堡的体积，可能更大。观察到那东西的兄弟告诉我他此前从没见过这样的东西。他把那东西比作一个兽人巨怪，但没那么粗糙。"

有什么东西触及了加罗的脑海深处，那段描述激起了一段记忆模糊的评论。"通信上有任何消息吗？"

哈库尔摇摇头。"依照您的命令，我们正保持着通信静默。如果外面的那些人已经近到足以在我们的作战频率上广播，那是他们没有选择这么做。"

加罗点点头示意他离开。"你继续吧。我们接着等待。"战斗连长回到军械室宽阔的区域。隔墙匆匆打开，让舰船上的幸存者们进入，加罗在他的位置看到，应急生物灯光的暗淡光芒下，人潮涌动。人群边缘的许多人都有武装，他们身上弥漫着一股绝望的氛围。加罗小心翼翼地走入人群，与每一个舰员进行目光接触，正如他对他的阿斯塔特同伴一样。有的人在他经过时颤抖着，有的人在他点头之后身子挺得更直了。

在加罗长年的服役期间，他总是认为，凡人战士与阿斯塔特拥有着同样的事业目标，但直至此时此刻，他才对他们有着同胞之感。今日我们皆因同一任务而团结一致,他思忖着。这里没有军衔或是军团的隔阂。

他来到卡赖亚跟前,这位黑皮肤的军官正怀抱着一把重型等离子手枪。"连长大人。"他声音沙哑。舰长的脸庞因逃离时受的伤而显得肿胀。

"尊敬的舰长,"加罗回应道,"我觉得我欠你一个道歉。"

"噢?"

加罗朝着周围的舰体墙示意。"你呈给了我一艘好船,我却把它弄得一团糟。"

"别这么说,大人,"卡赖亚大笑道,"在伟大远征期间,我曾在你们阿斯塔特手下服役了数十年,而我仍然觉得我无法理解你们。在某些方面,相比我这样的常人,你们是如此优越,而在另一些方面……"他的声音逐渐减弱。

"继续说吧,"加罗说道,"开诚布公,巴里克。我觉得我们所共同经历的这一切足以让我们相互坦诚。"

舰长轻敲他的胳膊。"在某些方面,你们就像是恣意的同胞,渴望地位、友谊,但也同样会因相互间的竞争而产生摩擦。就像常人一样,你们努力逃离你们父亲的阴影,却也想要令他骄傲。有时候我在想,如果你们无仗可打,你们这些勇敢高贵的小伙子们会怎么样。"加罗并未回答,卡赖亚垂下头,"抱歉,连长。我并不想冒犯您。"

"你没有,"加罗回答道,"你的见解……很有挑战性,仅此而已。"他思忖片刻,"至于你的问题,我不知道答案。如果不再有战争,武器还有何作用?"他指向卡赖亚的手枪,又指了指自己,"也许我们会发起新的战争,或是彼此倒戈。"

"像荷鲁斯那样?"

一阵寒意传遍加罗的灵魂。"也许吧。"这想法令他心情沉重,他转过身,摆脱那感觉。

加罗发现森德克和哈库尔正在检查占卜元件。在沃特的协助下,森德克得以将那个设备和艾森斯坦号的一些外部传感器相连接。"连长!有读数……"

加罗将卡赖亚的那些话抹出自己的脑海,迅速转回战斗专注状态。"报告。"

"能量积聚,"哈库尔说道,"一瞬间我以为那是一次舰体深度扫描,但它随后改变了。"

一道复杂的波形在占卜仪屏幕上扭动着。

"一次扫描？"他瞥向森德克，"我们在这里可能被侦测到吗，透过如此厚的钢铁？"

"有可能，"那位阿斯塔特回答道，"传感器能量足够强大的舰船能够穿透任何防护。"

"舰船，或是类似星堡的东西。"哈库尔补充道。

加罗顿时领悟，感到寒意，他从森德克手中抓过占卜仪。这个模式——他知道这是什么。"进入战备！"他吼道，声音响彻军械室，"进入战备！他们来了！"

哈库尔和森德克不再理会占卜仪，他们拿起武器扫视隔舱四周。舰员们因加罗的话而涌起一阵恐慌。他看到卡赖亚厉声下令，人们纷纷准备好自己的枪。

"长官，那是什么？"森德克问道。

"在那！"加罗指向房间中央，就在门内的开阔区域，哈库尔刚布置好相互交错的障碍。空气中发出一阵低沉的嗡嗡声，如同深埋于土中的电动机，静电令战斗连长皮肤感到刺痛。

绿色的余火在甲板上闪烁跳跃，片刻间令人想起在天界深处来到船上的亚空间怪物；但这次并不相同。这次，加罗很清楚会发生什么。"所有人，没有我的命令不许开火！"他喊道。

随后他们来了。随着一道铺天盖地的雷鸣，一记灼目的绿色闪电在军械室地板中央炸开，色彩反流将棱角分明的影子洒在墙壁和天花板上。加罗抬起手遮住眼睛，以免耀眼的光芒令他短暂失明。随着空气错位产生的沉闷噼啪声，光芒和噪声都消散了，传送循环已完成。

曾经空荡荡的甲板和装备四散的地方，现在出现了一群身穿盔甲的结实人物，他们以完美的战斗队形排列。一圈八名阿斯塔特，战甲华丽，在生物灯下闪闪发光，他们的爆矢枪持于肩前，扫过房间的每个角落。

其中一人开口了，声音洪亮清晰，带着习于他人立刻遵从的语气："谁在此掌权？"

加罗走上前，武器横在腰间，手指放在扳机上，答道："我。"

他现在看到那个说话的人了，那人裸露着脑袋。他看到了一张冷酷无情的脸庞，一副毫无幽默感的面容，而在那人身后……他身后是谁？

"放下武器，表明身份！"

尽管内心充满紧张，但加罗的内心抗拒着那居高临下的语气，他冷笑着回应。"不，"他啐道，"这是我的船，你在没有我授权的情况下登上了船！"突然间，过去几天他深埋于心的紧张和愤怒全都倾泻而出，灌注入他的驳斥中。"你要放下武器，表明身份，并向我报告！"

在随之而来的寂静中，他听到了低语声，随后跳帮队的所有爆矢枪口一齐放下了，指向甲板。那位向加罗讲话的战士低头退开，让另一个人走上前来——正是加罗在那群人中间瞥见的影子。

随着那位身着金甲的高大人影登场亮相，加罗的喉咙绷紧了。即便是在微弱的灯光下，那位新来者的威武存在也令房间熠熠生辉。一副阴沉的面容，雪白色的蓬发，严苛又坚定的目光扫视房间，他的面孔仿佛巨大的金铜板一般硬朗结实，让那个人宛若行走的雕像；不，不是人。

"原体。"他听到哈库尔在喃喃低语。

加罗已哑口无言。他发现自己的目光已无法离开那位战将的盔甲。像加罗一样，那位战士的肩甲和胸甲上也刻着展翅的雄鹰。他的肩甲上还有一个白金圆形，其上是由蓝黑色宝石雕刻而成的铠甲铁拳标志，极具挑衅威胁。最终，那锐利的目光落到了加罗的身上，凝视着他。

"原谅我们的闯入，同胞，"那位半神说道，他的话语强大坚定，但并未高声责备，"我是罗格·多恩，第七阿斯塔特军团之主，帝皇子嗣，帝国之拳的原体。"

加罗再次重拾自己的声音，说道："加罗，大人。我是死亡守卫的战斗连长加罗，指挥着星舰艾森斯坦号。"

多恩温和地点点头，说："我请求登舰许可，连长。也许我能提供一些帮助。"

第三篇

坚不可摧

罗格·多恩和他的帝国之拳随从

第十四章

多恩之怒

神性

前往泰拉

　　火炮战位的士兵们立正敬礼，并执行原体的命令。他们低下头，在胸前做出天鹰手势，随后要塞艏部的炮台指挥官将手置于射击操作杆上。这位军官踌躇了片刻，随后拉下了巨大的扳机。

　　四发大当量舰对舰鱼雷从发射管中射出，推进火箭点燃，穿越要塞和护卫舰之间的短暂距离。每一发的顶端都是一枚紧凑但十分强大的原子弹头。一发本就足矣，但在那些恐怖之物登上了艾森斯坦号的甲板之后，过度杀伤被认为是有必要的。这艘舰船已经完成了它的职责，而唯有死亡方是职责的终结。

　　山阵号注视着那艘星舰生命的最后时刻。这个巨大的建筑，帝国之拳军团的流动家园，与其说是个太空飞船，更像是个小行星。它在那艘小船终结之时沉默地站着岗。

　　鱼雷命中了护卫舰残躯的艏部、艉部和两个等距点。爆炸设置得完美无缺，四场爆炸全部荡漾而开，化作一道无缝而又寂静的辐射光芒。那道光照亮了周围阿斯塔特舰队的舰船，并在罗格·多恩位于山阵号最高塔顶的圣所中投下白色的光束。

　　加罗转过头，不再看向那道闪光，他的内心感到一丝奇怪的懊悔，仿佛他不注视那艘船为帝国尽忠的最后一刻，就是在伤害那艘坚定的舰船一样。多恩站在远处最大的窗户前，岿然不动。核爆的光芒扫过原体，他毫不退缩。随着那道闪光消逝，帝国之拳之主略微点头。

　　"那么，都结束了。"加罗听到亚克顿·克鲁兹在他身后说道，"如果那亚空间巫术还有什么残留污染的话，现在都已化作灰烬。"这位老战士如今似乎站得更高了，他的动力盔甲已经重新涂成了影月苍狼老制服的颜色。多恩对于这个改变扬起了一只眼眉，但一言未发。

加罗意识到巴里克·卡赖亚正在他身旁。舰长脸色灰黄憔悴，阿斯塔特对这个人感到怜悯。像卡赖亚这样的指挥官俨然成了其舰船的一部分，就像是舱壁中的钢铁，像这样放弃他的船显然令他备受打击。卡赖亚的手中拿着一个黄铜铭牌，加罗曾见过这个铭牌，就钉在艾森斯坦号导航台的基座上。"这艘船死得其所，"这位死亡守卫说道，"它拯救了我们的性命，而且不只如此。"

卡赖亚抬起头看着他说："连长大人，此时此刻我想我明白你在伊斯特凡Ⅲ的感受了。失去你的家，你的使命……"

加罗摇摇头，说道："巴里克……钢与铁，骨与肉，这些东西都是转瞬即逝的。我们的使命超乎这些存在，并且永远不会被毁灭。"

舰长点点头。"感谢你的话语，连长……内森尼尔。"他看向原体，低身鞠躬，"我可否离开？"

多恩的副官，跳帮队中的那位阿斯塔特连长回答了他的问题："你可以解散了。"

卡赖亚再次向那位阿斯塔特鞠躬，随后走出了这个宽阔的椭圆房间。加罗看着他离去。

"他会怎样？"克鲁兹大声问道。

"幸存者们会被分配新的职责。"那位连长回答道。他的名字叫西吉斯蒙德，他的身形强壮结实，头发浅黑，面容高贵，脸形同他的主公一样严峻。"帝国之拳拥有一支庞大的舰队，而有能力的舰员总会得到赏识。也许那人可以成为一位教官。"

加罗皱起眉说道："像他那样的军官需要的是一艘船。其他任何东西都是浪费。要是我们能拖走那艘护卫舰，也许——"

"你的荐举会得到留意，战斗连长。"多恩的声音如若低沉的雷鸣，"我通常不会向下属解释自己的行为，但由于你是一支兄弟军团的成员，你的纪律与我的子嗣有所不同，这次我会例外。"他转过身看向加罗，那位死亡守卫竭尽所能不在那沉稳的目光下退缩，"我们不会在受伤和无法跟上山阵号的舰船上浪费时间。在这场旅途中，我已经在亚空间风暴中损失了三艘船，而我仍然没能接近我的目的地。"

"泰拉。"加罗吸了口气。

"没错。我的父亲吩咐我跟随他返回泰拉,以协助为他的皇宫筑防,并建立起一道禁卫官神盾,但在乌兰诺的余波及其之后发生的一切……我们被耽搁了。"

加罗呆若木鸡,他此前在莫塔瑞恩和狼神议庭前所感受到的同样的紧张敬畏感攫取了他。听到这般伟岸的人物像普通儿子谈论父亲一样谈及人类之主,这似乎很奇怪。

多恩继续说道:"我们离开了我的兄弟,荷鲁斯最终决定开始这场旅途,却再一次发现宇宙在抗拒我们。"

加罗难以掩饰听到战帅名字时脸上露出的一丝不安,而他意识到西吉斯蒙德注意到了这点。加罗从坚韧号上的流言中获悉,在死亡守卫完成突袭约伽尔族的任务之前,帝国之拳便已经离开了第63号舰队。他在军团服役期间,从未与多恩之子并肩作战过,只听闻他们在其他军团中的名望。

勇猛的战士,攻城大师,据说帝国之拳能够坚守任何堡垒,令其固若金汤。加罗曾亲眼见识过他们的技艺,那是他们在赫利卡和佐福世界上设计的要塞。加罗所听闻的那些故事似乎是准确的。多恩和他的人看起来像城墙一样坚毅。

"这场风暴,"内森尼尔冒昧说道,"几乎要了我们的性命。"

西吉斯蒙德点点头。"如果您容许我发言的话,大人,我从没见过这样的风暴。这场风暴在我们进入天界的那一刻便向我们袭来,让导航者精心计算的路线徒劳无用。我们的航路点都化解为尘埃。连最优秀的导航贵族都成了在荒漠中挣扎的盲目孩童。"

多恩离开窗户。"这就是我们如何找到你的,加罗。风暴把我们驱入亚空间的混乱区域,将我们送入风暴眼那令人发狂的静滞中。山阵号及其舰队因此停航。我们试图跑出风暴的每艘船都被撕碎了。"原体的脸庞上闪过一丝阴郁的讥讽。"非物质界在围困我们。"

"您看到了他的爆闪,"克鲁兹说道,"在这么远的距离,你都看到了?"

"大胆的冒险,"原体承认,"你并不知道附近范围内有人能看见。"

"我怀有信仰。"加罗回答道。

多恩端详他良久,仿佛要质问连长的话语,但相反,他继续说道:"引擎爆炸的冲击波扰乱了风暴屏障的模式。爆闪能量让我们的导航者得以再次获取他们的方位。"他偏头示意，"我们欠你的，死亡守卫。你可以将我们救援你的舰员视作报答。"

"感谢您，大人。"加罗感到内心一紧，"我唯一的希望便是，将我们带到此地的一系列事件还尚未发生。"

"你抢先提出了我的问题，加罗。现在你明白我是怎么前来援助你的了，该你来启发我了。我想要你解释下，为何一艘死亡守卫战舰会处于未知的领域，为何它身上有帝国枪炮造成的战斗迹象，为何你的一位战斗兄弟正躺在我的医务室中，遭受着一种连我军团最好的药剂师都感到糊涂的疾病的折磨。"

加罗向克鲁兹投去目光寻求支持，那位老兵朝他点点头。"多恩大人，我将要说的事情可能会令您感到不适，待我讲完，您也许希望您没有要求我说出来。"

"噢？"原体走向圣所中央，吩咐众人跟随他，"你觉得你比我还清楚什么事情会令我不安？也许我的兄弟莫塔瑞恩会容许死亡守卫如此自以为是，但这不是帝国之拳的作风。你要告诉我所有的真相，毫无保留。然后，在我的舰队前往泰拉前，我会决定如何处置你，以及我其余七十位流浪的阿斯塔特。"

多恩从未提高声音，或是在他的命令中展露出一丝攻击性，然而他的命令是一道如此安静的力量，让加罗难以抗拒。加罗意识到西吉斯蒙德和他的一队手下正站在房间边缘，注视着他和克鲁兹，找寻着任何可能令他们不可信赖的行为迹象。"那好吧，大人。"他回答道。

加罗深吸了口气，开始讲述伊斯特凡和狼神议庭的故事。

在其他任何情况下，克鲁兹都会愿意发挥自己健谈的特长，将自己的观点增添进他的阿斯塔特同僚所讲述的故事中，但在那个小伙子加罗开始向多恩及其手下讲述这一系列事件时，克鲁兹发现自己陷入了沉默。他探寻内心，意识到自己没什么能补充到加罗那枯燥细致的阐述中，只是在加罗看向他确认某些细节时点点头。

这位影月苍狼意识到沉默笼罩着圣所的其他地方。西吉斯蒙德和其他身着黑饰甲的第一连帝国之拳静如雕像，对于这个逐渐展开的故事，他们面容坚忍。罗格·多恩是房间内唯一一个运动点，原体来回缓步而行，陷入沉思，时而停下，目不转睛地盯着加罗。直到加罗讲到艾多伦下令杀死索尔·塔维兹的那一刻，以及他拒绝执行命令时，多恩再次开口。

"你违抗了一位高级军官的直接命令。"这不是在提问。

"是的。"

"那时你有什么证据表明，塔维兹并非如艾多伦所说的，是个变节者和叛徒？"

加罗踌躇了，强化腿不安地移动着。"没有，大人，只有我对荣誉兄弟的信仰。"

"又是这个词，"原体说道，"继续吧，连长。"

克鲁兹曾在与哈库尔士官交谈时间接听闻了艾森斯坦号火炮甲板上的交火，但唯有听到加罗的讲述时，他才发现了这背后的真实含义。这位死亡守卫在重述指挥官格鲁尔格的反叛宣言时犹豫了，多恩命令他继续，而在他最终开始讲述时，房间内浮现出一阵新的紧张感。克鲁兹看到西吉斯蒙德撇着嘴，怒气冲冲，最终那位连长开口了。

"我听不下去了，我需要答案！如果这是真的，那么告诉我，战帅怎么会让死亡守卫和帝皇之子在他眼皮底下搞这些权力游戏？针对一整个世界的未经许可的病毒轰炸，处决平民？他怎会在一夜间变得如此盲目，加罗？"

"他并不盲目，"加罗阴沉地说道，"荷鲁斯看得太清楚了。"他直视原体的双眼，"大人，您的兄弟很清楚这奸诈行为。他便是始作俑者，他的双手沾染着自己人的鲜血，他的军团，我的军团，还有吞世者和帝皇之子——"

多恩的移动如此迅速，令克鲁兹退缩，但帝国之拳之主并非向他冲来。一声撞击，加罗便飞了出去，滑过圣所的亮蓝色大理石地板。克鲁兹看到加罗正处于失去意识的边缘，脸上一道青肿。这位死亡守卫小心翼翼地眨眨眼，恢复清醒，并将他的颌骨复位。

"即使是在我面前想这样的事，我也该把你抓来鞭答，然后再扔进虚空，"原体咆哮道，每一个字都如一把剃刀，"我不会再听这些胡言乱语。"

"您必须听，"克鲁兹脱口而出，向前迈出半步，他无视了西吉斯蒙德手下爆矢枪上膛的声音，"您必须听他说完！"

"你胆敢对我下令？"多恩面对这位老战士，"一个几个世纪前就该退役的老古董，你胆敢这么做？"

亚克顿看到了机会。"没错，而且进一步讲，我知道您会的。如果您真的认为加罗的话毫无价值,那么您定会把他杀死。"他前去帮助加罗站起身,"即便是在您愤怒时刻,您也收住了那道能扭断他脖子的打击……因为您想要听完。这正是您要求的,不是吗?全部的真相。"

克鲁兹在一瞬间看到原体的目光中闪过一丝盛怒,他感到不寒而栗。你这老糊涂,他告诉自己,说得太过了。因为我们的冒失,他将要杀死我们。

随后多恩朝着西吉斯蒙德和其他阿斯塔特示意放下枪。"讲吧,"他告诉加罗,"全都告诉我。"

加罗抑制住自己的目眩与痛苦。多恩的速度如此之快,即便身穿几吨重的盔甲,他也快如闪电。若是多恩意欲对他造成真正的伤害,加罗知道自己不可能看得清。他小心翼翼地咽了口水,痛苦地吸了口气。"在轰炸之后,我知道我别无选择,只有按照索尔·塔维兹和我讨论的那样做,将警告带到泰拉。由于格鲁尔格已死,我下令手下肃清艾森斯坦号。在这期间,克鲁兹连长带着平民登上了船。"

"那些记述者和宣讲者,"原体说道,"他们曾在荷鲁斯的旗舰上。"

"是的,大人,"那位影月苍狼补充道,"我的战斗兄弟加维尔·洛肯,将他们的安全托付给我。那个姑娘奇勒,她……"他踌躇了,整理着自己思绪,"她表示加罗连长能够帮助我们。"

"洛肯,"西吉斯蒙德说道,"大人,我认识他。我们在复仇之魂号上见过面。"

多恩瞥向一旁,问道:"你对他有何评价,第一连长?"

"一个土生土长的科索尼亚人,精神气质很强,但有些天真。他似乎很可靠,是一个有原则的人。"

原体吸收了这点,说道:"继续讲,加罗。"

内森尼尔不顾自己紧绷的下巴,讲述着发给泰丰的信号和终焉号追击艾森斯坦号的细节,然后是穿越亚空间的灾难旅途。在加罗描述到格鲁尔格的那些畸形死者复活时,西吉斯蒙德的一个手下发出了轻蔑的声音,但多恩用冷酷的目光令其安静。

"非物质界中潜伏着超越我们认知的怪异力量,"这位战将阴郁地说道,"但你所说的东西,即便在此条件下,也考验着人的理性。你所讲的这些东西,极其接近巫术和魔法的原始概念。"

这位死亡守卫点点头。"对此我并不否认，多恩大人，但您要求我讲述我所看见的真相，而这就是我所看见的。亚空间中的某些东西让格鲁尔格复活，通过占据他的这种疾病让他受到污染的肉体得以重获新生。别向我要求解释，长官，因为我无法解释。"

"这就是你所带给我的吗？"原体的愤怒如同沉重黑暗的烟雾缓慢填满房间，"关于帝皇子嗣背叛阴谋的晦涩故事，一堆信息不足的观点和鲁莽的行动，只是基于卑劣的情感，而非冷静清晰的思维？"他缓缓走向加罗，内森尼尔鼓足勇气不后退。"如果我的兄弟们现在就身处这个房间，莫塔瑞恩、弗格瑞姆、安格隆、荷鲁斯……他们对于你的故事会怎么说？你觉得在你因这公然的谎言而被打倒前还能留口气吗？"

"我知道这很难接受——"

"很难？"多恩第一次提高了他的声音，整个房间都随之震颤，"困难只是个蜿蜒的迷宫，或是一串复杂的航行公式！而这违背了我们作为帝皇亲选战士的根本信条和品行！"他怒视着加罗，目光如炬，"我不知道我该怎么看待你，加罗！你的态度像是一个诚实的人，但如果你不是个叛徒或是骗子的话，那你只能是陷入了疯狂。"他的手指向克鲁兹，"也许我该承认你们有些疫病衰老？是不是亚空间让你们思维混乱，创造了这些幻想？"

加罗听到了自己的血液在耳朵中涌动的声音。一切都出错了，在他周围土崩瓦解。在他匆忙为艾森斯坦号寻求拯救者以及传达信息的出路时，他从未想到，自己无法得到信任。他移开目光。

"在我跟你说话时看着我，死亡守卫！"原体厉声说道，"你带到我私人房间说的这些谎言让我感到恶心。你竟胆敢对我的兄弟荷鲁斯这样无与伦比的英雄说出这些话，我的愤怒无以言表！"他将一只巨大的手指按在加罗的胸甲上，"你的正直感是何等廉价，如此轻易就抛弃了它！我真为莫塔瑞恩感到悲哀，像你这般卑贱的人还能指挥第十四军团的一支连队。"多恩的黄铜巨手紧握成拳，"听好了——我没因你的污蔑而把你撕碎的唯一原因，是我知道我的兄弟会享受这种愉悦！"

加罗感到自己脚下的甲板正化作泥淖，他的胸膛正深陷无形的台钳，他在导航圣所外和那个异形战兽掌中所感受到的恶心感觉又回来了。正如曾经那样，他探寻并找到了支撑他走到今日的意志力量。

我的信仰。

"您瞎了吗？"加罗低语着。

多恩雷嗔电怒。"你跟我说什么？"

"我问您是否瞎了，大人，因为您恐怕的确是这样。"这些话脱口而出，加罗内心的某些部分对他这疯狂大胆的话语感到惊奇，"只有像您这样的人才会遭受如此可怕的微疾。您的盲目只有兄弟才会拥有：您的敏锐判断因钦佩和尊敬而蒙蔽，因您对同胞、对战帅的爱戴而蒙蔽。"

罗格·多恩那严肃的面具并不常崩裂，但如今它崩裂了。一位神祇的怒火在他的面容上爆发，在一道闪烁的金光中，原体拔出了他强大的链锯剑，宛若死亡咆哮。"我收回之前的话，"他怒吼道，"给我跪下，接受死亡，你现在还有机会像个阿斯塔特一样死去！"

"多恩大人，不！"一位女子的声音传过房间，但她的情绪波动令圣所内的每个人，甚至包括原体本人都感到犹豫。

克鲁兹转过身，看到那个姑娘奇勒正跑过蓝色的大理石瓷砖，她的靴子在地板上啪嗒作响。她的身后是辛德曼、梅萨蒂·欧丽顿，以及一对举枪瞄准的帝国之拳。亚克顿感到悠弗拉迪的声音回荡在他脑海中，他想起了在复仇之魂号上，奇勒的手放在他胸膛上时所感受到的奇怪的温暖，彼时一切都已万劫不复。

"这场闯入是怎么回事？"多恩咆哮道，他那嗡嗡作响的剑刃仍然悬在加罗的喉咙前，行将挥下。

"他们要求进入，"一个守卫说道，"她……那个女人，她……"

"她有时候非常有说服力。"克鲁兹指出。

悠弗拉迪无所畏惧地走上前，面对原体说道："罗格·多恩，黄金英雄，石人。您正身处帝国以及银河系历史的转折点。如果您因内森尼尔·加罗敢于直言不讳而击杀他，那么您的确如他所说的那样盲目。"

"你是谁？"这位金人质问道。

"我是悠弗拉迪·奇勒，第 63 号远征舰队的前摄像师和记述者。如今我只是一位承载者——帝皇意志的承载者。"

"你的名字对我而言毫无意义，"多恩驳斥道，"现在要么站到一边，要么跟他陪葬。"

克鲁兹听到了欧丽顿的啜泣声，她把脸埋到辛德曼的肩头。克鲁兹以为奇勒会面露恐惧，但相反，她的面容上只有悲伤和同情。"罗格·多恩，"她说道，伸出一只手，"不要害怕。您并非向星辰所展露出的铁石之面。您能够打开自己。您不必恐惧真相。"

"我是帝国之拳，"多恩喊道，声音如若锤击，"我就是恐惧的化身！"

"那就看看内森尼尔话语中的忠诚，看看他诚实的证明。"奇勒呼唤欧丽顿上前，在那位宣讲者的支持下，这位纪实作者走了过来。这位黑皮肤的女人平复自身，显露出比平常更为优雅的举止外表，克鲁兹露出一丝微笑。

"我是梅萨蒂·欧丽顿，记述者，"她宣告道，行了一个屈膝礼，"如果原体大人允许的话，我会向您提供这些事件的记忆。"欧丽顿指了指安装在地板上的全息投影台。

多恩将他的剑立于胸前，十分愤怒。"这是我对你们最后的迁就。"

西吉斯蒙德走上前来，指引梅萨蒂来到全息仪前。这位纪实作者小心翼翼地从她的连衣裙锦中拿出一根上好的缆线，划过她细长无发的头颅上的无缝冠。皮下隐藏的插座连上电线，亚克顿听到了轻柔的咔嗒声。她将缆线的另一端连上全息台的交互面板。弄好后，欧丽顿盘腿而坐，低下头。"我被赋予了许多方法进行记忆。我会编写图像流，并由一系列记忆植入线圈辅助。"她再次用一根手指划过她的脑袋，"我现在打开这些记忆。我所展示的，大人，是我亲眼目睹的。这些图像无法伪造或篡改。这是……"她颤抖不已，口齿不清，几乎快要流泪，"这是已经发生的事情。"

"没事的，亲爱的，"辛德曼说道，握住她的手，"勇敢点。"

"这对她而言很困难，"奇勒解释道，"她会经历这些事件的情感回荡。"

全息仪打开了，模糊混杂的图像和不成形的形体浮现而出。在大量如梦般的图像中，克鲁兹看到了他所熟悉的面孔，还有他所不认识的：洛肯、那位颓废的诗人卡尔卡斯、星语者英梅星、佩卓尼拉·维瓦和她那位残酷的哑巴马迦德。随后画面迷糊变幻，欧丽顿环视房间片刻，全息仪放映着她的所见所闻。她的目光紧盯着多恩，多恩点点头。

全息仪的模糊画面改变了，加罗的注意力被其中的回放和动作所吸引。

关于复仇之魂号主觐见室中发生的事，他只听过克鲁兹的间接阐释，但此时此刻，他透过目击者的眼睛直接看到了这一切。

从伊斯特凡Ⅲ圣歌城地表传来的战场屠戮画面浮现在他们面前，欧丽顿小声啜泣着。加罗、克鲁兹和帝国之拳们对于战争并不陌生，但这明显恣意的恐怖战斗足以令他们踌躇。他看到西吉斯蒙德面露厌恶。随后记录转变了，梅萨蒂正看着站在高台上的战帅，他的面容满怀冷酷的使命感。"你们记述者声称想要目睹战争。好啊，这就是战争。"他语气中的享受无可争辩。这并非一位实施必要之战的战士，而是一个怀着公然满足感，让鲜血之潮染尽双手的人。

"荷鲁斯？"多恩的口中低语出那个名字，宛若幽灵，但加罗听到了其中的疑惑与迷惘。原体看到自己兄弟的举止极不正常。

随后，透过梅萨蒂·欧丽顿的眼睛，他们看到了对伊斯特凡Ⅲ和圣歌城的轰炸。轨道上的舰船射出一条条银镖，如同俯冲的猛禽扑向猎物，随着记述者的声音被阿斯塔特爆矢枪的呼啸声所淹没，那些银镖击中了目标，化作一圈圈不可阻挡的黑色死亡。

"帝皇之血啊，"西吉斯蒙德低语着，"加罗说的是真的。他轰炸了自己人。"

"那……那是什么？"欧丽顿问道，自己的声音和记录中的一齐道出。

奇勒在记录中的声音回答她："你们之前就目睹过。是帝皇通过我为你们展现的。这是死亡。"

记录跳跃放映着。在回忆的快速闪烁中，他们看到了克鲁兹与那个叛变保镖马迦德在发射舱中的战斗，逃离荷鲁斯的战舰，终焉号的攻击，还有更多。

最终，多恩转过身。"够了。结束吧，姑娘。"

辛德曼轻柔地将缆线从全息仪中拔出，梅萨蒂像被抛弃的牵线木偶一般抽搐着，图像消失了。

圣所内寒冷清新的空气充满紧张感，原体缓缓将他的链锯剑入鞘。他的手指抚过他的脸庞，擦过他的双眼。"也许……我没有看清？"多恩看向加罗，他那强大的威能有所黯淡，"真是愚蠢。我竟拒绝接受如此疯狂的真相，即便是在行将杀死信使的那一刻，这令人惊奇吗？"

"不，大人，"加罗承认，"我也不想相信这个真相，但真相并不会在意我们的想法。"

西吉斯蒙德看向他的指挥官，问道："主公，我们该做什么？"加罗对第一连长感到一阵同情。他知道这位帝国之拳此时此刻所感受到的那种痛苦，那种耻辱。

"召集连长们，并向他们介绍下情况，但不得再传开，"多恩片刻后说道，"加罗，克鲁兹，你们也要接受这道命令。让艾森斯坦号的幸存者们保持沉默。我不会让这个消息在舰队中肆无忌惮地传开。我会择机向军团揭露。"

阿斯塔特们点点头。"是，大人。"

多恩走开了。"你们现在都退下。我必须思考下这件事。"他最后看向西吉斯蒙德，"任何人都不得进入我的房间，直到我现身。"

第一连长敬了个礼，说道："如果你需要我的建议，大人——"

"我不需要。"原体离开了，在他离开后，加罗情不自禁地看到西吉斯蒙德面容上深深的忧虑，他关上了身后圣所的大门。

加罗看到奇勒正站在门旁，一滴眼泪流下她的脸颊。"你为何流泪？"他问道，"是为我们吗？"

悠弗拉迪摇了摇头，朝着沉重闭锁的舱门示意说道："是为他，内森尼尔，因为他不能流泪。今日你我已令一位兄弟心碎，而没有什么能修复他的心。"

多恩的舰队已经准备好返回亚空间，艾森斯坦号的舰员们发现自己被排除在了工作岗位外，他们被隔离在山阵号石头走廊深处的临时性营房内。对于加罗而言，冥想并非易事，因此他徘徊于这座巨大星堡的拱门和通道中。在过去，山阵号也许会成为某个遥远世界的小行星或小卫星，但如今它是投身于第七阿斯塔特军团战事与荣耀的大教堂。他看到了遍布战斗荣誉的长廊，几公里长，要塞中整段整段的走廊都被用于训练，模拟成不同的战斗环境。加罗驻足于一个巨大的房间中，这里模拟的是因维特的冰冻沙丘，据传多恩正是在那里长大成人。在他周围，身着金甲的战士们目的明确，行动毫不迟疑，加罗则小心翼翼地迈着步子，仍在努力避免因战斗伤势所造成的跛足。他感到格格不入，他的白绿色战甲在蜂黄黑饰的帝国之拳中仿佛是个错误的注释。

最终，加罗发现自己来到了悠弗拉迪·奇勒的宿舍外，他几乎想要骗自己认为这只是个巧合。

奇勒在他敲门前便打开了门。"你好，内森尼尔。我准备了一点药茶。你想要尝尝吗？"奇勒为他留门，自己消失在了房间中。加罗叹了口气，跟着她走进去。"多恩大人仍然没有消息？"

"没有，"加罗确认，检查着这个简洁的宿舍，"他已经在他的圣所里待了一天一夜了。与此同时西吉斯蒙德连长掌握着指挥权。"

"原体需要考虑许多。我们只能想象，我们的消息令他有多么不安。"

"是啊，"加罗承认，从奇勒纤弱的手中接过一杯刺鼻的酿酒。他变换姿态，将重心放到他的强化腿上。这些天来，机械义肢是他最不担忧的事物。

"你呢？"她问道，"对这次事态转变你怎么想？"

"我希望我能有时间休息，睡一睡。然而这很难。"

"我以为你们阿斯塔特从不睡觉。"

"这是个误解。我们的植入物能让我们保持半休眠状态，同时仍然能感知周围环境。"加罗抿了一口，感觉很合口味，"昨天我试过，但之后的梦境令我不安。"

"你在梦中看到了什么？"

这位死亡守卫皱起眉。"一场战斗，在一个我所不知道的世界上。景色似乎很熟悉，但很难确定。我的兄弟们都在，德西乌斯和沃延，多恩的战士们也在。我们在与某种令人憎恶的生物战斗，一个疫病怪兽，就像是艾森斯坦号上的那些东西。食腐蝇群遮天蔽日，我的内心深感恶心。"他移开目光，摒弃那感觉，"只是个幻景。"

奇勒的桌上有一捆圣言录小册子，一根粗蜡烛在纱罩中燃烧着。"我看过卡莱布的那些文字。我想我能更好地理解你们这些人的信仰。"

悠弗拉迪看到了加罗的目光所及之处。"信众们自被营救以来一直都在独处，"她解释道，"迄今没有任何集会。"她露出微笑，"你说'你们这些人'，内森尼尔。这是因为你觉得自己不是我们的一员？"

"我是阿斯塔特，帝国真理的仆人——"

奇勒挥挥手让他沉默。"我们之前谈过这点的。这两者并非相互排斥。"她看着加罗的眼睛，"你肩负着如此多的重担，但你仍不愿让他人来与你一同承受。这条信息……这条警告，并非属于你一人。逃离伊斯特凡谋杀的所有人，我们都同样肩负着它。"

"也许如此，"加罗坦承，"但这并不能减轻我的负担。我指挥着……"他踌躇了片刻，"我曾指挥着艾森斯坦号，这条信息仍是我的职责。连你都告诉过我，这是我的任务。"

奇勒摇摇头，说道："不，内森尼尔，这条警告只是一个方面。你的职责，正如你刚刚所说的，是真相。你为此豁出了性命，你曾违背了内心想要加入自己同胞的意愿，只为真相效力，你甚至挺身面对一位原体的愤怒，而毫不退缩。"

"是的，但每当我想到真相将要带来的黑暗和毁灭，我感觉自己仿佛快要被碾碎！这件事的重要性，奇勒，荷鲁斯背叛的切实规模……这将会爆发一场内战，银河将会燃烧。"

"而因为你背负着这条警告，你觉得自己应对此负责？"

"我只是一介士兵。我曾以为是这样，但如今……"加罗移开目光。

那位女人靠上前来，追问："是什么，内森尼尔？告诉我，你相信什么。"

加罗放下杯子，拿出卡莱布的那捆纸张，还有那个黄铜圣像。"在我的侍卫死前，他告诉我我怀有使命。那时我并未明白他的意思，但如今……如今我难以质疑这一点。如果卡莱布是对的呢，如果你是对的呢？我是帝皇意志的执行者吗？你在祈祷中说帝皇保佑。他有保佑我，让我能够履行这项职责吗？"加罗讲得越来越快，他的话语飞快地跟上他的思绪，"我的所见所闻，那些触及我思绪的景象……这些是为了加强我的决心吗？我内心的一部分大叫着，这是极度的傲慢，但随后我望向四周，看到我被他所选中。如果真是如此，那么帝皇是怎样一个存在，除非是一个……神？"

奇勒伸出手，触摸加罗的手臂。她的声音令加罗倒吸了口气。"终于你看清了一切，内森尼尔。"这位女人抬起头看着加罗，她正在哭泣，但她流下的是喜悦的信仰之泪。

加罗在他居住的寝室中收到了召唤。他遵循西吉斯蒙德的简要信息找到一列气动电车，坐车穿过了比那些星球巢都还要复杂的轨道网络。他抵达了要塞指挥中心，一位面容冷酷的帝国之拳士官护送他来到一个觐见室，这里的宏伟壮丽堪比狼神议庭。加罗感到一段令人不安的记忆闪现而过。上一次他被召唤到这样一场集会时，开启了战帅叛乱的一系列事件。

亚克顿·克鲁兹已经在了，还有帝国之拳各个连队的连长。这些黄甲战士几乎没有理会这位死亡守卫的抵达，只有西吉斯蒙德向他简单点头，表示欢迎。

"嗨，小伙子，"那位影月苍狼说道，"似乎我们很快就会知道自己的命运了。"

尽管如此，加罗仍然感到内心深处朝气蓬勃，他与奇勒的谈话仍然记忆犹新。"我已经准备好面对了，"他告诉那位老兵，"不论结局如何。"

克鲁兹露出一丝微笑，感觉到了加罗的变化。"就要这种精神。我们会度过这一切，直到终局。"

"是的。"加罗端详着房间中的其他人，"这就是多恩的高级幕僚？他们看起来阴沉无比。"

"的确如此。即便是在最美好的日子，帝国之拳也是群刻板之人。我还记得我的三连小伙子们和埃弗雷德并肩作战的场景，我对面那位。"他指着另一群人中一个留着胡须的阿斯塔特，"从没见他露过笑脸，一年之久的战役中一次也没有。那边那位是阿利克西斯·波拉克斯、约拿德以及来自六连的泰尔……他们被称作石人不是没有原因的。"他摇了摇头，"而现在，他们更加严肃了。"

"西吉斯蒙德告诉了他们关于荷鲁斯的事？"

克鲁兹点点头。"但这还不是全部。我听到传闻说，多恩的住所内有传出暴力的声音。人们只能想象原体发怒时所能造成的破坏。"

"而罗格·多恩绝不是一个会公开发泄懊恼的人。"他再次端详着其他连长，"原体的心境决定了军团的态度。"

"这是他们的作风，"克鲁兹指出，"他们将怒火深埋于岩石与钢铁之下。"

房间另一端的大门打开了，昏暗中走出了帝国之拳之主。多恩并没有穿着初次见加罗时所穿的战甲，相反，他身着一袭简朴的长袍，但着装的改变并未降低他的存在感。如果说有什么区别的话，没有了陶瓷弹性钢的束缚，原体似乎显得更为高大。西吉斯蒙德和其他连长低身鞠躬，加罗和克鲁兹也随之效仿。

就加罗对帝国之拳的了解，他以为会有某种仪式或正式程序，但相反，多恩坚定地迈向房间中央，看向四周，依次与每个人四目相对。

加罗在那双眼睛中看到了刻骨铭心的愤怒，那是他曾短暂见识过的怒火余音。他的嘴巴感到干涸。他可不想再次面对那般愤怒。

"兄弟们，"原体低沉地说道，"伊斯特凡星系发生了一些事，违背了我们对泰拉之主的誓言信条。虽然完整的图景尚不清晰，但必为之事显而易见。"他朝着那位死亡守卫和影月苍狼迈出一步，"不论好坏，由战斗连长加罗带给我们的陈述必须带到其最终的目的地。这条信息必须送到帝皇的耳边，因为只有他才能决定如何行事。很遗憾，这个选择，非我力所能及。"

"主公，允许我发言，"泰尔连长开口道，"如果这可怕行径的真实性无可争辩，那么我们怎能不作出回应？如果伊斯特凡星系正掀起背叛，那就不能令其拥有立足的时间。"周围的人纷纷点头。

"我们会作出回应，对此你大可放心，"多恩回答时，威严稳重，"埃弗雷德连长、哈布雷特连长和他们的老兵连队会与我的个人卫队组成一支分遣队，与我一同留在山阵号上。这场会面结束后，我会下令导航者设定前往太阳系的航线。加罗连长已经履行了他的职责，将这条警告带给了我们，而我的目标则是亲自完成这项任务。我会继续前往泰拉，这正是我们最初的计划。"他瞥向第一连长，"西吉斯蒙德，我的左膀右臂，你会直接指挥剩下的军团和战争舰队。你要在战斗部署状态下实施回程航行，前往伊斯特凡星系，并视之为进入敌对领地。回程将会很困难。亚空间风暴仍在那个星区肆虐，航行将极具挑战。到那去，第一连长，支援我们忠于帝皇的同胞，并了解那些世界发生了什么。"

"如果战帅背叛了泰拉，那我的命令是什么？"西吉斯蒙德问道，脸色苍白。

多恩面容僵硬地说道："告诉他，他的兄弟罗格要他做出交代。"

第十五章

七十壮士的命运
危海
重生

死亡守卫连长走进要塞巨大的医务层，走向德西乌斯的病房。他靠近隔离房。身上带着卡赖亚带来的那个铭牌，这是星舰艾森斯坦号在那场毁灭中唯一遗留下来的部件。巨大的货物机仆将那艘船上的医院舱分离了出来，并转接到了这座要塞中，在这里，多恩的医师们能够运用他们的技艺处理这位战士的伤势。

帝国之拳的药剂师们并不比死亡守卫的药剂师更厉害。透过玻璃舱的墙壁，德西乌斯看起来濒临死亡。乌青的刀伤在皮肤上沉陷，苍白的尸肉手指从伤口中伸出。渗液的脓疮积聚在德西乌斯的嘴角和鼻孔，他的双眼因干涸的脓汁而黏合。格鲁尔格那低劣刀刃上的毒素感染正在攻击这位年轻阿斯塔特的防御机制，每一刻他都痛苦无比。

加罗意识到有人正站在他身旁。他看到沃延的脸在玻璃墙上映射而出。"他曾开口过一两次，大都语无伦次。"沃延沉默了，仿佛害怕与连长讲话，"他在狂乱中呼喊着战吼和作战命令。"

加罗点点头。"他就像对抗任何敌手一样与疾病作战。"

"我们几乎无能为力，"沃延承认，"病毒近来已经进入了空气传播阶段，我们不能进入房间照料他，即便身着完全密封的动力盔甲。我已经竭尽所能减轻他的痛苦，但他只有孤军奋战。"

"帝皇会保佑他。"加罗喃喃着。

"希望如此。西吉斯蒙德连长已经下令，让山阵号的医疗人员检查并记录德西乌斯疾病的每个方面，以免……我们在艾森斯坦号上遭遇的那些入侵者返回。我已经告诉了他们我所目睹的一切。"

"很好。"加罗转身离开，"继续吧。"

"大人。"沃延挡住加罗的道，低下头，"我们必须谈谈。"他向战斗连长递出他的战斗刀刃。"在舰桥上，在您触发亚空间爆闪之前，我向您提出了质疑，我现在明白我错了。您向我们承诺会有救援，而救援的确来了。我的这般抗命必须接受责罚。"他抬起头，"我两次辜负了您的信任。我会接受您给予的任何惩罚。我的性命属于您。"

加罗接过那把刀，端持良久。"你在结社和艾森斯坦号上所做的一切，梅里克，并非出于内心的恶意。你之所以做出这些事，是因为恐惧——对未知的恐惧。"他递回那把武器，"我不会因此惩罚你。你是我的战斗兄弟，你的质疑正是我将你留在身边的原因。"他伸手搭在沃延的肩上，"永远别再害怕，梅里克。和我一样，仰仗帝皇。相信他，你便无所畏惧。"加罗一念间抽出了卡莱布的小册子，塞到了沃延的手中，"你也许能在这里面找到一些意义。"

加密的星语信号自山阵号传出，高级协议在太阳系帝国部队最安全的层面发出警告。多恩的权力足以让舰船启动，让部队进入更高的战备状态；同时还有其他部队正在行动，多个机构探测到星堡及其宝贵货物的抵达。

在阅神星轨道内近处，山阵号从一道亚空间门中爆出，伴随着激烈的震荡，一道道异域闪电射入虚空。分布在这第十颗行星地表的灵敏传感器记录下新来者，并立刻将报告发送到冥王星和天王星的中继站，在那里报告将通过星语者继续发往泰拉及其领地。帝国之拳返回人类摇篮的行程已大大延误。按理说，太阳系的诸多外围殖民地应该举办庆典和宏大的仪式以纪念这一刻。但相反的是，山阵号以无情的意志全速驶来，并未在太阳系的边缘世界进行庄严的巡航。

这艘巨船并未飘扬着英雄舰船凯旋的旌旗。相反，山阵号周围的桅杆和激光灯显示着紧急的颜色。巡逻舰让开路，没有任何舰长敢质问帝国之拳之主如此仓促的原因。引擎如同被俘获的恒星一般闪耀着，这艘要塞舰以四分之三光速穿过奥尔特星云参差不齐的边缘，进入黄道面，在耀眼的辐射闪烁中穿过海王星的轨道。

加罗再一次被唤至多恩的房间。在大厅后面，巨大的铁板折入华丽的墙中，露出一个玻璃球窗，俯瞰着下方要塞的指挥枢纽。这里就像是任何星舰的舰桥，但规模却大了百倍。加罗想到了体育场，中央舞台上是一层层交错的操作员控制台组成的同心圆。指挥甲板的中央部分是全息显示仪组成的长廊，其中一些有四层楼高，一直在闪烁变化着。身着帝国之拳盔甲的阿斯塔特雕像沿着枢纽两侧排列，他们伸出手臂，仿佛将多恩的观察窗置于指尖。

在这一层排列着转发器控制台，如此原体和他的军官便能够以一道指令从枢纽的任何岗位抽取信息。加罗意识到在这个制高点上，一位将领能够指挥一场百万士兵和万千星舰组成的全面战争。他向克鲁兹打了个招呼，那位影月苍狼正在与埃弗雷德连长交谈，加罗则在多恩面前低下头。

"您找我，大人？"

"我有些东西来让你看看。"原体向哈布雷特点点头，那位高大的帝国之拳棱角分明，剃着光头，"让战斗连长看看我们的新护卫。"

哈布雷特按下一个控制键，一个图像屏幕出现在宽大的控制台上。加罗看到了山阵号舰身外的虚空画面，一个大大的黑色轮廓正与山阵号编队航行。那艘船的结构只能通过它遮挡的星辰来判断：那是一艘黑船。

"荣耀长空号。"这确定无疑，加罗看清那船结构的那一刻，他的脑海中便填补上了那块空白处。他确信那是出现在约塔赫罗洛基的同一艘船。

"没错，"多恩说道，"这个幽灵在我们离开海王星的阴影时便加入了我们，与我们保持着相同的航向和航速。他们带来了泰拉议会的命令以及停港的指示。他们特别提及了你，连长，以及那个女人奇勒。你要告诉我原因。"

加罗跨踌了，不确定该如何回应。"我曾与阿门德拉·肯德尔打过交道，那是寂静修女会的一位高阶遗忘骑士。"他开口道。

多恩摇了下头，做出一个简短的命令手势。"我并不关心你与这些不可接触者的交道，加罗。让我担心的是，他们知道奇勒在我的船上，而他们吩咐我将她隔离。"

加罗的内心涌起一阵忧虑。"悠弗拉迪·奇勒对山阵号不构成威胁，长官。她……是一位具有天赋的人。"

"天赋。"多恩低声咆哮，"我了解修女会所寻找的这类'天赋'。你把一个精神巫师带上了我的要塞吗，死亡守卫？这个记述者有灵能者的特征吗？"他面露苦相，"我曾亲临尼凯亚，彼时帝皇本人谴责了为了帝国大义而使用这些亚空间力量的行为！我不会允许这些力量在我的战士们之间恣意妄行！"

"她并非巫师,大人,"加罗反驳道,"如果有的话,她的天赋只是她对帝皇的感触比其他任何人都要敏锐!"加罗声音中的颤抖吸引了克鲁兹的注意,那位影月苍狼走了过来。

"我们拭目以待。阿门德拉修女已经请求将奇勒关押起来,哈布雷特的手下已经在看守着她。那个女人和她的同伴在我们抵达月球轨道后将会被移交给寂静修女。"

"长官,这我不能允许。"加罗情不自禁脱口而出,"他们受到我的保护。"

"还有我!"克鲁兹插嘴道,"洛肯亲自将他们的安全托付给我!"

"你们的希望和许可与帝国之拳无关!"哈布雷特厉声说道,他走上前来面对加罗,"你们是第七军团的客人,你们的言行应当符合客人的身份。"

"你们两人有些误解,"多恩说道,走到窗前,"你们忘了你们对我所说的吗?死亡守卫和荷鲁斯之子已经背叛了帝皇,假若如此,他们的军团很快便会被宣布为叛徒,还有他们的所有战士、保护国和服役的舰员。"

"我们舍身犯险带来这个警告!"加罗的话语脆弱如冰,"而现在你们却要称我们为叛徒?"

"我只是道出过去已经发生的和未来可能发生的事。你觉得我们为何要前往月球基地靠港,而不是泰拉轨道?我不会因一时的念头便让议会和帝皇身处危险之中!"

克鲁兹愤怒地啐了一口,这位老战士惯常的缄默举止消失了。"原谅我,多恩大人,但您没有看到欧丽顿女士的记忆记录吗?七十位阿斯塔特的誓言还不足以证明吗?"

"这七十位阿斯塔特的军团背叛了泰拉。"埃弗雷德阴沉地说道。

原体点点头。"理解我的立场。尽管有你们带来的所有证据,我也不能确定这件事,除非我通过一位帝国之拳的双眼目睹。我并非称你们为骗子,兄弟们,但我必须全面看待这件事,考虑每一种可能性。"

"假若你们才是这里的叛徒呢?"哈布雷特质问道,"假设荷鲁斯被自己人的某些阴谋所中伤,而你们则是被派来刺杀帝皇的呢?"

加罗的手落到自由剑的剑柄。"我曾因更低级的侮辱而杀人,帝国之拳!请告诉我,我们要怎么做出这种荒谬的事?"

"也许通过将一个巫师灵能者暗中带到泰拉,"埃弗雷德说道,"或是一个深受瘟疫折磨，却让医师们束手无策的人？"

加罗感到寒意彻骨，愤怒瞬间消散。"不……不。"他转向多恩，"大人，如果我们所告诉您的，所向您展现的，都不足以说服您的话，那么我恳求了解，要付出什么才能让您相信！一定要我拔剑自戕，您才会相信我吗？"

"这段时间我已经同帝国摄政、掌印者马卡多谈过了，通过机器呼叫通信，"原体说道，"我向他确认，尽管你们突破难关带来警告，展现出了对帝皇的奉献，但泰拉议会无法完全确定这些人的忠诚最终落于何处。"多恩的声音冷酷无情，但加罗第一次感觉到了其中的紧张感。原体对阿斯塔特同僚说出这样的话并不容易。"我的命令是返回泰拉，强化星球的防御，似乎我这么做是要为了抵御我自己的兄弟。"他瞥向加罗，"我会前往帝国皇宫，向帝皇汇报这个重大消息。你、复仇之魂的逃亡者以及艾森斯坦号上的全体阿斯塔特，将会留在月球上的安息城堡中的安全处，直到我们的主人决定你们的命运。"

加罗缓慢谨慎地拔出他的剑，反转握手，将武器呈给多恩，就像沃延将他的战斗匕首呈给加罗一样。"如果我是个骗子，那就拿上我的剑，终结我的性命吧，大人，我恳求您，我已经厌倦了这积压在我们身上的考验！尽管有着各种谎言和不信任攻击我，但我无法面对来自同胞的中伤！"加罗的另一只空手伸到他的胸前，触摸着鹰徽胸甲。他朝着原体的盔甲以及其上相似的盾徽点点头，两者都映射出人类之主所穿的战甲。"我们都负着帝皇天鹰的徽记。这意义如此微不足道吗？"

"在这黑暗的时期，没有什么能够确定无疑。"多恩的面容再次化作石头，"收起你的武器，并保持沉默，战斗连长加罗。你必须明白：如果你以任何方式违抗掌印者的敕令，那么帝国之拳的满腔怒火将会倾泻在你和你的同伴身上。"

"我们不会违抗，"加罗说道，感到受挫，"如果这是必要之举，那就这样吧。"自由剑沉默地插回剑鞘。

原体转过身说道："我们将会在几小时内抵达。集结好你的手下，准备下船。"

从大理石地板到房间门的距离似乎愈来愈大，加罗受伤的那条腿紧绷着，每一步都感受着虚幻的痛苦。

山阵号通过悬浮的轨道防御站和商业平台组成的华丽装饰，向月球接近，它的路线是穿越黑暗通往泰拉天然卫星的一道开放的走廊。在帝国之拳的要塞停泊在月球外零引力的拉格朗日点时，环绕月球的山阵号就像是环绕地球的月球一样。

曾几何时，这颗卫星还是个斑驳的石头荒原，彼时人类刚从其起源世界冒险踏出婴儿最初的一步。他们在这里建立了殖民地，在无情寒冷的虚空中磨炼勇气，准备前往其他行星的未来旅程，但随着泰拉人民的前进，月球仅仅成了一个中转站，是行星星际旅程的途经点——再到后来，则是恒星星际旅行。

在冲突年代，泰拉深陷战火，血流成河，月球曾一度遭到废弃，但在帝皇崛起之后，月球重生了。这颗卫星兴衰枯荣，阴晴圆缺，帝国时代为它带来了新生。

沿着这个灰色石球的赤道将之二等分的，是一条数公里宽的人造山谷。这便是环道，一条凿开灰暗月面岩石的人工峡谷。这道地峡两侧遍布着通往月球内部的门户，月球的核心则是由人类开凿的蜂巢状空间。这颗古老死寂的月石成了人类有史以来建造的最大的军事复合体。这是用于帝国舰队的巨大造船厂，小到穿梭机，大到战斗母舰，数千星舰在此建造维护，而在另一边的月面则是诸多复合基地，观测着远方的虚空。月球港乃是人类伟大舰队的冷酷石心。

这颗卫星既是个武器，也是个安全港。从月球核心中挖出的大部分金属，以及从环道挖掘出的岩石都被帝皇的能工巧匠们利用，打造成围绕这颗小行星的人造星环。这个巨大的灰色环带拥有诸多光矛炮组，以及提供给更多战舰的坞舱。无论月光洒向何处，看到这个环带的人皆能安稳入睡，因为他们深知无休无眠的守护者正保卫着他们。

而在那之外，则是泰拉。

人类的摇篮处于黑暗之中。太阳的光芒在星球的曲面周围闪闪发光，那是一道灿烂的金色光弧。泰拉的夜晚一侧正对着月球，大陆地貌和高大的巢城建筑大都隐藏在厚厚的风暴和雾霾之下。在云层足够稀薄的地方，生态大都市的辉煌灯火如同蓝白斑斓的项链，有些聚集成光环，有些则沿着海岸线延伸数百公里。海洋所在的暗斑如同溢出的墨汁一般闪着微光。

一艘黄色的风暴鸟运载着艾森斯坦号七十壮士的首批队伍，内森尼尔·加罗从加速架上起身，走向一扇观察窗，毫不理会哈布雷特连长及其手下那不带感情的目光。他的头紧靠在半球形的强化玻璃上，用裸露的双眼看着他出生的那颗星球。已经过去多久了？时间似乎比往常更为沉重。加罗估计，自他最后一次看到雄伟壮丽的帝国泰拉起，已经过去了数十年。

一阵悲伤顿时涌来。在黑夜中，他不可能认出自己年轻时轻易学习到的地形地标。加罗在想，在他望向下方时，下方是否也有人正望着天际？也许那是一个不满十五周岁的男孩，在生命中第一次来到阿尔比亚荒凉的农业园，直直地盯着夜晚的天空，惊叹于星辰的浩瀚无穷。

他的出生地，以及他童年时的风光景色就在下方转动的星球上的某个地方。那里正是帝国的心脏，那里有诸如红山、精华图书馆、请愿者城以及帝国皇宫——如今帝皇本人的居所等气势恢宏的伟大建筑群。这里是如此之近，加罗感觉他能伸出手，将之握于他的盔甲掌心。他将拳套按压在窗户上，手掌完全覆盖住整个星球。

"要是这么简单就能保护它就好了。"哈库尔说道。这位士官也来到了观察窗前。

尽管发生了这一切，但加罗却因看到自己的家园世界而感到奇怪的振奋，即便他的情绪正陷入忧郁之中。"只要仍有一位阿斯塔特一息尚存，泰拉就不会陨落，老朋友。"

"我希望自己不是那位阿斯塔特，"哈库尔回答道，"日子一天天过去，我们却仍然遭到隔离。"

"是啊。"这位死亡守卫思忖着。时间的确比他预期的过得快。在艾森斯坦号逃亡时，对于舰上的人而言，停航和营救的那段时间仿佛过去了好几周，但加罗很快发现，与他们的主观时间相比，其他地方仅仅过去了几天。根据从帝国首都广播的中央计时器，自伊斯特凡Ⅲ的进攻起已经过去了两倍的时间。加罗又一次想到了那些被抛下面对荷鲁斯炮火的忠诚派。

风暴鸟转向，机鼻朝着月球下降，坚硬的白石填满了观察窗，那颜色就像是加罗的白色盔甲。他们正飞向雷蒂亚山谷以及外面的危海，寂静修女会在此建立了她们在月球上的安全城堡。

加罗的眼角捕捉到了动静，一位黄甲帝国之拳从艉舱走上前来。哈库尔也注意到了。"我不喜欢在我执行第一次离开世界的任务时遭到像新兵一样的对待，"他低声说道，"我们不需要护卫，不需要这些毫无幽默感的笨蛋。"

"这是多恩的命令。"加罗回答道，尽管他的声音并不坚定。

"我们现在是囚犯了吗，连长？我们远道而来，结果却被铐上铁镣，然后被送进月球的某个地牢？"

加罗看着他说道："我们不是囚犯，哈库尔士官。我们仍然拥有战甲和武器。"

那位老兵嗤之以鼻。"只是因为多恩的手下认为我们对他们不构成威胁。看看那儿，长官。"他朝着机舱远端的那些战士点点头，"他们假装很放松，却难以掩饰太过僵硬。我观察了他们在这艘船上的行动模式。他们的行动仿佛是在执行警卫任务，而我们则是被看管人。"

"也许是吧，"加罗承认，"但我相信哈布雷特连长更害怕的是我们所代表的事物，而非我们的身份。当多恩揭露战帅阴谋的真相时，我看到了他的表情。他无法理解。"

"也许如此，大人，但这种紧张感就像是踩在刀刃上一般！"他看向四周，"这对我们是种侮辱。他们将我们分隔开，让那个影月苍狼和沃延在一起，那个男孩德西乌斯的隔离舱则在另一艘穿梭机上，而我从不知道那位宣讲者和那几个女人怎么样了。"

加罗指向观察窗外，说："我们都要去同一个地方，安杜斯。"

在外面，安息城堡那垂直的黄铜塔楼迎接着下降的运输船。随着他们逐渐接近，加罗看到那座建筑有着上百个门，一个接一个，就像是寂静修女的黄金头盔面甲那样排列着。风暴鸟盘旋下降，环绕着塔楼。外面巨大坑洞的底部出现了一个穹顶，它缓缓打开，三角形的分段抽回，露出隐藏的停机坪。

"我们正在最终进场，即将进入城堡，"哈布雷特说道，"坐好了。"

"我要是想站着呢？"哈库尔回答道，语气公然挑衅。

"士官。"加罗警告道，挥挥手让他就位。

"你的属下都这么任性吗？"另一位连长咕哝着。

"当然了，"加罗说道，回到他的加速椅，"我们是死亡守卫。这是我们的天性。"

风暴鸟的舱门打开了，加罗迈步走下空降跳板，令哈布雷特措手不及。

按照礼仪，这是一艘帝国之拳的飞船，帝国之拳应该首先走下跳板，但加罗觉得这毫无意义的礼节越来越没用。

一队寂静修女在停机坪上以审慎的队形等候着他们。加罗瞥向四周，在风暴鸟折叠的机翼上方是打开的舱门。肥皂泡似的渗透性光环场闪闪发光，将空气保留在房间内，同时能让诸如飞船一类的高质量物体不受阻碍地通过。第二艘风暴鸟在一阵反推气流中降下，虚空中第三艘船正在进场，指示灯闪烁着，但太过遥远看不清细节。

阿斯塔特走到修女面前，低身鞠躬。"内森尼尔·加罗，死亡守卫的战斗连长。依原体罗格·多恩的命令，我来到此地。"

哈布雷特及其护卫迈着沉重的步伐走了下来，加罗感到他们身上散发着恼怒。他的目光停留在修女们身上。她们的小队标记各不相同，他发现有一些和风暴匕首小队的标记相吻合。

加罗看到了他曾在约伽尔族世界舰上遇到的同样一批战士，但她们相同样式的盔甲上却有着不同的风格特征，就像是不同的阿斯塔特军团一样。一群人的盔甲上刻着冷银，下半张脸隐藏在带刺的护罩下，就像是一道篱笆。另一个女人站在这群人的边缘，没有穿盔甲。相反，她身着厚厚的、血红色的皮质带扣外衣，戴着相称的拳套，脖子周围是高高的衣领。那个女人没有眼睛。取而代之的是两个强化物，沉重的红宝石色玻璃目镜安装于眉毛和脸颊的皮肤上，带着如头发一般精细的电线。她端详着加罗，满怀热忱，如同一个外科医生观察着显微镜下的癌细胞。

突然间，加罗感到一阵寒意深入骨髓。这种奇怪的感觉和他在坚韧号集合大厅里看到阿门德拉修女时一样，这是一种古怪又难以名状的缺失感，只是现在他感到自己被这种感觉所包围，不安感从四面八方紧逼而来。

"战斗连长加罗，幸会。"一个熟悉的声音说道。一个身着长袍的纤细人物拉下了她的兜帽，加罗认出了这位此前曾与他交谈过的见习姑娘。"幸会，帝国之拳的哈布雷特。寂静修女会欢迎你们来到安息城堡。不幸的是，你们不得不在如此困难的境遇下抵达。"

加罗踌躇了。他不确定修女们对伊斯特凡的局势有多了解，或是多恩和掌印者告诉了她们些什么。他用敬礼来掩饰。"修女，感谢你在处理这些事务时给予我们庇护。"

当然，这是个谎言。加罗并不希望来到这里，他的手下也是，但修女会已经证明了她们值得尊敬，而他也不需要在对立中开启这场会面。他已经对帝国之拳用尽这种行为了。"你们的女主人在哪？"

那位见习姑娘毫无表情的面容犹豫了片刻，加罗看到她瞥向那位身着红衣的女人。"她很快就会前来。"

加罗手下其他人在哈库尔的指挥下跟着他走下第一艘风暴鸟，以地面分列式行进。哈布雷特站在加罗肩旁，看着他。"连长，"他以正式的口吻说道，"借一步说话。"

"嗯？"

这位帝国之拳眯起双眼，但并非如加罗所期待的那样恼怒。哈布雷特的表情也许会被认作是同情。"我知道你怎么看待我。我才刚刚开始理解你所经历的。如果那是真的话。"加罗几乎能够听到这沉默的意味。"不要恶意揣测我的原体。他下达这些命令是为了保护帝国的安全。如果这样的代价是伤害了你的荣誉，那么我希望你能明白，这只是一个小小的代价。"

加罗与他四目相对。"我的同胞背叛了我。我的主公成了叛徒。我的荣誉兄弟死了，而我的军团则走上了腐败的道路。哈布雷特连长，我的荣誉，是我仅剩的一切。"他转过身，与此同时第二艘风暴鸟停靠就位，推进器喷出气流。

另一艘运输船的侧面打开了，紧握着隔离舱的机仆们快步而出。沃延紧跟在后。加罗看到在隔离舱经过时，一队装备着强大地狱火枪的寂静修女在隔离舱周围组成了护卫。

"你们要把他带到哪？"他问道。

"安息城堡拥有许多功能，我们的医疗人员技艺精湛，"那位见习修女说道，"阿斯塔特医师没能做到的，也许她们能够成功。"

"德西乌斯不是用来解剖研究的异形尸首，"加罗生硬地回答，他的思绪回到了那个异形灵能孩童身上，"你们要以对一名死亡守卫应有的尊敬对待他！"

森德克和克鲁兹走了过来，跟在最后加入了哈库尔的队列。"冷静，小伙子，"那个影月苍狼说道，"你的男孩还没死。即便是现在，他那该死的生命力依然顽强。我鲜有见过这样的奋斗精神。"

加罗咕哝着，心情阴郁。最终，最后一艘船降到了房屋内，转过向，着陆杆从展开的机翼和机身中伸出。他认出了这架穿梭机，黑金相间，与他在坚韧号着陆甲板上看到的来自荣耀长空号的飞船一模一样。这艘天鹅状的飞船缓缓落在停机坪上，陷入沉寂。加罗在出口舱门打开前便凭直觉知道他会看到谁。一个跳板从机腹伸出，几个人下了船。领头的正是阿门德拉·肯德尔，她那骄傲高贵的举止有些减弱。她似乎心烦意乱，又十分警惕。肯德尔手下的两个风暴匕首猎巫士引导着身后的另外几位乘客：凯瑞尔·辛德曼、梅萨蒂·欧丽顿，以及领头的悠弗拉迪·奇勒。

奇勒的目光飘过房间，落到了加罗身上。她朝加罗点点头，她的致意近乎庄严。加罗本以为她会显得很害怕，跟欧丽顿和那个老宣讲者一样紧张，但奇勒踏入城堡，仿佛她注定会来到这里，仿佛她就是这里的女主人。

阿门德拉修女做了个手语，那位身着红衣、目不转睛的女人及其同伴优雅迅捷地走了过来。

"一个拷问官，"哈布雷特提到那个女人，"据说她们每个人必须亲自烧死一百个巫师，才能获得这个军阶。"

奇勒泰然自若，一支追猎士小队靠近了她。那位拷问修女极度谨慎、冷静客观地上下打量悠弗拉迪。随后她朝着肯德尔做了个手势，并利落地朝着她的战士示意，战士们上前围住了逃亡者。

加罗和克鲁兹二人同时走上前，准备在事态恶化时进行战斗。"这些人在我的保护之下！"这位死亡守卫吼道，"那些伤害他们的人要面对我——"

阿门德拉修女和她的猎巫士走上前挡住阿斯塔特的路，但是奇勒阻止了他们。

"内森尼尔，亚克顿，拜托了，别干预。我会跟她们走的。这是必要的。"

那位身着红衣的女人做了个手势，见习修女翻译道："此人展露出的特性是修女会应当处理的问题。根据帝皇的敕令和尼凯亚法令，我们有权处置她。你们在此地没有请求权，阿斯塔特。"

"那平民呢，那个纪实作者和宣讲者呢？"克鲁兹厉声说道，"你们也有权带走他们吗？"

"悠弗拉迪走到哪，我们就跟到哪！"梅萨蒂努力显露出轻蔑感，加罗看到辛德曼也点头同意。

奇勒走了起来。"别为我们害怕，"她呼喊道。

加罗看着众人消失在一个坡道中，一道厚厚的铁扇门在他们身后关上了。

他无法摆脱一阵突如其来的冷酷，他永远不会再见到他们了。

阿门德拉·肯德尔仍站在他面前，仍然用那双钢铁般的双眼审视着他。她再次比画着。"加罗连长，以及你的属下们，听着，"那位见习修女以清脆的声音翻译道，"我们在此给予你们庇护所，直到人类之主决定你们的命运。住宿已经准备好了。"那位寂静修女从未中断他们的目光接触，"你们是我们的客人，你们也会接受此般待遇。作为回报，我们要求你们表现出阿斯塔特军团战士应有的行为，怀着荣誉和敬意。"那位见习修女停下了，"连长，她要求你的承诺。"

仿佛过去了天长地久，内森尼尔方才回答道："我会信守诺言。"

从各种意义上来讲，这都是个监牢。

修女们提供的住宿位于城堡内十分简朴的一层楼，这里的门没有锁，窗户上也没有铁栅，但外面是荒凉的岩石和真空，四面八方几公里内都是自主传感器单元和武装无人机。如果他们离开这尖塔，他们能去哪？从发射舱偷一艘船？然后呢？

加罗沉默地坐在他的小房间内，倾听着七十壮士相互交谈的声音。所有人都在谈论着令他们心烦意乱的事情，谈论着关于未来的想法，以及绝望滋生的恐惧，还有无处可去无所事事的计划。

阿门德拉修女并不愚蠢。加罗看到了她的眼神。他们二人都很清楚，如果艾森斯坦号的阿斯塔特们决定结束他们的监禁，寂静修女们也很难阻止他们离开。加罗确信肯德尔的战士会让他们付出代价，但他估计他的损失不会超过十个人，也许损失的只会是那些逃离伊斯特凡的伤者。

他知道山阵号仍在附近，多恩也仍在那上面。如果他们的确试图逃离，也许原体会派哈布雷特和埃弗雷德前来说服他们。加罗皱起眉。是的，这是十分合理的战术，而多恩则是一位冷静明智的战略大师。加罗思考着当下的局势，他不得不佩服帝国之拳之主处理艾森斯坦号成员的方式。如果加罗和其他人留在那个星堡上，最终会爆发流血冲突。把他们安置在修女会的屋檐下——和仅仅几个月前才与他们一同作战的那群女人——多恩迫使加罗对任何摆脱束缚的战斗都会三思而行。

即便他们在修女会和帝国之拳之间杀出一条路，夺取一艘船，他们又能获得什么呢？想象他们能接近泰拉并要求觐见帝皇，为他们正名，这实属疯狂。在能看到帝国皇宫之前，任何大气层飞船都会被消灭于空中，而如果他们逃往深空，月球和可以导航的跳跃点之间也有着数百艘战舰。

对于他所害怕发生在七十壮士身上的一切，内森尼尔·加罗都没有预料到会这样。他的灵魂和肉体走了如此之远，却在这里身陷囹圄，他的目标近在眼前……这本身就是种折磨。

时间流逝，却始终杳无音信。森德克大声道出疑惑，他们是否会在此度过余生，而荷鲁斯的问题则于银河的另一边解决，七十壮士只是个麻烦的脚注，在战斗中遭到遗忘。安杜斯·哈库尔跟他开了个玩笑，但加罗看到了这勉强幽默背后真正的担忧。除了阵亡于战场或是致命的意外事故，阿斯塔特的身体机能是不朽的，他曾听说，自己的同类也许会活一千多年。加罗试着想象自己被困在这个城堡中，未来在他们周围展开，他们却无法干预。

这位死亡守卫在头几天尝试着休息，但就像是在那艘护卫舰上一样，他鲜有睡意，而当他睡着时，梦中尽是疯狂逃亡中的黑暗和恐怖画面。那些伪装成格鲁尔格及其手下的腐败病变之物潜伏在他的脑海阴影中，撕扯着他的意志。那些事情是真的吗？毕竟，亚空间是人类情感和灵能扰乱的映射。也许那个格鲁尔格恶魔只是伊格纳提乌斯那乌黑病变的畸形内心映射化为了真实，是其他没有防备的人也会落入的命运。在光谱的另一端，他感受到了某种金光——是某个人——亘古至今，全知全能。那不是奇勒，尽管加罗同样能感觉到她。那道光令奇勒也相形见绌，且探入了他心灵的每个角落。

最终，他醒来了，决定放弃入睡的努力。他意识到，有场战争正在进行，不只是在伊斯特凡星系，也不只是在荷鲁斯阵营和他父亲阵营之间。有另一场战争正在进行，一场寂静隐秘的冲突，只有少部分人知晓，比如那个姑娘奇勒，比如卡莱布，如今还有内森尼尔本人：这并非一场争夺领土或资源的战争，而是灵魂与心灵、心智与精神的战争。

他和他的同胞面前有两条路。这位阿斯塔特明白这两条路一直都在，但他的视野曾遭到蒙蔽，并未看清。一条路是荷鲁斯所选择的，那条路上尽是丑恶之物；另一条路则来到了这里，通往泰拉，通往真理和这场新战争。加罗正是站在这个战场上，这场战斗如若地平线上传来的雷鸣，逐渐逼近。

"风暴将至。"连长对着空气说道，紧握着卡莱布的黄铜帝皇圣像。

自始至终，都只有两条道路。一条是血雨腥风，他已经在这条路上跌跌撞撞地走了许久。终点始终清晰可见却又遥不可及，那里是解脱，没有痛苦，只有甜蜜的重生；另一条则是刀山火海，是永不停歇的痛苦、折磨与悲伤，在他已然饱受折磨的精神和肉体之上，唯有更大的苦难。这条路没有终结，没有湮灭，只有无尽的循环，仿佛是源自地狱的莫比乌斯带。

索伦·德西乌斯是阿斯塔特，相较于帝国亿万凡夫俗子而言，他这类人乃是战神的子嗣；但即便是这般强大的存在也有其极限。

他的伤口化作尖牙巨嘴，啃噬着他，吸食着这位死亡守卫体内的精华。在格鲁尔格的瘟疫匕首刺入德西乌斯盔甲和肉体的地方，一种病毒之王侵入了他，这是人类所遭遇的和尚未遭遇的一切疾病。这是不治之病，怎会治愈？这种病菌以腐化的活物提炼而成，形态原始，扭曲的三重八角微生物形态能够分解它们所遭遇的一切。这些无形的武器便是大毁灭者的小兵小将，每一个都带着腐败之主那难以磨灭的标记。

"救救我！"如果他能打开那扭曲闭锁的下巴，如果他能张开那干枯黏合的嘴唇，如果他的喉咙里没有这些浓稠血黑的黏液的话，他便会喊出这些话。德西乌斯在支撑架上扭动着，感染的肉体上形成青淤。他抓挠着周围的玻璃墙，手臂如同脆弱的枝条，肌肉枯瘦，肉体苍白。

他是如此渴望死亡。别的一切都不重要了。德西乌斯如此渴望死亡，他祈祷着死亡，别无所求。如果这个世上没有任何人能给予他安宁，那么除了乞求现实之外的领域，还能如何？

痛苦之中传来了笑声，起初是嘲笑，随后渐渐软化，变得温和。一个智慧在打量着他，思忖着，最终在这位年轻人身上看到了什么，一个机会，提炼近期发现的艺术：重塑人类的艺术。

悲痛传遍他全身。德西乌斯曾经唤作兄弟和大人的人们无视他的痛苦，这是多么令人悲伤，他们任由他受罪，让疾病深入膏肓，这是多么残忍。他已经为他们奉献了这么多，不是吗？与他们并肩作战，舍己为人，成为最优秀的死亡守卫……为了什么？为了能把他封在玻璃罐中，看着他在自己的腐败气息中缓慢窒息？这是他应得的吗？他犯了什么错？没有！根本没有！他们抛弃了他！他为此憎恨他们！憎恨他们！

他们让他变得软弱。没错，这便是答案。在关乎荷鲁斯及其阴谋诡计的摇摆犹豫中，德西乌斯让自己变得软弱！如果他的脑海清晰专注的话，他绝不会遭受格鲁尔格的那一击。

　　没错，通过这灼人的痛苦，一切都变得清晰起来。他寻根溯源，找到了自己的错误点。他服从了加罗的命令。尽管这个过程让他感到恼怒，但索伦相信自己仍然不成熟，未经试炼，他让自己相信加罗的方式是最好的。但真相呢？这不是真相。加罗优柔寡断。他的指挥官丧失了他的杀手本能。荷鲁斯……荷鲁斯！他才是洞悉力量本质的战士。他威武雄壮。他将原体们集结于他的旗下，包括莫塔瑞恩！德西乌斯以为自己能对抗什么？他被什么疯狂给附身了？

　　你想要死亡吗？这个问题在他脑海中回荡着，痛苦感突然减弱了。或者你想抓住新生吗？获得新的力量，坚不可摧？这道非声之声在他的脑海中低语着，阴湿腐臭。

　　"是的！"德西乌斯吐出胆汁黑脓，"是的，他们全都见鬼去吧！我不会再软弱！我选择生命！给予我生命！"

　　那道黑暗的笑声回来了。我也是。

　　自医疗架上撕裂而出的不再是赤裸着的、身处苦痛边缘的索伦·德西乌斯。它很像阿斯塔特，但只是那高贵形体的野蛮模仿。腐烂的骨骼，红肿脓疮皮长出黑绿色的几丁质甲，在生物灯光下如同溢出的油一般闪闪发光。枯萎成暗淡胶状的眼睛爆成冰冷的蓝色多面球体，聚集在毁掉的面容上，刻入骨髓。颚骨连接上嘴中破裂的棕色牙齿。一根残肢伸了出来，打飞了玻璃药剂瓶，逐渐增长变形，变成多关节的带爪肢臂。锯齿状的手指膨胀硬化成骨质甲壳，如同坚硬的刀锋，颜色好似剑甲虫。

　　蝇群之主站起身，长出了新的利爪之足，他打破了监禁的强化玻璃墙，开始寻找杀戮之物。

第十六章

蝇群之主
寂静
以他之名

　　浮动平台抵达了医疗层，托伦·森德克走下重力平台。在他离开后，这个椭圆平台漂浮了一秒，随后在静默中退开，飞上安息城堡内部的一个垂直竖井。他噘起嘴唇。塔楼内有许多奇怪的气息，让这个死亡守卫感到厌恶。每一层都有不同的味道，自香炉和像是钢铁花朵的古怪机械设备中传出。这是寂静修女会的某种纪律要素，一种女人们用来规划建筑区域的方式。某些星舰和轨道平台上的盲目星语者也会用同样的方法。也许正是这种不讨人喜的相似性令森德克感到不适。他对于一切灵能者技艺以及与他们相关的一切事物都不甚喜欢。这个领域与他那理性的、还原论的世界观相矛盾。森德克相信科学和帝国真理的冷酷之光。这种近乎巫术的怪异才能令他感到不安。这些事物应该由帝皇去理解，而非那些低等人的脑袋。

　　但这味道……与今天很不同。此前这味道很像玫瑰，积聚在他的感官边缘。现在这味道变得很奇怪，比之前更甜蜜，但其中却有种金属酸臭味。他继续行走着。

　　既没有命令，也没有任何正式许可，七十壮士便开始执勤。在城堡内他们无事可做，只有在塔楼上层狭小的营舍中操练，等待和不作为令他们焦躁。因此他们轮流在倒下的战友身旁站岗执勤。他们并未期待亚克顿·克鲁兹参与——德西乌斯是一位死亡守卫，而克鲁兹不是——但加罗麾下的其他人都自行接受了这项勤务，并明白他们需要做些什么。他们安静地确保第十四军团的战士每时每刻都能陪伴在索伦·德西乌斯的病床旁。所有人都明白，这位年轻的战士注定殒命，但让他不会孤独地死去，这是众人心照不宣的命令。

　　森德克不是第一次发现自己在想，这位年轻人命终之时会发生什么。对他们所有人而言，德西乌斯在某种程度上变成了某种象征，成了军团坚韧品性的化身。他想起了他们二人在坚韧号上下弑君棋的场景，顿时感到一阵悲痛。尽管索伦鲁莽傲慢，但这个自大的战士不应当如此耻辱地死去。德西乌斯应该在光荣的战斗中逝去，而不是在与自己的躯体奋战时消亡。

这味道变浓了。森德克眉头紧锁。埃古是哈库尔小队的一员，精通等离子枪，他在托伦之前执勤，但却迟到了。埃古不会这么粗心大意。哈库尔士官的艰苦训练和战斗操练已经抹除了手下的这些特性。

随后，明显的鲜血气味最终从这些混杂的味道中显露而出，森德克绷紧了身子。医院走廊中并无动静，在拐入隔离房的角落，墙上和天花板上的生物灯都熄灭了，只有一道微弱的红灯向他显露出走廊的模糊轮廓。森德克开始奔跑，他的感官吸收周围的一切。有那么一刻，这位阿斯塔特以为发生了某种事故，比如某个巨大的油箱溢出到了地板和墙上，但这停尸房般的恶臭淹没了他。

森德克伸向腰带上的爆矢手枪，那声音开始响起。在他周围，焦黑的墙壁颤动着，昆虫翅膀的尖锐刮擦声嗡嗡作响。刮擦着污流的蝇群开始躁动，它们感觉到了阿斯塔特的存在。

他看向隔离房，喉咙紧锁。德西乌斯的隔离舱如今只剩下破碎的玻璃壳，从内部撕开。嗡嗡声逐渐增大，森德克的手伸向盔甲颈圈，本能地按下战场通信频道，连接到他的小队长。"安杜斯，"他开口道，"警告——"

一只利爪抓住了他的腿，猛地将他拉了起来。森德克叫喊着，手枪脱落，攻击者将他扔向一个装满瓶子的玻璃柜。他撞过储存箱，滚到地板上，双手和膝盖陷入浓厚的泥潭中。这位死亡守卫试图翻过身，但一只钩脚挥了过来，打中了他的脸，令他头晕目眩。

森德克滑了出去，撞开了兄弟埃古的遗骸，他倒抽了口气。尖声咆哮的蝇群如同一阵旋风席卷房间，翅膀的拍动声历历在耳。他找寻着能用作武器的东西，在一盘散落的外科医生工具中找到了一个大型骨锯。这位死亡守卫扑向前，转动手中闪闪发光的手术刀具。他会让这个入侵者为杀死自己的同胞付出代价。

那个黑色人物仅仅一闪而过。他看到奇怪的硬直头发散落在那油质盔甲的表面，对包裹那东西的恶臭死气感到作呕，在那腐化肮脏的肉体下，有一丝熟悉的形体。如同被子弹击中一般，森德克恍然大悟。

"索伦？"他踌躇了，手中的骨锯因震惊而停在半空中。

"不再是了。"虽然那个嘴巴在动，但声音却是来自蝇群，它们荡漾翅膀，刮擦甲壳，模仿出低鸣的人声。阴暗中伸出一只利爪，刺向森德克。

"内森尼尔！"

那个女人的呐喊声震颤着加罗的身躯，点燃了他的神经。他倒抽了口气，钢杯从无力的手中落下，黑色的茶水洒在操练室的地板上。沃延看到了他的反应，伸手稳住他，问道："连长？你还好吗？"

"你听到了吗？"加罗说道，一阵紧张感传遍全身，他望向四周，"我听到她在呼喊。"

沃延眨眨眼，说道："长官，这里没有声音。你的反应好像你被击中了——"

加罗推开他，"我听到她了，就像你现在和我说话一样清楚！这是……"这其中的重要性不言而喻，那强大原始的恐惧感摄人心魄，"奇勒！有什么事不太对劲，这是个……警告……"

房间的舱门滑入墙内，哈库尔正站在那里，露出深深忧虑的神情。加罗立刻意识到事情非常不对劲。"快讲！"他厉声说道。

哈库尔敲了敲植入动力盔甲颈圈的通信元件，说道："大人，恐怕森德克有麻烦了。他开始向我发送警告呼叫，但他的话突然被打断了。"

"他在哪？"

"他正前去接替埃古，"沃延说道，"在那个男孩身旁。"

加罗敲了敲他的胸膛。"沃延，留在这儿，做好一切准备。"战斗连长迈入走廊，"士官，带上那个影月苍狼和几个战士在下降竖井与我会合。"

"长官，怎么回事？"哈库尔问道，"那些女人背叛了我们？"

内森尼尔闭上了眼睛，感受到那声呐喊仍然回荡在他的脑海，一阵情感暗潮随之而来。"我不知道，老朋友，"他回答道，拿起头盔，锁定就位，"我们很快就会知道。"

回荡的枪声自竖井传了上来，加罗和其他阿斯塔特乘着重力平台下降。克鲁兹向他投来目光。"这场该死的战争跟到这里来了。"

"是啊，"战斗连长回答道，"我们的警告也许太迟了。"

哈库尔低声咒骂道："森德克和埃古都没有信号传来，连载波都没有。在这个距离上，我不可能联系不上他们。我要是喊叫他们都能听到！"

平台缓缓接近医疗层。新近死亡的恶臭飘上平台，每个阿斯塔特都绷紧了身子。"武器准备。"加罗下令，拔出他的剑。

加罗带领他们走下升降机，穿过走廊，踏过鲜血淋漓的通道。

他们进入了医院，克鲁兹啐了一口。"森德克在这，"他说道，靠在阴暗中的一个暗色形体上，"他的残骸。"

即便有头盔过滤器，腐败的气味也朝着加罗的鼻孔袭来。这无疑就是托伦·森德克，加罗认出了附在盔甲上的荣誉锦旗和临战誓言。这些东西已经因岁月和霉菌而褪色，橘色的铁锈环绕在肢臂关节周围。

哈库尔的一个手下因恶心而呛着气："他看起来像是死了几个星期了⋯⋯但我今天早晨才跟他说过话。"

那位影月苍狼靠近这具尸体。"亚克顿，离远点——"

加罗的话来得太迟了。感觉到有微小甲虫涌入，这位老兵猛地退后，拍打开这些虫子，用他那巨大的盔甲手掌将之捣碎。"啊！肮脏的害虫！"

连长看了看房间，房间里有太多破碎的骨肉，不可能只来自一个人类的躯体，他黯然确定，埃古必定和可怜的托伦一样死了。

爆矢枪的沉闷声回荡在前往医院另一个房间的走廊中，加罗迅速示意，说道："别管那了，我们行动，快！"

克鲁兹始终都是一副冷酷的怒容。在每一个转角处，就在他以为自己已经经历了新一轮厄运扭转时，新的恐怖便会积聚其上。克鲁兹想象着罪恶滋生于自己的心灵中，逐渐紧握，他的精神和意志的压力前所未有之强。他感到自己仿佛处于崩溃边缘，仿佛他内心的善意和光明正处于湮灭的危险之中。每一道新景象都令这位老战士惊心骇目，刻骨铭心。

阿斯塔特们迅速穿过一系列封闭的大门，这些门的铰链都打开着，被某种强大猛烈的力量所撕碎。穿过这些门，他们来到了一个排列着一排排医疗架和病床的疗养房，他认为这是寂静修女会的一个疗养院，用于那些在行动中负伤的人。每张床上的病人要么已经死亡，要么濒临死亡，每一个人都遭受着不同的疾病肆虐。克鲁兹看到一个苍白憔悴的猎巫士正处于某种麻痹状态，口吐白沫，颤抖不已。

受到污染的不只是肉体。医疗架的钢铁框架也遭到了腐蚀，玻璃和塑料破裂开来。腐败已经接触到了一切事物。他移开了目光。

"她们被丢在这里等死，"哈库尔说道，"遭受感染，像被抛弃的肉块一样溃烂。"

"一场测试，"加罗说道，"实施者在玩弄她们。"

"我们应该烧了她们，"克鲁兹说道，"让这些可怜的家伙摆脱苦难。"

"没时间施行此般仁慈了，"加罗反驳道，"我们所逗留的每一刻，都能让那个恐怖之物恣意传播更多腐败。"

在病房的另一端，他们遇到了更多死者，这些寂静修女的尸体穿着戒卫士的盔甲。打光的、破碎的爆矢手枪躺在她们身边，枪管被一团团酸液所堵塞，她们死于刺伤。"很狭小，不可能是一把短剑。"克鲁兹指出。

加罗点点头，举起手，屈曲手指进行示范。"是爪子。"他解释道。

哈库尔及其手下已经在转动一个大型密封门生锈的转轮，以让他们进入下一个区域。他们强行将门打开，黏合的金属发出尖啸。

"什么样的生物会有那样的爪子？"克鲁斯大声问道。

舱门破碎的铰链裂开了，传来一道令空气错位的咆哮声，他的答案就在眼前。

毗邻的房间是一个开阔的空间，台架和走道交叉分布，高悬在一个钢网之中，下方几层则是机库舱的开放平台。这个机库位于安息城堡一侧的半腰处，是一个用于部署黑船穿梭机的三级着陆港。这个着陆港是为医院服务的，在危急时刻能让受伤的修女直接被带到医疗中心。通常机仆们会在着陆网、舰船或是气闸门处忙着执行维护任务，但如今这里陷入了激战。

加罗看到十二个披金挂银的寂静修女正与一个鬼哭狼嚎、张牙舞爪的黑绿甲怪物近身战斗，他们很难看清究竟发生了什么。一阵模糊烟雾笼罩着所有战斗人员。不，不是烟雾。那团云雾嗡嗡作响，自我扭动着，他看到一个猎巫士倒在一个台架的边缘，密集的蝇群让她什么也看不见，最终她摔死了。那群昆虫中的形体依稀可见，高大闪烁，继续朝着修女们的战线发动猛烈的攻击。

哈库尔举起他的爆矢枪,但加罗挥手让他放下。"当心!墙壁里有输氧线和燃料管,一发流弹就会引发一场大火!只准使用剑刃,除非我下达别的命令!"

步道十分狭窄,阿斯塔特们不得不排成一列行动。加罗看到克鲁兹带着哈库尔划分出的一支小队沿着另一个台架前进。他点点头,向前冲。金属甲板在死亡守卫沉重的靴子下摇晃着,哐当作响。这条步道很难承受身着陶钢之人的重量。

蝇群的行动由一个智慧生物所指引。随着阿斯塔特的接近,蝇群分离出一部分,尖啸着飞过空中,并划分成一群群有毒的密集群体,抓挠着战士们的眼睛和皮肤。爆矢火力无法伤害这样的敌人。微小的躯体抵御着他们的攻击,人们不得不凭空抓挠着,将那些锯齿状的昆虫捣碎成一团团破碎的几丁质。

加罗的剑刃闪着蓝光。他将自由剑舞过头顶,在密集的蝇群边缘劈出一条路,一个身着金甲的人冲向他,他迅速作出反应,因凶狠的一击而向后退去。他牢牢抓住了那个修女,防止她掉落到破碎的导轨。她高声呼救,连长方才意识到那个女人的手臂遍布数百处刀伤,剃刀般的昆虫翅膀切伤了她的肉体。加罗将她拉了回来,发现自己正与阿门德拉·肯德尔四目相对。她因浴血奋战而满脸通红。

令加罗惊讶的是,她以阿斯塔特的作战手势迅速做了一连串动作——敌人的特性未知。

"是的,"加罗同意道,"你比我们都要熟悉这座塔楼,修女。堵住逃离路线,让我的人来对付这个突变体。"他不得不提高声音,以盖过蝇群喋喋不休的尖啸声。

肯德尔再次做了个手势——站起身。小心前进。

"那个时刻已经过去了。"他回答道,扑向荡漾的蝇群,利剑的能量场将他周围的大批黑色蝇群烤脆。

修女们根据加罗的指令后撤了。有那么片刻,那么短的一瞬间,内森尼尔·加罗听到了奇勒的呐喊,她害怕那些女人背叛了他们。他自己的战斗兄弟已经倒戈相向,令人悲痛交加的是,他的第一个反应是以为这样的背叛行径会再次发生,以为这一次是肯德尔的猎巫士们前来杀害他们。了解到自己是错的之后,他感到了一定程度上的宽慰。在荷鲁斯、莫塔瑞恩和格鲁尔格等人的背叛之后再次遭遇背叛……命运会如此残酷,再次诅咒他吗?

是的。

在他的内心、他的灵魂深处,他知道自己会在蝇群的中心发现谁,即便自己的目光尚未落到那个怪物身上。在内森尼尔扑入蝇群风暴中心时,那个尖牙利爪、散发着恶臭的怪物张开肿胀左手那长长的手指,做出丑恶的问候。脚下的六边形钢铁甲板发出刺耳的呻吟,开始移动。

"连长。"那话语从四面八方传入加罗耳中,咯咯作响的回音带着嘲讽之意,"看,我痊愈了。"尽管他的骨肉都成了丑恶的畸形,但那具变异躯体下的人面,在加罗的眼中十分清楚。

在漫长的一秒间,加罗濒临绝望,对他面前之物的厌恶感,几乎令他脑海中最后的理性之柱崩塌。回忆闪现而过。加罗想起了他第一次见到索伦·德西乌斯的情形,那是在巴巴鲁斯黑色平原的泥泞高原上。这位候选者浑身是伤,泥血淋漓。他因筋疲力尽、摄入毒素而苍白无力,但在那双狂野的眼睛中并无任何软弱。这个男孩身上有种不羁的兽性,气势汹汹又狡猾无比。加罗在那一刻便知道,德西乌斯就像粗钢,随时准备磨炼成锋利的刀刃,效劳帝皇。如今,那一切潜力都已付之东流,遭到扭曲和毁灭。他感到一股强烈的失败感。

"索伦,为什么?"他喊道,对于这位年轻人的愚蠢感到满腔怒火,他的声音回荡在头盔中,"你对你自己做了什么?"

"索伦·德西乌斯已经死在艾森斯坦号上了!"那刺耳的声音如若雷鸣。"他的存在已经终结!现在是我活着!我是致命的冠军勇士……我乃是蝇群之主!"

加罗啐道:"叛徒!你跟随格鲁尔格,化作丑恶的畸形。看看你成了什么!一个怪胎,一个怪物,一个——"

"一个恶魔?这就是你想要说的吗,你这迂腐的老蠢货?"冷酷无情的笑声在他周围回荡,"是巫术让我得以重生!唯一重要的是,我从死里逃生,就像一个真正的莫塔瑞恩之子!"

"为什么?"加罗高声叫道,不公感打击着他,"以泰拉之名,你为什么献身于这个怪物?"

"因为这才是未来!"那声音嗡嗡作响,喋喋不休,"看看我,连长。我便是死亡守卫的未来模样，是格鲁尔格和他手下曾经的模样！不死之身，腐败的活体化身，等待着收割黑暗！"

加罗的感官充斥着腐败的恶臭。"我应该终结你的生命。"他咳嗽着，踉跄片刻。

"但你没有！"那道尖叫声传来，"可怜的德西乌斯，困在生死边缘，被足以磨平大山的痛苦所折磨着。你本能让他解脱的，加罗！但你却让他痛苦地活着，每时每刻都在折磨他，为了什么？因为你那荒唐的信仰，相信你的主子能够拯救他……"那个怪物迈着沉重的步伐，走向他，伸出爪子，"他乞求你！求你了结他，但你却不听！他向你那华而不实的帝皇祈求解脱，但他却又遭到了无视！遭到抛弃！抛弃！"一道猛击向加罗袭来，他躲开了，穿过一团蝇群。他的盔甲呼吸槽闭锁着，抵挡着抓挠啃咬的昆虫。

加罗的黄铜圣像及其链条缠绕在他的拳套手指上。"不，"他坚称，"你本该活下来。如果你坚持下去，如果你能将你的灵魂奉献于神皇——"

"神？"蝇群朝他吼出这个词，"我知道神！重塑德西乌斯的力量，那才是神！在他祈祷死亡的极乐之时回应他的智慧，那才是神！不是你那虚伪的黄金偶像！"

"亵渎！"加罗咆哮道，"你这是亵渎，我不会让你活着。你的异端行径，还有格鲁尔格、莫塔瑞恩、荷鲁斯本人的异端行径，都将被粉碎！"战斗连长发起一阵凶猛的反击，朝着那褪色的盔甲砍去。

每一道打击都被挡开了。"蠢货。死亡守卫已死。命定如此。"

加罗的回应是一记凶猛的下劈，在几丁质甲壳的硬面上切开了一道宽阔的口子。那个曾是索伦·德西乌斯的怪物因这一击痛苦地踌躅着，伤口中喷出黄色的稀薄黏液。顷刻间，蝇群飓风中的苍蝇猛地扑入伤口中。几秒内，蠕动的昆虫肉团便开始膨胀，为伤口止血，蝇群牺牲自我堵住了伤口。

"你无法杀死腐败，"那声音嘶嘶作响，"万物终会腐朽。苍生凋零，星辰燃灭——"

"闭嘴！"加罗命令道。索伦的一个性格缺点便是，他从不知道什么时候该闭上嘴。

自由剑闪烁着划过空中，这一次从那怪敌的身上切下了大块的带角昆虫甲。那个肿胀的爪子，巨大又沉重，张牙舞爪，击中了死亡守卫的胸膛，打碎了陶钢，在鹰徽胸甲上留下了凹痕。

刀刃般锋利的手指擦过他的手臂，却没能将其抓住。加罗挥起剑，再次攻击，逼迫他的敌人沿着台架退后。两人都没有移动的空间，但将敌人逼入角落只会让战斗更加艰难。

剑爪交锋，蓝色的水晶钢与几丁质利爪闪烁着火花。每道打击背后的速度和力量都十分惊人。即便是在他最好的状态，德西乌斯也从未如此致命。加罗需要耗费全部力量才能与他曾经的学生相互匹敌，他能感受到自己肌肉中的紧张和疲惫，而他的敌手显然不会。必须速战速决，以免更多的人死去。

他想起了在大道甲板上与格鲁尔格的战斗，但彼时有亚空间支持疫病敌人。此时此刻，索伦·德西乌斯唯有怒火，相信自己的同胞抛弃了他。加罗确信一件事：只有他才能战胜这个蝇群之主。他的战斗兄弟们此前都未曾击败过德西乌斯，而这个突变体无疑会杀死他们。

加罗跳起身躲避一记低身横扫，他们所战斗的台架倾斜呻吟着。这声音让战斗连长的面容露出一丝冷酷的微笑，他向下使出强力一击，他的敌人轻易地躲开了。

"太慢了，老师！"一道刺耳的咆哮声传来。

"太快了，徒弟。"他驳斥道。这是一道伴攻，从未意图击中敌人。相反，闪着火花的剑刃切穿了步道的护栏和六格网，斩断了电缆，利剑将台架一切为二，留下闪着红光的边缘。台架呻吟着，在他们的重压下扭曲，随后它啪的一声断裂了，整个弯曲，将两位战士扔向空中。加罗和那个突变体落了下来，仍在相互撕扯着，直到两人撞在机库层的开阔甲板上。蝇群愤怒地发出嗡嗡声，朝他们缠绕而来，仿佛因其被抛下而愤怒不已。

加罗站起身，无视了摔落的痛苦，他拖着自己的强化腿前进，与此同时德西乌斯怪物打出一记残酷的扫堂腿。加罗的机械腿承受了全力一击，钢制骨骼嘎吱作响，腹部传来一阵剧烈的痛苦感。他用利剑沉重的圆柄头反手击中突变体，将剑柄捅入那张节肢复眼和黑色上颚组成的脸庞。

他将自由剑举至胸前，让剑刃全功率放电，噼啪作响的光环如同闪电一般缠绕着盔甲。飞虫化作点点火焰，消逝殆尽，他的战甲上尽是黑色的灰烬。加罗用手套及时抹开头盔目镜，看到蝇群之主冲到了他的面前。加罗的敌人击中了他，将加罗打飞，撞上了一个货物架的侧面。加罗忍耐住，转身击退敌人，挡住邪恶的爪子，并猛击怪物受损的脸庞骨肉。蝇群在他周围嗡嗡作响，试图修复破碎的肉体，加罗则击碎了更多甲壳和软骨。他遭受了沉重一击，绝望的一击，并脱离了战斗。那个变异的阿斯塔特踉跄着退后一步，站在一个静止的平台脚手架边上。

　　加罗看到了眼前的机会。在蝇群之主和那喋喋不休的蝇群外，有一个宽阔的舱门，直接开向太空。他抬头看向头顶维修台架上的人，朝着通信接收器喊道："肯德尔！"他指向前方，"打开舱门！马上！"

　　德西乌斯怪物并未听到他的话，但那怪物领悟得很快。"你觉得你能阻止我？我携带着腐败之主的印记！"

　　警笛声响起，钢铜墙上的炫目橘光狂乱频闪着。加罗听到了另一边金属舱门打开的哐当声。蝇群之主高声大叫，蝇群的嗡嗡声传遍空中，盖过了警笛声。"我是对的，加罗！我看到了未来！在一万年间，银河将会燃烧——"

　　随着舱门打开，那声音消失在了尖啸的旋风声中。

　　一道爆炸震颤着空气，机库舱中的零散货物被拉入月夜之中。小物件、一条条打印件和数据板、工具和尘埃被吹走，蝇群也随之而去。加罗的敌手挣扎着，伸出爪子抓住加罗的靴子。他倒地翻滚着，真空将二人拖向咆哮的气闸黑口。加罗感到粗糙的手指抓挠着他的胸甲陶钢。他试着用自由剑攻击，但减压效应比二人都要强大，神之吐息将两个战士吹走。

　　一个货物箱击中了他的后背，这位阿斯塔特翻滚着离开了地面，被风暴卷起。加罗看到发射舱的墙壁闪过，瞥到闪烁的敌人与他一同坠落。随后他们便落入冰冷的黑暗之中，被抛出安息城堡，身覆冰晶，落向月球耀眼的白沙。一瞬间，他看到圆形的黄铜舱门在他身后旋转关闭。他缓缓翻滚着，一圈又一圈，飞速撞向荒原。

　　他从未感受到撞击。弹指瞬间，加罗便宛若身处苦痛地狱，身体的每一个关节都痛苦万分。唯一的声音是他粗哑的呼吸声和盔甲中空气的嘶嘶声。警告符文在面甲上跳跃着。他的战甲某处破裂了，空气正缓缓泄漏到黑暗中。盔甲聚变动力包中的调节器闪着警报。加罗无视了它们，他从自己摔落的月尘坑中站起身。一阵灼人的痛苦感从肩膀传来。关节脱臼了。他从颈圈里的自动医疗分配器中选择了恢复剂，然后紧握着手腕。加罗用力一拉将手臂拉回归位，发出痛苦的叫声。

他环顾四周，这是一个小坑洞，布满尘埃和多孔的卵石，悬崖陡峭。城堡的黄铜塔楼占据着外面黑色的天空。一道人形印痕显示出他落地的地方，自由剑则平躺在附近的尘土上。加罗迅速冲向他的剑，边跑边跳。月球表面的重力远比城堡内的要轻，城堡内的人工力场发生器令其处于泰拉的重力标准，因此他必须小心谨慎避免跌倒。身着全套盔甲的他突然感到行动笨拙，他花费了片刻时间来调整。

他的敌人毫无踪迹，片刻间，加罗在想德西乌斯怪物是否落到了其他地方，也许在坑洞之外。

加罗的脚踩在土地上，有什么东西在他脚下碎裂了，打断了他的思绪。许多微小、闪烁的物体四散在他周围，像是小小的珠宝一般闪闪发光。在他弯腰捡起他的剑时，加罗才意识到那是什么：数千昆虫、苍蝇和甲虫冰冻的尸体。

内森尼尔！

这道预警擦过他的思绪边缘，如同微风拂过脑海，但这还不够。

月尘向上爆开，化作灰色的风暴，自由剑翻飞而出，潜伏在尘埃下的怪物爆了出来，利爪伸向他的喉咙。加罗与蝇群之主扭打在一起，他跃起身，缓缓翻滚。他咕哝着，奋力击打着敌人的胸骨，感受到几丁质在打击下变形。

身为死亡守卫，他历经千场战斗，每场战斗的金戈铁马之声都是伴随他们的音乐；战士们摇旗呐喊，浴血拼搏。如今，在这毫无空气、烈日照耀的苍白月球上，没有一丝声音。这片寂静唯有被他血管中的鲜血涌动和他的呼吸韵律所打破。这里同样毫无气味：在城堡内笼罩那怪物的恶臭消失了。如今加罗只能闻到自己鲜血的味道，以及盔甲破损的伺服系统中燃烧塑料的刺鼻气味。

他们赤手空拳地搏斗着，朝着敌人使尽每一丝战斗技艺。加罗利用低重力的优势，蹬开一块露出的岩石，让动力带他翻转。他转过一只脚，踢向敌人的脸庞，他看到一只复眼爆作一团污血。血滴瞬间冻成坚硬的黑色宝石，散落在月尘上。战斗连长用于怀疑、分析那部分大脑感到疑惑，这怪胎怎么能存活于真空之中？不像加罗，它没有密封服，也没有密闭的空气维持它。这个疫病冠军的肢臂上有许多黑色的霜块，那是寒冷的太空冻住了溢出的液

加罗与蝇群之主在月球表面战斗

体，但它仍然活着，这违背真理的存在。

一道打击令他喘不过气，加罗无视了视野周围闪起的新的警告符文。一条条白气——宝贵的空气——从鹰徽胸甲的破损口涌出。即便他是一位阿斯塔特，最终也会窒息。"去死吧，怪物，"加罗大声说道，"即便这是我最后一场胜利！"

蝇群之主逼向他，加罗的后背撞在坑洞的墙壁上，岩石的漆黑阴影投射而下。那张破损的昆虫脸不怀好意地看着他，巨大的爪子撕扯着他的胸甲。他奋力反击，但德西乌斯怪物速度更快。灼人的痛苦传遍全身，那个扭曲的阿斯塔特将锯齿状的利爪刺入层层陶钢。那怪物即将撕开他的盔甲，将他的肉体暴露在致命的虚空中。

"这就是我的职责吗？"加罗问道，"我是死亡守卫……我是死亡……"一阵突如其来的悲痛感淹没了他，他最黑暗最阴郁的时刻一齐涌来。也许他死在这毫无生气的石头地十分合宜。他的军团已经毁了。他现在是个什么呢？不过是个古董，一个窘迫之人，他已经传达了警告，他的使命终结了。寒冷袭来，从他的骨骸中吸走生命。也许这样最好，接受死亡。他还剩什么呢？他还留下了什么呢？他的视野渐渐模糊，压力将他逼倒。

信仰。

这个词在他脑海中爆发。"谁？"他倒抽了口气，"奇勒？"

怀有信仰，内森尼尔。你怀有使命。

"我……我有……"内森尼尔呛道，口中的鲜血堵住了他的声音，"我有……"他的手指触到了松散的岩石，摸到了一块拳头大小的石头，"我有！"

随着一声奋力的咆哮，加罗挥下一块月石，用力击向蝇群之主。那道打击震荡着他的手臂，那突变体向后退去，一块巨大的死皮卷曲拍打着，露出歪曲的颚骨和一片牙齿。加罗扑向前，抓住他掉落的利剑。卡莱布的圣像链条钩住了剑柄，他的手抓住铜链，将那把武器拽入手中。自由剑随之落入他手中，仅仅再次拿着它就让加罗感到一阵力量涌动。他感到完整，感到正义。加罗曾告诉过卡莱布这把武器的起源，如今，随着泰拉出现在月球的地平线上，这把剑刃让他的一切疑虑和痛苦都消失了。

利剑在手，帝皇在后，这位死亡守卫意识到他的职责尚未结束。他不会死于今日。内森尼尔·加罗怀有使命。

那个他曾经唤作兄弟的怪物跪在地上，试图捡起它的脸庞碎片，将之按压在一起。加罗打瞎了它。他跑到那突变体的侧面，抽回他的剑。他平缓呼吸，举起武器。一瞬间，内森尼尔的眼中流露出了怜悯。耻辱和同情在他的面容上矛盾胶着了片刻。可怜、愚蠢的德西乌斯。他是对的，他被抛弃了，但却是被他自己的灵魂所抛弃。

蝇群之主抬起头迎接剑锋。加罗一记剑击斩下了那阿斯塔特怪物的头颅，令其身首异处。那具尸骸倒下了，在寂静之中爆成一团黑色的碎片。干薄扭曲的形体在黑暗中转动分解，化作灰烬与黑粒，随后消失无迹。那脑袋落在月尘中，抽搐着，发出无声的大笑。加罗看着它融化，仿佛在由内向外燃烧，皮肤卷曲，骨肉分离，化作灰烬。最终，一道闪烁扭曲的能量烟雾爆出，射向天空，留下嘲讽愉悦的感官回音。

你无法杀死腐败。这话语在加罗的思绪中重复着，他小心翼翼地插剑入鞘。"我们走着瞧。"他说道，抬起头，望着天空。

泰拉在黑暗中闪闪发光，宛若神眼面对对抗它的宇宙。加罗将他的双手按在胸前，张开手掌，伸出拇指，做出帝国天鹰手势。他低身鞠躬。"我准备好了，"他朝着天空说道，"没有疑虑，没有恐惧，唯有信仰。"

第十七章

掌印者有言
风暴将临

当寂静修女前来找他时，他正单膝跪在冥想室中，手中拿着拔出的利剑和黄铜圣像。他的嘴中念叨着圣言录的词句，那些话在无数次重复后已经深嵌在他的脑海中，那两个女人相互交换了诧异的神情，听着加罗低声喃喃着。她们以利落的手势呼唤加罗，加罗遵命照办。他紧紧收拢自己的勤务长袍，粗糙的布料摩擦着皮肤，他的新伤口和真空烧痕令他仍然感到刺痛。他将自己的动力盔甲留在房中，但仍然带着他的剑。自由剑自从危海的决斗之后就从未离开他的身边。

她们带着加罗走进安息城堡，来到玻璃塔尖。直到加罗走进去，她们关上了身后的门，他才看到另一位阿斯塔特。自从他上一次见到同胞以来，似乎过了好几周了。

那人走了过来。这个房间呈圆锥形，由三角形玻璃和厚厚的黑色金属线圈组成，地球反照光在建筑中投下奇怪的尖锐阴影。"内森尼尔。啊，小伙子。我们害怕最糟的情形。"

他点点头。"亚克顿。承蒙泰拉之恩，我还活着。"

那位影月苍狼扬起一只眼眉。"的确。"不像加罗，克鲁兹穿着他的战斗盔甲，自豪地展示着他旧军团的颜色。

阴影边缘还有其他人，加罗端详着他们。那位遗忘骑士走上前来，她的见习修女跟在身后。"阿门德拉修女，"他说道，略微鞠躬，"你为何召唤我们至此？"他试着不让自己的语气显露出强烈的恼怒，但却失败了，"我们现在又必须回应什么考验？"

加罗瞥向那个见习修女，期待着那个姑娘给出回答，但她的脸因紧张和恐惧而发红。这位死亡守卫的手立刻握紧剑鞘。

"还有人……"克鲁兹警告道，朝着阴影点点头。

"你来到这里,阿斯塔特,是因为我下的命令。"黑暗中传来声音。那声音坚定却又温和,并非一位军事指挥官的口吻,而是一位教师,一位顾问。阴影中闪出一阵火焰,加罗看到一个好似展翅高飞的金鹰形体。一个火盆在那个猛禽下面燃烧着,跃动的火光勾勒出那只眼睛。

脚步声逐渐接近,随之而来的还有权杖敲打在石地板上的沉重声音。加罗喉咙紧绷,他想起了在坚韧号集合大厅他和他的原体抵达时的情形,但这次从阴影现身的并非莫塔瑞恩。

那儿有两个人,但并非两个常人。即便是赤着脚,较高的那位身高也能轻易和身着全套盔甲的亚克顿·克鲁兹相匹敌。他的脸庞警惕硬朗,一身黄金盔甲打造得像个终结者,但穿着却像是普通的阿斯塔特。即便是在远处,加罗也能看到那闪光金属上精益求精的蚀刻,其上刻着诸多闪电霹雳和鹰的图案。一袭深红披风挂在双肩,一侧臂弯下夹着一顶高耸的金头盔,顶上是一根猩红色的羽毛。另一只手则以轻松的姿态擎着一个半矛半炮的武器:一根守护者长矛,那是帝皇的个人卫队——禁卫军团的标志性武器。加罗常常听说,禁军相较于帝皇,正如阿斯塔特相较于原体一样,如今看见这个人,他相信了这种说法。那位战士以平静冷漠的目光端详着加罗和克鲁兹。

仅仅是这位守卫的存在就足以显示出他所陪伴之人的显赫地位,他们向那位身着简朴行政员长袍、戴着兜帽的人物鞠躬。这位身着宽松斗篷的人能完美融入任何帝国巢城的普罗大众之间,除了他所携带的权杖,杖顶雕刻着一只金鹰,钢链缠绕着杖柄,每一条都刻着格言。这便是那根权杖,只有一个人能携带它:泰拉摄政本人,议会首相,赋税督察,帝皇的密友。

"马卡多大人,"加罗说道,"您有何吩咐?"

加罗斗胆抬起他的目光。掌印者兜帽下的目光落到了他的身上,尽管内森尼尔看不见掌印者的双眼,但他立刻察觉到自己正处于严密的审视之下,其中方式他也只能揣摩一二。马卡多正如那些故事所描述的,其灵能力仅次于帝皇。那人的面貌如此谦逊,但在此房间中,他却散发着一种安宁的力量,与战将原体那盛气能量甚是不同,但依然强大无比。

加罗透过眼角看到那位猎巫士退后了几步,仿佛害怕离掌印者太近。摄政的目光如同探照灯一般照在加罗身上,如同流沙一般渗过他的心灵。他尝到空气中有种油腻带电的味道。这位死亡守卫迎面而上,并未抗拒。他远道而来并非为了保守秘密。

"帝皇保佑，"掌印者缓缓说道，仿佛他正从书页中读着那些字词，"他的确如此，阿斯塔特，以你所难以理解的方式。"马卡多踌躇了，思忖着，"我已经听过罗格·多恩的转述，检查过你的证词和欧丽顿女士的记忆记录，因此我就开门见山了。加罗，你回到家，希望觐见人类之主，如此这条警告便能传入他耳中。这不太可能。"

加罗感到一阵失望。即便发生了这么多事，他仍然怀有一丝希望，问道："但他会听闻这条警告，摄政大人？"

"你无法来见泰拉，那么泰拉便会来见你。"马卡多对着权杖点点头，"我已经听闻了这条警告，眼下这便足够了。帝皇不太方便，他正在帝国皇宫内进行他的伟大工程。"

加罗惊讶地眨了眨眼。"不太方便？"他重复着这个词，"他的儿子们倒戈了，而他太忙没空了解？我不明白——"

"是的，"摄政说道，"你不明白。有朝一日，我们都会明白这些事情，但在那以前，我们必须信任我们的主人。这条信息已经收到了。你的职责已经完成了。"

加罗看到克鲁兹绷紧了身子。"这就是他在这里的原因吗，摄政大人？"这位影月苍狼朝着那个禁军卫士点点头，"我们要被处理掉，被移出棋局吗？"

马卡多泰然自若。"泰拉议会中有许多人建议采取这样的解决方式。曾经人们以为可靠的忠诚如今却变幻莫测。"

加罗向前迈出一步。"我曾向原体多恩说过的话，我现在也要对您说，大人。我们的行为难道不足以让您相信我们的忠诚？我知道您能看透一个人真实的内心。看看我，告诉我那里面有什么！"

马卡多从长袍下伸出一只手阻止了加罗，说道："不必，连长。你不需要向我证明你自己。你们历经磨难，我觉得欠你们一个真相。我来此，便是亲自给予你们真相，如此便能防止误解。"

"那现在呢？"克鲁兹问道，"我们该怎么办，摄政大人？"

"是啊，"加罗说道，紧握着手中的圣像，"我们不能待在这儿，望着星辰，等候着荷鲁斯前来决战的那一天。我请求……"他怒视着摄政，"不，我要求给予我们使命！"加罗开始高声说道，"我是一名阿斯塔特，但如今我只是一个没有军团的兄弟。一切誓言都在我的周围支离破碎，我却仍孑然挺立，坚不可摧。我是帝皇的意志，但如若他不赋予我使命，那我便一无是处！"

这位死亡守卫的话语回荡在玻璃塔楼中，肯德尔的见习修女显然有所畏缩。马卡多挥动着鹰头权杖。"唯有死亡是职责的终结，阿斯塔特，"他说道，带着一丝欣慰，"而你还没有死。在我们讲话的同时，多恩大人正在制订计划，对抗荷鲁斯以及倒戈在他旗下的原体。战线已在银河系中划出，如此规模的战争规划史无前例。"

"我们的位置会在哪？"

马卡多微微点头。"你们的问题会得到解决的，但不是今日，也许数个月内都不会，但最终会的。战帅的部署显而易见，帝国需要拥有探询本性的灵能异士，需要能够搜寻巫师、叛徒、突变体、异形的猎人……需要像你们这样的战士——内森尼尔·加罗、亚克顿·克鲁兹、阿门德拉·肯德尔——以根除未来任何背叛的污迹：这是一项警戒职责。"

"我们准备好了，"加罗点头说道，"我准备好了。"

"是的，"掌印者回答道，"确实如此。"

加罗在一间冥想室中找到了沃延，他正小心照料着自己的战甲。这位药剂师向他略微鞠躬。加罗立刻注意到沃延的长袍是请愿公民的朴素衣物，而非阿斯塔特的勤务斗篷。双头鹰和死亡守卫的星形骷髅图案已经不见了。

"梅里克？"加罗问道，"我们正准备离开，而你却自我孤立。怎么回事？"

沃延踌躇了，瞥向他的指挥官。加罗看到了某种新的神态，一种挫败的神情，面露忧郁。"内森尼尔，"他开口道，"我读了你给我的小册子，我感到自己的双眼仿佛被打开了。"

加罗露出微笑。"很好，兄弟。我们能从中获取力量。"

"听我说完。你可能会不赞同。"

战斗连长踌躇了。"继续说吧。"

"我一直都向你隐瞒着这一点，向所有人隐瞒着。伊斯特凡所发生的事，荷鲁斯和莫塔瑞恩的所作所为，然后是格鲁尔格和德西乌斯……"他颤抖着吸了口气，"这些事情震慑到了我的内心深处，兄弟。"沃延看着他的双手，"我发现自己神呆目钝，我的武器毫无作用。"他与加罗四目相对，他的眼中流露出恐惧，真正的恐惧，"我垮掉了，内森尼尔。这些事情，我恐怕自己是其中一员，负有责任……"

"梅里克，不。"

"是的，兄弟，是的！"他坚持道。沃延将什么东西按在了加罗的掌中，加罗端详着它：一个铜片，雕刻着星形骷髅，破碎扭曲。"我必须为我与结社的接触而赎罪，内森尼尔。圣言录向我如此展示。你要求我承诺过，如果结社强迫我背离帝皇，我就要拒绝他们，而我也这么做了！结社是始作俑者之一，你回避他们是正确的！"他移开目光，"而我……我加入了他们，这是何等错误。"

沃延声音中的沉重确信告诉加罗，任何争论都无法让他的兄弟改变道路。"你打算做什么？"

沃延指了指他的战甲。"我放弃作为阿斯塔特和第十四军团战士的荣誉。我已经受够了死亡和背叛。从今往后，我将会效力于泰拉大药所。我已经决定，我的余生将致力于寻找那个夺去德西乌斯和其他人生命的疾病的治愈方法。如果格鲁尔格没有撒谎，那么也许那个恐怖疾病已经在我们的同胞之间扩散开来，我必须坚守我作为医者的誓言，这高于我作为死亡守卫的誓言。"

加罗端详他的朋友良久，随后向他伸出一只手。"那好吧，梅里克。我希望你在这个新战场上获得胜利。"

沃延握住他的手。"我也希望你能在你的战场上获得胜利。"

"内森尼尔。"

加罗从观察廊的窗户前转过身，倒抽了口气。那个女人从两位寂静修女之间走了出来，摸向他的手臂。"奇勒？我以为你被带走了。"奇勒露出一丝微笑，加罗端详着她。她似乎很疲惫，但安然无恙。"她们没有伤害你？"

"你哪天不担忧着他人的福祉？"她轻柔地问道，"我被允许休憩片刻。你怎么样，内森尼尔？"

加罗的目光投向强化玻璃外泰拉的曲线。"我……有些不安。我感觉自己仿佛变得不同了，仿佛导致伊斯特凡逃亡的一切事物仅仅只是个序曲。我被改变了，悠弗拉迪。"

两人沉默片刻，随后加罗再次开口说道："那是你吗？在城堡中，德西乌斯逃脱时，还有在外面地表上的那次？是你在警告我吗？"

"你相信什么呢？"

他皱起眉。"我相信我想要一个直白的回答。"

"这是一种纽带，"奇勒轻声说道，"我才刚刚开始看到它的边缘：在你我之间，在过去与未来之间。"她朝着那颗星球点点头，"在帝皇和他的子嗣之间。一切事物皆有纽带，但就像所有纽带一样，它必会受到考验，以令其强大。那一刻如今正降临于你我身上，内森尼尔。风暴将临。"

"我准备好了。"加罗握住奇勒的手，"我亲眼见证荷鲁斯背叛他的兄弟。承蒙帝皇之恩，我将亲眼见证追究他异端行径的那一刻。"

泰拉之光下，士兵与圣人，两人一齐看向他们物种的诞生世界，他们一齐开始祈祷。

后记

"那么我们来写荷鲁斯之乱吧，"马克·加斯科因说道，目光越过一杯干邑酒，瞥向我，"你想加入吗？"我松开死死握住爆矢手枪的手——但仅仅只是松开了一点，因为面对一位编辑时，你从来不会真正放下警惕——然后点点头。我怎么会说不呢？这是展现战锤40000宇宙远古神话的机会，整个四十一千年的黑暗未来便是奠基于这个传说的核心之上。这将是一个由黑图书馆的作者们讲述千万遍的史诗故事；一个黑图书馆史无前例的、由多个作者创作的全新的宏大系列。我当然会答应。马克一饮而尽，迈向等候他的风暴鸟。"做好准备，"他停在跳板底部，告诉我，"从今往后，一切都将改变。"

好吧，事实可能并非完全如此，但你知道我的意思。荷鲁斯之乱在过去和现在都是战锤40000的王冠明珠，而被邀请写作如此伟大的神话故事并非易事。起初，有的人甚至不确定这是否会成功。不过我得承认，我从未有过这种怀疑。我一直都知道，荷鲁斯之乱的传奇故事会在读者们心中一炮走红，因为像他们一样，我也渴望了解荷鲁斯的背叛以及那场宏大的银河内战的细节，那场战争最终毁灭了帝国的梦想。然而，在我写下这个后记的同时，这个系列的第25本小说正准备出版，而我从未预想到我们会开启怎样的创作规模。我和我的作者同事们所创作的，不可避免地改变了战锤世界的面貌，能够参与其中，让我既兴奋又惭愧。

你刚刚所阅读的这部小说是我踏向这个故事的第一步。那时候，我的面前是一项大工程：丹、格雷厄姆和本的开篇三部曲《荷鲁斯崛起》《伪神》《燃烧的银河》是荷鲁斯之乱的升调序曲，每一部都比上一部有着更大的视角——而我不得不跟随其上。我知道自己不可能超越他们，因此我改变了策略。《艾森斯坦号的逃亡》比前者的视角更为狭小，并且是刻意为之。这是一个人的故事，是内森尼尔·加罗的故事，他遵循着立誓尽责的道路，从最可怕的背叛，到认识到命运对他有所安排。加罗的个人故事反映出了荷鲁斯之乱的大主题，我们能看到影响着加罗的力量同样也影响着他周围的银河。当写完这本书时，我并没有为加罗安排什么大计划，除了让他参与泰拉之围的一些想法。我并不知道他会在读者群中引起如此强烈的共鸣，而正是这种发展，让加罗再次出现在了一系列广播剧的故事中。这个角色延续着自己的生命，而对于一个作者而言，这是极大的收获。

与荷鲁斯之乱的宏大故事相互交织，加罗的故事始于此——而两者都会同它们开始时一样，在英勇和牺牲之中结束。

欢迎加入这趟旅程。系好你的安全带。

詹姆斯·斯沃洛

2012 年 11 月

作者简介

詹姆斯·斯沃洛是荷鲁斯之乱小说《惧于踏足》和《宿敌》的作者，两部作品都登上了《纽约时报》的畅销书榜。他还为荷鲁斯之乱撰写了《艾森斯坦号的逃亡》《埋葬的匕首》以及描写内森尼尔·加罗的一系列广播剧，其文字版现已被收录进选集《加罗》。他在战锤40000中最著名的作品是他的四部圣血天使小说、广播剧《狂怒之心》以及两部战斗修女小说。他的短篇小说收录于《星际战士传奇》和《叛乱故事》。

译者简介

丁旭巍，战锤40000爱好者，荷鲁斯之乱系列忠实书迷，黑图书馆热忱读者，醉心科幻，耽溺悲剧，仰慕传奇，现旅居异乡。

图书在版编目（CIP）数据

艾森斯坦号的逃亡 /（英）詹姆斯·斯沃洛著；丁旭巍译. —杭州：浙江科学技术出版社, 2021.12（2023.5 重印）

书名原文：The Flight of the Eisenstein

ISBN 978-7-5341-9884-7

Ⅰ. ①艾… Ⅱ. ①詹… ②丁… Ⅲ. ①幻想小说—英国—现代 Ⅳ. ① I561.45

中国版本图书馆 CIP 数据核字（2021）第 208849 号

著作权合同登记号　　图字：11-2020-220 号

书　名	艾森斯坦号的逃亡
著　者	［英］詹姆斯·斯沃洛
译　者	丁旭巍

出版发行　浙江科学技术出版社
　　　　　杭州市体育场路 347 号　邮政编码：310006
　　　　　办公室电话：0571-85176593
　　　　　销售部电话：0571-85176040
　　　　　网址：www.zkpress.com
　　　　　E-mail：zkpress@zkpress.com

排　版	浙江新华广告有限公司
印　刷	浙江海虹彩色印务有限公司

开　本	710×1000　1/16	印　张	15.75
字　数	250 000		
版　次	2021 年 12 月第 1 版	印　次	2023 年 5 月第 2 次印刷
书　号	ISBN 978-7-5341-9884-7	定　价	55.00 元

版权所有　翻印必究

（图书出现倒装、缺页等印装质量问题，本社销售部负责调换）

责任编辑　吕路明　　　　责任校对　陈宇珊
封面设计　孙　菁　　　　责任印务　叶文炀